LE
CHERCHE
MIDI

RESTAIT À FIXER L'ÂGE.
L'ALGORITHME,
NOUVEL ORACLE,
DÉCIDERAIT.

LES JEUX SONT FAITS

SARAH
VAJDA

LES JEUX SONT FAITS

roman

LE
CHERCHE
MIDI

Conception graphique : Justine Dupré
Composition : Peter Vogelpoel

Dépôt légal : mars 2024
ISBN 978-2-7491-7987-2

Vous pouvez consulter notre catalogue général
et l'annonce de nos prochaines parutions
sur notre site : www.cherche-midi.com

92, avenue de France, 75013 Paris

Pour Michel Keller, en dépit de Michel Keller,
Pour Morel, il sait pourquoi.

Qui avait été la première Mireille,
la première meravido, merveille ? Personne n'en savait
plus rien : une histoire perdue dont il ne restait
que le nom de l'héroïne, avec un rayon de beauté
dans une brume, un brame d'amour.

Frédéric Mistral

ZÉRO

L'enquête.

L'affaire de quelques jours !

Déjà plus d'un mois qu'ils étaient là, coincés dans ce charmant port de pêche, un pléonasme, elle et lui, le vieux, 50 ans aux pâquerettes, et la jeunette, fraîchement émoulue, selon la formule consacrée, de l'école de police, à n'être d'accord sur rien et à parvenir au même résultat, comme dans un mauvais film, une série sans génie filant au gré des nuits. Ça en devenait grotesque. L'était. Le crime ?

Un de ces attentats comme l'île les collectionnait avant la Sécession, un attentat sans victimes qui, aux yeux de la loi, n'en constituait pas moins un délit majeur, un délit qui ne se pouvait tolérer. On ne le tolérerait pas. Restait, une autre paire de manches, à attraper les coupables, trouver l'aiguille dans la botte de foin. L'affaire semblait mal engagée. L'était.

Les coupables – il ne pouvait s'agir d'une seule personne, à moins que celle-ci, superhéros, eût don d'ubiquité : trois sites incendiés et une dizaine de pochoirs reproduits sur les rideaux de fer, les palissades et les fragments des vitres calcinées des principaux établissements hôteliers et limonadiers la même nuit – devaient être châtiés, sous peine de retour à la guerre civile. La cible était tangible et les suspects légion. Un bon nombre d'Autochtones en avaient par-dessus la tête des touristes. L'île n'avait pas fait sécession pour se voir envahir, racketter, acheter et dénaturer par les Continentaux et les étrangers dont elle avait mis des siècles à se débarrasser.

La chanson déjà vieille, le mobile clair comme source édénique. Vu le peu de monde qu'enrichissait la douce activité et les dommages collatéraux qu'elle alevinait avec une générosité sans pareille, la majorité des résidents pouvaient être tenus pour suspects et complices. Enfants et vieillards exceptés. Ici, les avis différaient.

Mademoiselle Angelini, Angèle de son petit nom, si mal porté que son supérieur la surnommait Demona, estimait les boomers assez tarés pour se risquer à ce genre de « hauts faits », quand le vieux les tenait pour incapables de réaliser pratiquement aucun de leurs rêves. C'était bien selon lui *le* problème, ayant passé une bonne part de son existence à se demander comment d'anciens jeunes gens, si frénétiquement abreuvés, oints, bercés, biberonnés, gavés et persuadés de valeurs de gauche, avaient pu engendrer, donner la main ou même admettre la mise en place d'un semblable monde.

Demona les tenait pour de simples enfants gâtés.

Quoi qu'il en fût des torts et des raisons de chacun, des ravages effectifs ou imaginaires du tourisme de masse, l'enquête, toutes pistes forées, explorées et toutes avérées *chemins qui ne mènent nulle part*, demeurait au point mort. Que faire et dans quelle étagère ? *Qu'est-ce que j'peux faire ? J'sais pas quoi faire.* Ajaccio, comme dans un mauvais polar, s'impatientait, menaçait d'envoyer du renfort. Qu'à cela ne plaise ! Envoyez ! Étonnez-nous, les petits loups... Plus on est de fous... Les enquêteurs, ni jaloux ni égotiques, voulaient bien partager la dèche à Piazzino avec qui voudrait. Peut-être avaient-ils seulement besoin d'un œil résolument neuf. Le réel, comme l'amour et toutes choses terrestres, se nourrissant de stéréotypes, il était inutile de se la jouer perso.

Robaglia savait le terrain plus que défriché. Arasé. Pas un habitant qu'ils eussent omis d'interroger, jusqu'aux *beatniks* du parc de la vieille bâtisse qu'on prétendait Château, sans oublier l'idiot du village et la reine de la promo, le légitimiste et l'anarchiste en chambre. Peine perdue. Personne, chaisières éternellement vissées à leurs seuils, occupées à traquer les brebis galeuses du troupeau du Seigneur, jeunes actifs ou derniers solitaires – crève-la-dalle ou rentiers –, n'avait rien vu, rien entendu, surtout peut-être rien dit. Aucun autre cri que celui du hibou et pas d'autres ombres que celles d'une pipistrelle attardée, d'un renard égaré, gloussant, famélique, devant les poulaillers hermétiquement clos, et celles, habituelles, des derniers chats sauvages n'avaient écorché la nuit du 15, jusqu'à l'instant où le village s'était embrasé, et la sirène avait fait entendre sa longue plainte, cet instant où tous les vaillants du village, comme un seul homme, s'étaient levés, déterminés à prêter main-forte : effacer le moindre indice et ajouter – démon du bien toujours allié au mal – à la confusion générale.

L'attentat, puisqu'il fallait bien qualifier ce saccage contestataire, avait eu lieu un jour de semaine, hors saison, à ce moment délicieux où les derniers bars ferment avant 10 heures. En outre, cette nuit-là, nuit de néoménie, sombre et venteuse, était une de ces *noches* propices à l'étude, la lecture, la veillée ou l'amour, une nocturnale à ne pas jeter un chien dehors. Ni Demona ni Robaglia ne trouvèrent le moindre témoin à se fourrer sous la main, la dent et les pattes. Rien. Nada. Nothing. Angle et point morts. *Combat de nègres dans un tunnel… Noir c'est noir, il n'y a plus d'espoir.* Les incendiaires avaient-ils cru qu'en l'absence de victimes – une chance – la police, désormais insulaire, se montrerait compréhensive ?

En ce cas, ils s'étaient trompés et lourdement : ni Robaglia ni Angelini n'étaient du genre à ne pas effectuer le travail pour lequel on les payait. Elle n'avait pas choisi ce métier où régnait le machisme pour se vautrer. Elle devait *leur* montrer ce que femme peut et vaut. Quant à Robaglia, il avait assez d'échecs à son actif pour tenter une dernière fois de sauver la face. Si ça n'était pas vraiment l'orgueil, ça y ressemblait.

Depuis la Sécession, les « terroristes » – il fallait bien se résoudre à leur donner ce nom –, brigade invisible de mécontents qui tiennent à le faire savoir, ne s'en prenaient plus aux représentants de Jacob, l'occupant, et à son administration civile et militaire, mais une fois de plus aux « thénardiers » et associés : financiers, promoteurs et leurs serfs, architectes, conducteurs de travaux et agents immobiliers qui, selon eux, défiguraient l'île, en l'espèce le paisible village de Piazzino. Quatre-vingt-une âmes l'hiver, auxquelles s'ajoutait la trentaine de Vénérables, nouvellement – une petite vingtaine d'années – installés au château, et huit mille visiteurs à la belle saison. Il pouvait aussi tout simplement s'agir d'écologistes, considéré les cibles, particulièrement la hideuse pelouse synthétique de ce fichu golf à neuf trous, flambant neuf, ce qui restait de l'embarcadère où les nombreux bateaux transformaient chaque été l'île en presqu'île et des principales terrasses en dur, de l'éphémère durable devenu l'ordinaire, toutes installations soumises à la même heure au plus violent affront qui se puisse. Tout le monde – enfin tous les moins de 30 ans – se prétendait écolo, concepteurs de golfs et de structures d'accueil inclus. La cour du roi Pétaud, toujours la meilleure garantie du chaos.

Le point le plus étrange de l'affaire demeurait la signature, un dessin au pochoir, représentant un personnage – un héros de BD ? – sans doute création ? signe du passé venu ? –, dont ni Robaglia ni Angelini ne savaient l'origine et encore moins – caricature ou allégorie ? – la nature.

Enfin, en pied, la représentation d'un bon vivant de sexe masculin, dans la force de l'âge, visage rubicond, fendu d'un large sourire carnassier, campé, roide, sur deux énormes godillots et harnaché du plus récent et performant matériel de chasse qui se puisse, les jambes à demi chabraquées d'un long bermuda à carreaux rouges et blancs et de hautes et vilaines chaussettes de grossière laine grège, et, acmé de l'horreur, tête coiffée d'une casquette à longue visière, du plus hideux des verts, se tenait, fendard et majestueux, en tous points névralgiques du paisible village incendié, défiant les enquêteurs en semblant leur crier : Attrape-moi si tu peux !

Selon Angelini, il s'agissait d'une caricature de touriste. Il n'y avait rien à en tirer. Selon Robaglia, si l'on parvenait à identifier le personnage ou la personne représentée, la signature, il insistait, l'affaire connaîtrait un heureux dénouement. Dans un cas comme dans l'autre, en l'absence de réponse, les enquêteurs n'étaient pas plus avancés.

Quelqu'un devait avoir vu, entraperçu – les pêcheurs se lèvent tôt ou rentrent tard – au moins une ombre, une silhouette. Et puis un village sans insomniaque et amants clandestins n'existait pas. Quelque chose clochait.

Pour la millième fois, l'inspecteur Robaglia, vingt-neuf ans de maison Poulaga, tournait et retournait la reproduction du pochoir et tentait, dans l'arrière-salle du Café de la Plage dûment réquisitionné, de faire parler l'oracle Google, tandis que Demona, du haut de ses 22 tristes printemps, relisait, écolière sage et appliquée, langue pendante devant son écran, les mille et une heures d'inutiles entretiens.

Un détail devait leur avoir échappé.

Elle allait retourner cuisiner ceux qu'on appelait les « vieux », tandis que Robaglia s'acharnerait à découvrir le sens de cette image et conséquemment le coupable, au moins la tête pensante, l'idéologue du groupuscule.

Une enquête qui n'aboutit pas, outre des points de carrière, coûte, vous plonge dans l'intranquillité augmentée de ce violent sentiment d'inutilité, bon prélude aux catastrophes. Ils auraient préféré une injustice à un désordre mais ici pas le moindre clochard, laissé-pour-compte ou vagabond à se mettre sous la main. Rien ni personne. Pas le moindre semblant de début de piste. La scoumoune, la galère sans espoir de rémission à mesure que l'enquête s'éternisait.

Robaglia et Angelini, silencieux, se faisaient face à la méridienne, elle remplissant de thé vert son estomac d'ancienne anorexique mal repentie et lui avalant sans entrain ni goût sa pizza mal décongelée, à l'instant où la nouvelle de la mort de Mireille Davant, une des vieilles du parc du Château, fut connue. Tous deux, haussant les épaules, s'avisèrent d'avoir oublié d'interroger la Doyenne, partie à l'âge canonique de 91 ans.

PARTIE I

MIREILLE

UN

Ida-Marina ou Mireille Davant, comme le proclame l'inscription funéraire, repose désormais ici, à Piazzino, un port de pêche qui, avant la Sécession, comptait cinquante et une âmes dont quinze de ma propre famille. Au pied d'un cyprès bleu, où son ami Paul, toujours à l'aimer, vient chaque jour à la méridienne, lisant ou devisant, rêver, elle dort sous le soleil et la douce protection des Justes.

Je ne l'ai connue qu'âgée mais me souviens de l'avoir jugée belle. Éclatante, dans ses jupes de gitane camarguaise, sous ses vastes chapeaux, les jours de plein cagnard et le reste de l'année, lumineuse sous ses foulards bariolés, couvrant mal ses indomptables cheveux de givre constellés. Tout en elle semblait célébrer le temps, je veux dire la vieillesse. Chaque ride comme un sourire et chaque blessure, accroc, s'imposant, preuve formelle de la victoire de la vie.

Chaque matin, me rendant à l'école, au collège, puis au lycée, en toutes saisons, je l'apercevais sur la plage, comme une apparition : droite dans son maillot une pièce sombre, ses jambes fines et pourtant brèves, son buste de femme d'âge et ses épaules encore musclées, perpétuellement hâlées, et sa crinière de vieille lionne, comme une image d'un film en noir et blanc en superposition d'un autre film, un autre plan, du plus violent technicolor. Avec envie, je la regardais s'éloigner du rivage, entrer, paisible et assurée, dans l'eau, tandis que je prenais mon tour dans le car scolaire, fâchée de savoir devoir demeurer des journées entières claustrée, à me bâtir un avenir. À cette époque, j'avais hâte de grandir, non pour avoir des galants et des seins, seulement pour être libre. Illusion. Seule Ida-Marina Fugite, ou Mireille Davant, l'était. Enfin, c'était là ce que je pressentais, me figurais. Je savais l'occasion de son arrivée, celle de son ami Paul au village, mais longtemps, des années qui avaient précédé la Sécession et le débarquement des Anciens, j'ignorai tout…

J'étais encore très jeune quand la Sécession, sans violence ni combat, advint. Je me souviens avoir entendu mon père proclamer la victoire au petit déjeuner. J'entends encore l'annonce, longtemps pour moi demeurée sibylline : « Les jeux sont faits, rien ne va plus ! Plus d'argent pour la Corse, qu'elle aille au diable ! Et la voici en paradis ! » Son rire inhabituel comme volée de cloches nuptiales me déchire encore le cœur ! Jamais je ne l'avais vu aussi heureux. La maison semblait danser et mes parents, au lieu de s'en aller sagement, comme chaque jour de l'année dimanches exceptés, qui à l'école et qui au lycée, sur le point de courir à la mairie et à l'église, comme au premier matin. Je découvrais seulement le pouvoir qu'a la joie de transfigurer les visages, transverbérer les corps, modifier les lumières et transborder les perceptions.

Au silence habituel, s'était substituée une étrange logorrhée : « Ce que ne purent des années de combats, par le Verbe et le Glaive, l'utilitarisme nous l'a enfin administrativement consenti. »

Devant ma mine de buse, ma mère, charitablement et précipitamment, a traduit le jargon paternel : « Notre île est libre enfin, séparée de Paris et de Jacob », et moi, qui ne connaissais Paris et le vocable « jacobinisme » que de mauvaise réputation, me suis réjouie. Mon père, d'ordinaire amer, débordait de tendresse. Le taiseux se faisait expansif et le morne riait. De ses yeux, de ses dents, il exultait : « Désormais, l'école se fera en langue corse, enfin d'ici deux ans, le temps d'harmoniser les variantes entre langues du Nord et du Sud : votre mari et père, lexicographe du dimanche, chères Ana et Davia, fait partie du Grand Conseil. » Et toutes deux, béatement, applaudîmes, plus que la nouvelle, la joie retrouvée, la promesse en un mot.

Ensuite, je suis sagement et comme d'habitude allée à l'école où les grandes personnes ne parlaient que de cette « révolution des Olives », sœur d'une certaine « révolution des Œillets » dont je ne savais rien mais qui m'évoqua immédiatement le bal des *fleurs de la petite Ida*. J'imaginais les oliviers occupés à valser et les pinèdes bruissant de rires sous la douceur du soleil en l'île pavoisée de têtes de pirates, du mauve des confréries, sur le bleu de la mer et le vert des collines. Ce n'est que plus tard, quelques mois, peut-être une année ou deux après, que j'ai compris ce que signifiait le discours triomphal du petit déjeuner.

Surtout ces mots : « Les jeux sont faits. »

DEUX

Trente ans auparavant en Métropole, au pays jacobin, l'abus de consumérisme et de mille autres *ismes* avait inexorablement submergé l'isthme du temps. En l'absence de toute bande de terre pour lier et séparer Folie de Raison, une grande vague, immarcescible, avait déferlé, que Mireille, à l'instar de tous ses compatriotes nés avant 1968, avait dû affronter.

Il s'agissait de pas grand-chose, de dégager, passer muscade, ni vu ni connu, j't'embrouille, débarrasser le plancher, ficher son camp, se carapater, fissa fissa, désobstruer l'espace, libérer le terrain, décamper, quitter la place – fallait pas rester là ! Disette, ruine… L'État-providence expirait sous les charges, condamnant le trésorier comptable de la SS – Sécurité sociale – à s'en venir, pieds nus et corde au cou, comme bourgeois de Calais, remettre au Législateur les clefs du Paradis pour tous. Après bien des conciliabules, *la* solution, plébiscitée par tous pour sa magnanimité et son efficacité, s'imposa.

Aux grands maux, les grands remèdes. Il suffisait d'instaurer, le plus démocratiquement du monde, là toujours gîtait le point, l'euthanasie pour tous : les bien-portants et les malades chroniques ou occasionnels, les gros et les maigres, les géants et les nains, les sportifs et les végétatifs, les rêveurs et les toujours actifs, les nantis et les pauvres, les bac plus dix comme les bac zéro, hommes, femmes, neutres et autres, gais ou tristes, opérés ou intacts. Le drapeau arc-en-ciel, pas plus que l'antique chiffon à trois bandes, ne protégeait plus personne *en Harley Davidson, à feu et à sang, mourir les cheveux dans le vent...*

Restait à fixer l'âge. L'algorithme, nouvel oracle en ce temps-là, déciderait, accordant plaideurs et accusateurs, sans impliquer le Législateur ou troubler l'ordre public. La littérature avait devancé l'IA, puisque la machine tomba d'accord avec Anthony Trollope, auteur malchanceux de *The Fixed Period* – ouvrage encore non traduit en français, en dépit de l'estime générale attachée à son œuvre –, qui, le premier, osa le chiffre canonique de 68 ans.

L'algorithme avait été formel. Jusque-là tout allait. Ensuite, jeux faits, il fallait nourrir la machine grippée de gros sous, ce qui, considéré la mutation sociétale, avait tout bonnement cessé d'être possible.

L'instauration dans chaque région de l'Hexagone de parcs à vieux et la cohorte de scandales, d'abjections et d'objections qui en était résultée avaient fait long feu. On ne pouvait pas continuer. Il fallait impérativement trouver le moyen de traiter, *dans l'honneur et dans la dignité*, cette masse statistique. De ceci, nulle difficulté à persuader l'opinion. Le RIC – référendum d'initiative citoyenne – avait atteint son but, 75 % des inscrits ayant répondu favorablement à la question : « Doit-on permettre à tous les citoyens de plus de 68 ans de s'en aller dans la dignité ? » Restait à établir les modalités et à faire de cette mesure un bienfait général : l'aboutissement logique de cinq mille ans d'évolution, le progrès capital, celui que, depuis la nuit de la caverne première, l'humanité avait attendu.

Euthanasier chaque année des milliers de personnes, dans la joie et la bonne humeur, l'honneur et la dignité, exigeait tout de même un peu d'organisation et la France, excusez la *reductio,* n'était pas la Bochie. Avec l'Europe, elle finirait sans doute par devenir son reflet mais, à ce moment du récit, la mue n'était encore qu'amorcée.

Il fut donc, après moult cooptations, concertations, divagations et émotions, décidé de transformer quelques bâtisses désaffectées – châteaux, gentilhommières, églises, temples, théâtres et cinémas en déshérence – en *locus amoenus* : pour en faire des centres de fin de vie modernes, connectés, lumineux, agréables, et patati et patata, et, de tous les retraités, futurs fâcheux des hôpitaux, d'admirables et paisibles cadavres.

Dans chaque département, les enfants des écoles furent priés de donner la main. Après tout, la mesure les concernait, heureux enfants qui ne connaîtraient pas la vieillesse et son hideux cortège mais mourraient, s'ils en avaient la sagesse, en bonne santé, pourvu qu'ils ne fument ni ne boivent ni ne se droguent ni ne chevauchent aucun cheval de fer et ne montent dans aucune automobile, mangent équilibré, ne se couvrent ni trop ni trop peu, se montrent prudents et mesurés en tout, faisant du proverbe *Si jeunesse savait, si vieillesse pouvait*, *Jeunesse peut*, la maxime désormais inscrite aux frontons des mairies et des écoles après que *Liberté*, *Égalité* et *Fraternité* se sont vues vertus pleinement accomplies. Liberté de circulation et de critique généralisées, Égalité devant la loi et Fraternité relative entre classes d'âge et confréries religieuses, sexuelles ou laborieuses, acquises au seul profit de la libre circulation des denrées et des biens.

Chantiers jeunesse pour tous. Au lieu de zoner en bas des tours, de geeker dans les « pav' », les enfants des quartiers et des périphéries useraient leurs guêtres, les mercredis et les samedis, à donner la main aux ouvriers : gâcher le plâtre, laver les outils, balayer et ranger le chantier, toutes tâches d'arpettes susceptibles de hâter la mise en place effective du processus. Ici, raison pure et raison pratique, raison comptable et raison collective s'accordaient. Là où l'État retrouvait pleinement son nom de Providence trop longtemps usurpé, et la société, à nouveau, ce commun si chèrement désiré et déjà aboli.

Tous les demandeurs d'emploi et leurs trésoriers-payeurs se trouvèrent ravis d'un semblable barnum, quand tous les valides du pays jusqu'aux SDF et Segpa de moins de 35 ans se retrouvèrent, pelle, sécateur et tuyau d'arrosage à la main, têtes nues, dans de vastes parcs ou culs sur des machines, à creuser et retourner la terre, afin d'y planter et d'y encager arbres et plantes d'agrément, étendant à l'ensemble du territoire ce goût de Suisse, de Germanie, de Batavie et de Suède que Mireille, enfant des années 70, abhorrait, ayant de longtemps comparé la métamorphose du territoire en un Ehpad géant.

Il y eut bien quelques intellectuels mauvais coucheurs pour dénoncer la « fabrique d'opinion »…
En vain.

Les avantages et les bienfaits de la mesure parurent bien supérieurs aux hésitations des tenants de la désormais obsolète philosophie morale. D'autant plus que l'État, s'étant refusé à faire venir les gendarmes pour aller chercher et conduire les indociles aux « Jeux sont faits », se contentait de désactiver toutes les cartes : vitales et bancaires, d'identité, sociales, civiques, routières et elle en passait. Aucun accès aux soins ne fut plus concédé aux objecteurs, leur ôtant, fantômes et surnuméraires, toute possibilité d'être assistés pour quoi que ce fût par l'État, aucune violence physique ne put être déplorée.

Tournez manège, la vieillesse n'était plus de saison.

Rires et chansons.

Le temps était au jeu :

Jacques a dit : Emmenez les enfants à la crèche !
Jacques a dit : Conduisez-les en colo !
Jacques a dit : Le camping, c'est Trigano !
Jacques a dit : Bronzez !
Jacques a dit : Ne bronzez plus !
Jacques a dit : Courez, soldes, expos, concerts, musées… ouverts à tous !

Jacques a dit : Faites du sport !
Jacques a dit : Piscine et golf pour tous !
Jacques a dit : Économisez l'eau !
Jacques a dit : Restez chez vous ! Il fait beau sur Panasonic !
Jacques a dit : Fermez les fenêtres ! Économisez l'énergie !
Jacques a dit : Ouvrez les fenêtres, le pangolin est arrivé !
Jacques a dit : Le bonheur vous va si bien !
Jacques a dit : Parlez franglais !
Jacques a dit : Le monde est un village !
Jacques a dit : Apprenez le chinois !
Jacques a dit : Achetez français !
Jacques a dit : Croissez et multipliez !
Jacques a dit a dit a dit : Les préservatifs qui donnent envie !

Jacques a dit : La Terre est plus belle, vue du ciel !
Jacques a dit : Voler, c'est pas beau, préférez le vélo !
Jacques a dit : Austérité.

Jacques a dit a dit a dit… mille ordres et contrordres à vous ficher le tournis, jusqu'à ce jour béni où tout est devenu clair quand,

Jacques a dit a dit : Rien ne va plus !
et enfin : silence, impair et passe.

Les jeux sont faits.

Le jeu, imperceptiblement, a changé :

Un deux trois soleil !

Impair et passe, la Vieille, tu te casses !

TROIS

La circulaire annonçant à Mireille Davant – quel nom pour une telle situation – le temps venu arriva le 3 avril, deux mois exactement avant son 67e anniversaire.

Avant de l'ouvrir, Mireille songea un bref instant qu'il avait été un temps pas si ancien où être un enfant passait avec raison pour une malédiction, le temps griffonné avec fureur par Haneke dans *Le Ruban blanc*, et encore dans ces romans évoquant les pensionnats anglais ou les ouvrages de sociologie, peignant l'enfer du travail des enfants, cauchemar disparu uniquement en Europe… sans parler de cette indicible chose que cela avait été que de devoir monter avec ses parents dans un train à destination d'Auschwitz, de passer, jumeau ou jumelle, dans les mains du bon docteur M. La vieillesse possédait une chose en commun avec toutes ces situations. Avec elle, surgissait, dernière apparition, le tragique, dans des vies d'où le tragique s'était vu aussi patiemment qu'impitoyablement traqué et gommé.

Tout le monde avait eu ou aurait un cancer – se soignerait, guérirait ou pas –, c'était là une expérience aussi courante que la première cigarette, la première cuite, le premier flirt, le premier orgasme, le premier job et le premier achat d'appartement. Selon la médecine moderne, vivre équivalait à prendre soin de soi, cultiver son corps en serre, en s'attendant chaque jour au pire. Le handicap, à moins qu'il ne s'agisse de sportifs, victimes d'accidents, s'était vu grandement éradiqué – miracle du dépistage prénatal –, aussi au lieu de montrer sa solidarité, sa sympathie aux élus du malheur, chacun s'en détournait désormais avec horreur. La vieillesse incontestablement rapprochait chacun de cette affreuse chose qu'est la mort, ultime obstacle à la consommation, ce qu'une société du loisir ne saurait accepter.

D'un fascisme l'autre, des années 30 aux années 70 du siècle précédent, les communisme, nazisme, futurisme, mishimisme, utopies de nations soldatiques, dûment remplacés par le seul consumérisme, ne laissaient, à chacun son tour, aucune place aux vieux : z'avaient sans doute un peu busé et abusé les mandarins, les darons, curetons, pasteurs d'avant-guerre, imams et autres ténors de mort. Toujours *ce même boomerang, qui rappelait les jours passés…*

En dépit de sa répulsion, Mireille ouvrit l'enveloppe.

Elle était attendue le 5 juin – joyeux anniversaire, madame Davant ! – entre 10 heures et midi à Luc-sur-Mer, charmante petite station balnéaire du Calvados, pour y bénéficier, à titre gracieux, un an durant, du programme des « Jeux sont faits ».

Si ça n'est pas vraiment un jeu télé, ça y ressemble, chantonna Mireille hilare, en jetant un rapide coup d'œil à la superbe brochure en quadrichromie qui accompagnait la convocation, promettant « une merveilleuse année en bord de mer, dédiée à la convivialité, à la détente et au souvenir ».

Sur les photos, on voyait les résidents, en proie à cette occupationite aiguë qui caractérisait le siècle, en combinaison étanche, pratiquant l'« aquarunning » : randonnée aquatique ou encore « longe-côte », s'oxygéner, prendre un grand bol d'air iodé et d'eau salée, marcher à pas vifs et cadencés, abrutis de bruit, pardon de musique, sono de rigueur, s'exercer avec sérieux et discipline à une activité à mi-chemin entre promenade en bord de mer et baignade. On les voyait encore en caleçons et tee-shirts informes s'adonner au yoga, à la gymnastique douce, sur les rivages ou bien en intérieur, à moins qu'ils ne s'évertuassent à pratiquer la sophrologie, tentant une dernière fois d'unir corps et esprit, cri primal et râle d'agonie, en un souffle unique, vautrés sur de hideux et maigres tapis élastomères thermoplastique, liège, jute ou laine, dans une des salles du beau domaine reconvertie en gymnase.

Les rumeurs du bal s'étant tues, ne demeurait que l'hygiénisme frénétique de vieux corps perclus en route pour la paralysie. La différence entre yoga et sophro, mince aux yeux des ignorants, semblait d'importance à l'auteur de la brochure. L'inventeur de la discipline, le Barcelonais Caleyron, n'avait-il pas franchi des océans et des continents, d'Inde au Japon en passant par le Tibet, pour rapporter, nouveau Colomb et Vasco de Gama, à l'Occident, épuisé de progrès, l'harmonie du corps et de l'esprit, jusqu'à ce que, dissolution du moi pleinement admise, voire espérée, la méthode antistress et antidouleurs s'avère le plus parfait vademecum des candidats au Programme ? À quoi servait d'ajouter l'hypnose au yoga et à la sophrologie ? À ce que chaque résident trouve la voix la plus propice à le conduire sur *la* voie.

Mireille haussa les épaules. Pas le temps venu ! Les mots de sa grand-mère Suzanne revenaient : *Primo vivere, secundo clamserer*. Mireille s'en tiendrait à la première partie du plan. *Vivre même si je ne l'ai pas demandé, Vivre comme une chanson que personne n'écoutera*... Aux messieurs, le Programme promettait du tir à l'arc dans le parc du domaine, et pour tous, un atelier de danse de salon. Certaines années, une ballerine, presque aussi âgée que ses élèves, initiait les débutants à la barre au sol, aussi tonique mais moins cardio que le fitness. La maison, ne reculant devant aucun sacrifice pour faire de ce séjour un jardin des délices, proposait l'inévitable prestation dite spa. En l'espèce, des services de soins du corps : massages et stations au hammam. Chrystelle et Mary-Lyne, ongles de sorcière et accroche-cœurs sur leurs visages outrageusement fardés, sourcils redessinés avec une vigueur sans pareille et cils effroyablement longs, se croyant merveilleuses de n'être plus abominables, naturelles, offraient aux moins désargentés des agonisants en sursis et charognes attendues divers types de massages : toniques, énergisants, relaxants, ayurvédiques, californiens, balinais, suédois, nippons ni mauvais et même amma assis, sans oublier la réflexologie... et Mireille en passait !

Sidérée, Mireille contemplait ces sages vieillards, occupés à des ateliers-mémoire. Un écrivain donnait la main. Pour la modique somme de mille euros, le scribe mettait en forme, le romanisant sans le fictionner, le désormais inutile CV du condamné, précédé de son arbre généalogique afin que les enfants du spectre à venir conservassent quelques traces du passage terrestre de leur cher disparu.

Sur la brochure, obscènes, s'étalaient les immanquables et non moins heureux samedis soir sans turbin, leur cohorte obligée de soirée-cabaret, radio-crochet et karaoké et les héros du jour, chamarrés de leurs plus beaux et plus beuglants atours, les dames fardées comme voitures volées et les hommes pommadés. Rien qu'à voir les images Mireille sentait l'infâme cocktail de déodorants, de parfums, de pisse, de brillantine, de gel, d'aftershave, de fond de teint et de sueur. Pour les soirs de semaine, home-cinéma à volonté, télévision pour les accros. La cantine semblait bonne. Une diététicienne veillait à ce que chacun mourût en excellente santé.

Enfin, dernière image. Acmé du séjour : le banquet des anciens, vin mousseux à gogo, *tous ensemble, tous ensemble*, se donnant la main, beuglant *Ce n'est qu'un au revoir, mes frères*, s'étreignant, s'embrassant les uns les autres.

Enfin, à la même heure, comme ils avaient pris l'habitude d'aller sur le pot à la crèche, puis métro avant dodo, au boulot, ensuite bobos ou poivrots au caboulot, chacun s'en allait coucher, *face à la mer*, dans sa chambre proprette, en présence de ses enfants, petits-enfants, cousins, comme à la maison, perfusé, à l'exacte dose, congruente à son poids, sa taille, sa constitution, de phénobarbital, avant d'être incinéré, cendres équitablement mêlées à celles de ses compagnons de jeux, pardon d'expérience, au service du merveilleux jardin.

Vaincue, la mort avait perdu son pouvoir de nuisance.

Mireille songerait plus tard aux conséquences de cette approche résolument novatrice, progressiste et humanitaire, à défaut d'être humaniste.

Il lui fallait séance tenante et avant toute chose préparer sa fuite… Liberté belle, j'me carapate, si tu veux me trouver, file au bout des Carpates, pas temps encore de m'en aller, le ciel est d'or et la mer à nager…

Juin n'était pas la meilleure saison pour installer ses pénates sur la plage provençale par où le christianisme est entré en Gaule mais la plus favorable pour admirer la Crau, tranquille et muette. Au loin, son étendue, perdue dans la mer, et la mer dans l'air bleu, en attendant l'invasion des enfants de 1936.

Cette Provence aride, où le Rhône est jaune et la Durance bleue, restait, en dépit des publicités vantant baie de Somme, côtes d'Opale, d'Armor, dunes de Flandres ou de Picardie, Manche et autres rivages du Nord, destination très prisée. Le soleil sans doute et la végétation, unis à peu de pluie, avaient conservé des charmes plus puissants que les discours des commerciaux, attachés à vendre des vacances discount, dégriffées ou low-cost…

La Provence, terre des saintes et des déesses, conservait la splendeur, prêtée jadis à l'été grec, ce fumet d'aurore du monde occidental, de terrestre séjour où le jour mérite d'être nommé jour, où les cigales chantent l'azur et le bleu des cyprès, tandis qu'alentour s'ébattent les brebis du Seigneur, les taureaux braves, maîtres de vie, les chevaux sauvages et les échassiers couleur des crépuscules.

Puisque mourir il faut, Mireille mourrait en Camargue, remise des fatigues du monde, par le sel et l'eau. Mourrait sous cette claire lumière qui, aux roses pâlis, aux féeries d'ocres et de beiges, loin de toute violence, criardise ou vulgarité, donnait l'occasion d'exhaler leur douceur. Elle mourrait à l'ombre des lauriers, l'ombre d'Apollon l'oblique, maître des harmonies, père des Muses et des Arts, Apollon qui jamais avec force ne frappe. Elle fermerait les yeux sur la beauté des choses, comme revenue au giron de la Méditerranée primordiale, à la pointe d'un triangle parfaitement isocèle, qui fut depuis sainte Trinité, à la jointure exacte de la terre, du ciel et de la mer. Mourrait le goût du sel sur les lèvres et sur sa peau le tannage du soleil, en solitaire et en liberté, comme elle avait vécu.

Mireille devait arriver avant la grande migration, trouver le trou où se terrer, l'église-refuge, l'ami compatissant. Peut-être un vagabond, un comme elle désormais, hors caste, errant sur un sol qui ne lui était que chimère, une terre qu'il avait élue parce que *la misère au soleil est moins dure à supporter*, l'attendait-il ? Ou pas.

Tout lui serait grâce et désormais, sursis, tout lui était grâce. Un pari en vaut bien un autre. Que sa date de naissance tombât précisément en juin, lui accordant d'arriver à Aigues-Mortes à l'exact moment où dormir à la belle étoile est encore une fête, à la saison où au ciel filent les étoiles et où les fruits de la terre, gorgés d'eau et de soleil, exultent.

Grâce encore ceci : pour une clocharde, elle était riche, enfin le serait encore quelques années, si elle ne perdait ni ne se faisait voler son pécule. Si le gouvernement ne mettait pas à exécution la menace de supprimer l'argent liquide… À ce compte, elle devrait chaparder dans les champs et les poubelles pour survivre !

Même en ce cas, elle ne se rendrait pas. Question d'honneur !

Plutôt mourir de faim que de ridicule en bandes organisées.

Mourir de soif et d'incurie, mais mourir seule sous le soleil exactement, à l'heure prescrite par la chronologie, sans perfusion et soutien robotique, entourée de visages patentés.

Mireille n'avait pas peur, *primo vivere, secundo clamserer. C'est la vie, Lily*, et Mireille aimait la vie, sans craindre, attendre ou espérer en connaître la fin.

QUATRE

Chaque heure nous meurtrit, la dernière nous tue. Au petit clocher de Saint-Denys-du-Saint-Sacrement, l'heure de la retraite a sonné mais Mireille ne jouera pas une énième variation de la Pietà de Delacroix.

Temps venu de recueillir le fruit du travail qui lui avait tenu lieu de plaisirs et d'amour-toujours. Depuis ses 3 ans, depuis qu'elle vidait les maigres placards de sa mère pour se déguiser comme se déguisent en général les petites filles, soupçonnant, en son âme enfantine, des secrets dont les grandes personnes ne parlent pas, tout particulièrement celui de la dureté d'un monde, qui ne se peut, champ de bataille, affronter qu'à l'abri d'une armure. Sur ce champ, chacun, dans son costume particulier, fantassin, lieutenant, capitaine, général ou colonel, aviateur tombé du ciel, marin en perm à Nantes, capitaine-amiral de la mer Océane, coquette, star d'un soir, employée modeste ou pudique nonnette contrariée, fiancée froide ou chaude, tient son rang sous le feu de l'ennemi.

Un bref moment, Mireille avait oublié ce goût de la parure quand, réfugiée loin de Paris et de sa famille, à 20 et quelques années, 23 ans pour être précise, après des études de philo, deux ans de classes préparatoires – à quoi elle se le demandait encore –, en compagnie d'autres « comme elle », elle avait pris le large pour vivre en Sud-Ardèche, à quelques encablures du Gard, près de la paisible église et du marché de Saint-Ambroix où elle avait conçu et vendu ses premières « créations », si le mot convenait à ces patchworks de soies, qui avaient l'heur de plaire si fort en ce temps-là. La novice plus-roots-tu-meurs s'en était allée sur la route des Indes, en revint, bel et bien décidée à faire, de son corps et du corps des femmes, la toile où donner à voir la lumière cachée derrière les choses, feignant de s'en tenir toujours à l'apparence.

Tel était le très dérisoire emploi qu'elle prétendait tenir sur le terrifiant théâtre du Monde : ce rôle d'éclairagiste, essentiel à la scène, qu'elle pratiquait avec ce don d'allier, harmoniser les couleurs et de poser la juste forme sur chaque corps : le court sur les minces; le cintré sur celles qui avaient la taille fine; le long sur les plus menues, qui les rendait non plus femmes mais flammes, vagues ou lianes, filles du feu, nymphes ou sirènes, selon les intensités chromatiques; et sur les plus costaudes, ajustées, épaulées, la longueur à midi, à moins que certaines ne supportent, grâces rendues à la beauté de leurs visages, le long jusqu'aux chevilles, parfaits moulages d'une statue par où faire revenir le souvenir toujours vivace de l'Antiquité. Aussi le choix ardu de l'encolure, col ou décolleté, selon elle, n'était pas seulement une question de saison – les écharpes n'étaient pas faites pour les chiens ! –, le rond n'allait qu'à celles dont les seins menus se portaient haut, les autres avaient nécessité de carré ou de V... Une vie entière à embellir les femmes et à faire, en filigrane de ses camaïeux de lumières, transparaître les âmes ! Les filles au caractère de feu, intempérantes, colériques, exaltées, portaient avec plus d'évidence le spectre chaud qui file du rouge au jaune en passant par le orange abricot, citrouille, corail, roux ou tangerine, et aux autres, plus secrètes, en apparence effacées, les harmonies de bleu, de violet et de vert, reflets de mers paisibles ou déchaînées, convenaient davantage. Le punctum de ses collections résidait en ce simple fait qu'avec les teintures naturelles aucune des nuances d'aucun vêtement rêvé, dessiné, coupé et réalisé par ses soins n'était semblable à l'autre, à rebours du *je ne sais quoi* qui rend les jumeaux monozygotes proprement terrifiants à certaines sensibilités. Tel était le détail qui plaisait tant jadis à ses clientes qu'elles lui étaient, en bonne part, demeurées fidèles, jusques à aujourd'hui où elle officiait à nouveau, la vie comme un boomerang, en sous-main, sans boutique fixe, conviant ses clientes à des ventes aussi éphémères que les vies, pop-up, la vie comme succession de fenêtres paraissant sur la Toile avant de se voir immédiatement remplacées...

Que de chemin parcouru, seule ou presque, à son retour à Paris, passé le temps de la jeunesse, de la communauté, du troc et des marchés du Sud, le temps des levers à pas d'heure, du chargement des camionnettes et des départs sous la lumière des aubes, qui ressemblaient tellement à l'incertitude de ses robes, quand elle eut troqué sa chambre pour un véritable atelier, ouvert quelques boutiques en ville, avant d'embrasser, un bref instant, la respectable et enviée profession de costumière de théâtre, principalement, hélas, pour une compagnie, une troupe, jadis célèbre et aujourd'hui oubliée…

CINQ

Elle n'irait pas. C'était bien d'elle de faire sa fiéraude d'avoir à foison reçu force foiraude, élixir de longue vie, en ce jour où elle devenait sujette de maraude, feignant de se la jouer badaude. Tenir bon la laisse, ne pas laisser, *bonjour Tristesse*, le grand chien noir, prendre ses aises. *Les enfants du capitaine Grant* ! À 67 ans, elle voulait rire. Sur le mur de l'atelier désert, le miroir qui ne ment jamais – Blanche-Neige, depuis l'enfance, le lui avait appris – la contemplait.

Goguenard, il cognait ferme et les coups du Réel pleuvaient dru sur son élégante silhouette. Il lui suffisait de s'imaginer dessapée, bonjour l'angoisse, les genoux lassés de courses et de stations avaient perdu leur belle rotondité. L'absence de cellulite et de graisse ne comblait pas le désastre. Au contraire. Une véritable friperie sur pieds. Ses pieds, parlons-en. Immontrables avec leurs orteils en griffes, funeste conséquence d'un valgus géant qui la condamnait aux baskets, aux espadrilles et autres grolles désespérantes de banalité et de laideur depuis des années. Le reste, en dépit de sa souplesse, un ravage. Sans parler de ses seins, vidés de graisse et d'hormones, informes volumes en chute libre, et de ses fesses plates et molles. Plus rien d'une Aphrodite d'albâtre ou d'une déesse de la fécondité. Demeuraient ce ventre plat dont elle était si fière et cette taille encore dessinée. Peu de motifs de fierté. Peu de choses qui ne fissent de ce corps le potentiel objet d'une monstration de la nécessité du Programme. Juste une vieille.

Pour réparer des ans l'irréparable outrage, il n'y avait rien à faire et elle n'avait rien fait. Seulement nagé chaque jour ; dansé et chanté, a cappella et en solo, dans son atelier et sa salle de bain. Quant au visage, c'était pire. Une inconnue spectrale la saluait chaque matin, ne cédant, narquoise, la place, promettant de revenir bien vite, que sous les assauts de l'eau froide, des crèmes hydratantes et de ces onguents sorciers auxquels sa mère, jadis, donnait le joli nom de trompe-couillons. Désormais, elle devrait affronter ses cheveux blancs, elle qui prenait tant soin d'elle, et le reste, un chantier en désordre, un marécage où rides d'expression et d'amertume bataillaient sans répit, plis et ridules, jusque sur les paupières. Elle croyait tromper qui sous ses soieries ? Bravache, elle avait toujours affirmé *ne s'en soucier guère / marchand de pommes de terre* mais l'heure de la guerre avait sonné, la laissant, fantassin solitaire d'une armée en déroute, sur la grand'route des hommes.

Elle n'emportait dans sa maigre besace que le hideux uniforme qu'au tournant de la cinquantaine, les autres, les raisonnables, celles qui ne vivaient de fils et de chiffons, arboraient, sans se soucier désormais de plaire ou de déplaire.

Elle avait toujours été futile, du moins soucieuse et conformiste, en dépit de ses allures tsiganes, de tenir son rôle sur le théâtre du Monde et la voilà au seuil de la décrépitude, condamnée à revêtir pis qu'une robe de bure : un futal informe, des tee-shirts, des pulls et un anorak pour les nuits et les jours où, *mistral gagnant*, la misère menacerait son reste de raison. Comme nue, elle s'avançait sur le chemin sans retour. La robe de bure, l'idée n'était pas si mauvaise mais le moyen de passer inaperçue là où elle allait, en semblable tenue ? Elle aurait pu aussi choisir de porter le hijab, voire l'abaya mais la farce aurait été trop grosse, peut-être même dangereuse. Elle devait devenir invisible. Ultime coquetterie, tant qu'elle avait encore une carte bleue, elle s'acheta sept maillots de bain – comme les sept robes de la mariée – de bonnes coupe et facture et un incroyable peignoir de surf aux motifs de palmiers or sur fond noir, aussi une superbe collection de sous-vêtements thermolactyls-plus-glamour-ne-se-peut.

Mamie devait prendre soin d'elle : ne pas attraper de bronchite, pouvoir, par tous les temps, se dénuder en pudeur, sur les plages et les rives, et ne pas se charger. Où elle se rendait, pas moyen de se transbahuter des malles-cabines, se la jouer Gertrude Bell au désert. Aucun autochtone ne la saluerait plus d'aucun respectueux « madame ». Elle n'était que la vioque, bonne à se prendre les quolibets et les pierres des gamins, en attendant que la maréchaussée ne la chope et ne l'envoie, vieille carne, se faire piquer pour l'amour de l'Humanité.

La victoire sonnait comme défaite dans l'appartement vide, comme un grand plateau nu, à l'instant où ne demeure, vacillante, que l'humble servante de scène après que le silence a englouti la voix du poète, les clameurs des spectateurs, jusqu'au babillage des traînards.

Les jeux sont faits. Mireille s'en va, cède la place. Quarante années s'effacent. *Game over.* D'ici quelques jours, murs lessivés, reblanchis à la hâte, la fortune n'attend pas et le probloc, rarement un philanthrope, se frottait déjà les mains de changer le bail, de l'accommoder aux prix du marché maintenant que son père avait cassé sa pipe et cessé de protéger sa « merrrrrveilleuse » locataire.

Rien ne demeurera de l'appartement partagé avec Simon Lhomme – homme parmi les hommes, le bien nommé : fort et faible, juste et injuste, un pot-pourri de contradictions, une thermodynamique de faiblesses et de forces. Rien ne demeurera du paradis où elle avait, jour après jour, découvert Valentine, s'extasiant de la finesse de ses doigts, de la profondeur de son regard, de la rondeur de son ventre : toutes ces merveilles incommunicables à qui ne veut voir dans un bébé qu'un braillard chargé par le destin de vous déformer le corps – comme Scarlett O'Hara, vous n'aurez plus – *nevermore* entre les *nevermore* ! – soixante-quatre centimètres de tour de taille –, un misérable animal dont vous devez impérativement laver les souillures, en un mot un quartier de viande puant et hurlant à tue-tête *memento te bestiam* (souviens-toi que tu es une bête) !

Mireille n'était pas de celles-là. Comme elle n'avait pas été dégoûtée de laver – une seule et unique fois, il est vrai – le corps flétri de sa mère, quand celle-ci était entrée à l'hôpital, condamnée et agonisante, ce geste lui criant seulement l'heure des adieux venue. Singulièrement, elle avait aimé ce moment d'intimité partagé, un adieu bref comme toujours les adieux. *Ça doit finir. Ça finit. C'est fini.* Dame Nature était maître et elle, de toujours, sa servante.

Son atelier ne se souviendra ni de ses chants ni de ses joies, de ses ratés et de ses succès, et le vaste salon aura perdu mémoire des premiers mots et des premiers prodiges de Valentine, avant la grande mutation qui avait transformé la douce et sage Alice en reine rouge, en Dumpy, en simili-tortue et en folle. Il n'était rien arrivé et elle avait rêvé. Pas d'autre mémoire des lieux et des morts que le corps des vivants. La ronde…

Nul ne se souviendrait d'elle, comme Valentine et Simon l'avaient oubliée, abandonnée, comme un chien à l'approche des grandes vacances, comme ses clientes-amies, tellement rrrrrravies de la savoir en si bonnes mains à Luc-sur-Mer et bientôt compost… Daniele seul réécrirait *Harold et Maude, La Folle de Chaillot, Léocadia… L'Hurluberlu, Oh! les beaux jours* encore, désormais hapax et offenses aux temps nouveaux!

Une véritable histoire de fous : comme si ça allait de soi de quitter la partie en santé sous prétexte de nourrir et d'éduquer des milliers d'inconnus. Parfois de futurs salauds, des assassins et des bourreaux. Et puis la Terre n'était-elle pas à tout le monde? Désormais métamorphosée en une succession de plages et de clubs privés, de restaurants sélects gardés par des physionomistes, ces sous-prolétaires en costard qui décident de vous laisser entrer ou pas, pour lesquels elle était subitement devenue une ANPR désignant les personnes indésirables au casino : À ne pas laisser entrer, sans qu'elle n'eût fait aucun scandale ni triché à aucune table de jeu.

Indésirable. Déjà pour les hommes, depuis le retour d'âge. Ça, elle s'en était fichue, s'en fichait, ne désirant en aucune façon les vieux, dragueurs ou pas. Aucune attirance envers les bedonnants ou les flasques, les Bebel-le-Magnifique sur le retour ou les anars des temps passés, les chauves ou anciens chevelus parfois encombrés d'une maigre queue de rat, les moutonnants grisonnants et les barbus chenus ; les rougeauds et les livides ; même des vieux beaux soignés, elle n'avait nul désir.

Seuls les visages à la Beckett, chargés d'ans et de douleurs, auraient su l'émouvoir encore mais pas les décrépits avantageux, ces mâles auxquels leur fertilité tardive donnait l'illusion d'une jeunesse, interdite aux dames. Peu attirée par les chéris et les bambinos, à son avis le meilleur moyen de se sentir, par contraste, plus vieille encore, elle savait en avoir fini avec les *je vous aime, toujours la bagatelle*, ces menterelles préludes aux querelles. Mireille n'avait pas le goût du sacrifice, qui, sans amour, jamais n'embarquait, et aucune vocation refoulée d'aide-soignante ou d'infirmière.

Elle n'aurait pas détesté vieillir en compagnie de Simon – la monogamie ne lui semblant jamais absolue, considéré le nombre invraisemblable de mutations que connaissent l'âme et le visage humains, fourbus, lavés, délavés, rincés, déformés, transfigurés par les puissances de l'Expérience, bonne mère toujours en dépit des souffrances.

Mireille n'était pas du genre à réécrire, inlassable, le passé, irréel ou pas, à fixer son attention sur l'inadvenu ou même l'avenir. Pas après pas. Brasse après brasse. Comme elle aimait nager, danser, *Monsieur mon passé, laissez-moi passer, Moi j'me balance, je m'offre à tous les vents sans résistance, Ça ira mieux demain…* Chaque instant lui semblant une grande aventure, Mireille ignorait l'ennui.

De tous les trésors amassés au fil des ans, au fil du temps, elle n'avait nulle nostalgie et ce fut même avec volupté qu'elle brûla, non seulement feuilles d'impôts, quittances et tous documents officiels du brevet élémentaire à sa carte d'électrice, mais aussi, peut-être surtout, cet amas de lettres et de vieilles cartes postales dont parfois la mémoire ne parvient plus à déchiffrer ni même à deviner le nom de l'expéditeur. Fatras de mots perdus, hypocrites serments d'un moment, ramassis de menteries dissimulées sous les noms d'amitiés et d'amours-qui-ne-durent-pas-toujours.

Sans déplaisir encore, elle dégrafa des murs les gravures et les cadres acquis au fil de coups de tête et de cœur dont elle avait perdu la mémoire. Elle ne cesserait pas d'aimer Émile Friant de ne plus avoir sous les yeux la reproduction des *Amoureux*, de *La Toussaint en Lorraine* ou de *La Petite Barque*. Elle n'avait plus besoin de rien. Seulement d'un instant de vie supplémentaire, d'eau, de sel et de soleil sur sa vieille peau, d'air pour emplir ses poumons et du spectacle du monde. Ne pas rater le dernier acte. Dont acte.

Désormais solitaire, glacée d'ans et d'outrages, elle irait de par le vaste monde, minuscule sorcière, en attendant de rejoindre, poussière de chair, le néant primordial. L'idée la séduisait, une épreuve consentie à cet âge où la biologie, destin, frappe à la porte des châteaux, réclamant son ultime dû. Elle se réjouissait de retrouver la peur, de sentir à nouveau l'adrénaline du risque couler le long de sa colonne vertébrale dentelée comme celle d'un stégosaure, ignorer de quoi demain sera fait, ce réseau de sentiments et de sensations que lui offrait, splendide contrepoint au chagrin, la volupté de n'avoir pas hésité un instant et l'incomparable fierté de vivre, ultime humaine, parmi les rhinocéros !

Un dernier regard à la vaste cour de l'ancien hôtel particulier converti en immeuble de rapport, un peu de vent à la fenêtre, une ultime inspiration avant le saut dans l'inconnu.

SIX

Elle doit encore une fois vérifier son – *ses* serait plus juste – bagage. Une valise et un sac marin – ce vieil ami en compagnie duquel elle avait quitté ses parents et le quartier de son enfance, ignorant ne revoir jamais cette martyre des urbanistes, sa chère, très chère, unique vieille place des Fêtes avant démolition et restructuration, du village aux tours. Des terrains vagues où d'être chat sauvage on a la liberté à ces Manhattan de pacotille à usage des classes moyennes. La roue de la vie…

Dans un instant, voyageuse sans espoir de retour, Mireille prierait le dernier taxi parisien, celui qui la conduira gare de Lyon, seuil de son dernier séjour, de faire le détour par Belleville, les hauts de Ménilmontant et ceux de Télégraphe ; la rue des Bois disparus et celle des Lilas qui ne fleurissent qu'une fois l'an ; la rue Haxo, ci-devant maréchal d'Empire ; celle de Pixerécourt, dramaturge à succès.

Une dernière fois, elle reverrait les briques du jardin de la Butte-Rouge, aujourd'hui on le dit jardin du Chapeau de la Butte-Rouge, dessiné par Léon Azéma, artisan du palais de Chaillot, sis sur les carrières d'Amérique dont le nom la faisait tant rêver, enfant. On y exportait le plâtre des carrières étendues, d'un jardin l'autre, jusqu'aux Buttes-Chaumont. Se souvenir des temps heureux où les architectes se voulaient magiciens, mêlant urbanisme et volupté, plaisirs de l'esprit et des sens, au lieu, minuscules cloportes de l'Épicerie du Réel, de peser chaque gramme de matière pour ne laisser à ce sur-essentiel, le cadre, que sa fonction, comme leurs frères technocrates prétendaient rentabiliser chaque sujet et soustraire de l'organisme vivant tous les monstres et les inactifs.

Pas d'existence oiseuse dans le nouveau livre du Monde. Peut-être ne devait-elle son caractère qu'au simple fait d'être née là, dans ce quartier prolétaire où la Modernité n'avait encore paru que dans l'éclat austère des briques du Chapeau-Rouge, ce havre, aux berges d'une barrière infranchissable comme ceinture de vierge, verte comme jeunesse et Arcadie, isolant Paris comme île des océans.

Aux côtés de son père, elle se sentait, chaque dimanche matin, figure de proue d'un navire en passe de quitter le port pour s'en aller loin, très loin, au-delà des fortifs... *Vers l'inconnu et au-delà,* en *Amérique voulait l'avoir et elle l'aurait.* C'était la sensation qui lui revenait ce soir à la veille du départ en ce désir fou de vaguer au milieu des cycles, bi ou tri, cargos ou tout-terrain, vélos de rando ou pousse-pousse contemporains, tuk-tuk ou vélos avec chauffeurs, trottinettes, vespas et motos, camions et camionnettes et divers Uber, pour retrouver le vert désert de son enfance modeste dans la splendeur d'une ville ouverte au secret et non plus poursuivie, identique, symétrique à l'infini.

Peut-être était-ce là ce qu'elle avait cherché, teignant, inlassable, des kilomètres et des tonnes de tissus pour que chaque robe fût dissemblable comme l'était chaque échoppe, chaque cour ou courette, escalier ou perron, jardin ou jardinet, chaque visage et chaque vie, avant que la publicité et la com ne prennent le contrôle, jusqu'à ce jour affreux, marqué par le destin, où les vieillards, après les trisomiques et autres erreurs de la nature, se virent, ANPR, jetés par les physionomistes et enfermés, avec leur consentement, aux bagnes du plaisir.

SEPT

Elle s'en retournerait aux paradis perdus, avant de se rendre gare de Lyon où, dans cinq heures et deux minutes exactement, elle monterait dans le train de nuit en direction de Nîmes. Elle n'aurait pas détesté vieillir en compagnie de Simon, décidément ça la tenait, mais cela n'avait pas été. À quoi bon vouloir l'impossible quand on n'a pas le goût du martyre ? Elle avait encore la force de danser. Pourquoi ne danserait-elle pas ? Et si elle avait faim de gâteaux, de chantilly, de sorbets, de sabayons et de fruits exotiques, de viande cuite à bleu, de citrons acides et de sirops d'orgeat, de rose et de violette, de thés fortement épicés ou simplement à l'amande et à la vanille, pourquoi devrait-elle se forcer à boire des tisanes et de l'eau pure ? Pourquoi se nourrirait-elle de brocolis vapeur et de viandes bouillies, de céréales pâteuses et de mets qui mettent en santé aux portes du néant ? De quel droit la Terre avait-elle cessé d'être terre des enfants du bon Dieu et l'État celui de lui enjoindre de mourir avant l'heure prescrite ? *De jure*, il le faisait mais, *de facto*, elle pouvait ne pas s'y résigner. Et même, s'*ils* – les tenants de l'ordre nouveau – étaient venus avec des chiens policiers et des gardes en armes, elle aurait fui, se serait cachée dans des caves, des grottes. Plutôt mourir d'une balle dans la tête que ligotée à une perfusion !

Elle n'irait pas.

Elle aussi avait été jeune et bien plus jeune que ces étudiants en marketing, communication, ressources humaines et elle en passait, ces planqués de la vie, fonctionnaires faisant fonctionner d'inutiles machins, sans jamais descendre sur le terrain, ces pleutres qui calculaient déjà à 20 ans leurs points de retraite et se tricotaient des bas de laine, géraient leurs vies comme ils se laissaient manager, trier, sélectionner, placer, déplacer, informer, déformer au rythme des communicants et des RH. Pas de ça, Lisette. Elle mourrait, brave chèvre de monsieur Seguin, avec ses certitudes d'expérience, pas la bouche pleine des mots des autres. Déjà enfant, le genre à ne pas embrasser la dame qui piquait ou puait mais à choisir contre qui se lover. Le genre à haïr ou adorer telle ou telle institutrice et à se refuser à mentir à la grosse et à la laide, chacun devant selon elle faire son propre pain à partir de sa propre farine.

C'était la vie, et Mireille, de longtemps, toujours, avait pressenti n'en avoir jamais d'autre, riant des engouements divers de Pierrette et Paulette pour le bouddhisme et ses métempsycoses… toute cette daube de troisième œil, d'ère du Verseau dont ses condisciples raffolaient, avant de mettre au monde une nouvelle génération de tarés, qui se livreraient au développement personnel avec l'ardeur de Thérèse d'Avila engloutissant le corps du Christ. Ça, ça avait de la gueule d'avoir engendré *Le Château intérieur, ou les Demeures de l'âme*, comme diamants encastrés. Sans croire le moins du monde en un dieu en une ou trois personnes, Mireille voyait dans cette œuvre, comme dans la lecture des poètes, la contemplation des tableaux, la beauté de certains êtres, les nuances de l'aube et du crépuscule, l'odeur de la pluie sur une route de campagne après l'orage ou les champs de blés bercés par les vents, la preuve de la folie d'un monde, qui prétendait conduire les humains de la crèche collective aux « Jeux sont faits », en passant par la case travail et non plus service inutile.

S'en fichait de mourir seule comme ne meurent plus les chiens dans la pâleur de l'aube ou emportée par la Grande Bleue, un jour où une crampe trop violente lui interdirait le retour.

S'en fichait de servir de pâture aux requins. Vers ou squales, le festin toujours s'achève de semblable manière.

Elle pouvait s'évaporer, puisque ni Valentine ni les enfants de Valentine, à supposer que la triste junkie, sevrée ou pas, se fût reproduite, ne viendraient sur sa tombe déposer un bouquet de myosotis, un petit *I don't forget.* Même pas peur ! Crâneuse ! Évidemment, elle pétochait et pas qu'un peu. Le plexus comme une pierre, le souffle plus court qu'à l'accoutumée, jusqu'à ses jambes incapables de soutenir ses quarante-six kilos. L'heure venue de chanter la chanson de Carmen *et c'est moi qui choisis*, pliant à la nippone son costume d'invisible, son armure de ménopausée soumise.

Jeune, la vie devant elle, la vie comme un voyage au long cours avec ou sans escales, selon son bon plaisir et le diktat des hasards qui ne font certes pas toujours bien les choses mais vous persuadent toujours d'être vivants, induisant un mouvement au cœur de vies, toutes sans exception prisons consenties ou non, avec ou sans étoiles.

En elle, pas la moindre volonté de *jouir sans entraves*, seulement de vivre, se lever avec l'envie de terminer une robe, sous le soleil ou la lune, selon l'heure et l'humeur ; de marcher, nez au vent, sans désirer acquérir quoi que ce soit, parure ou meuble à faire de son chez-elle une annexe de la page Maison de *Marie Claire*.

Même pas de rencontrer un homme. Si d'aventure un homme lui plaisait, elle embarquait. *Pour un jour, une nuit, devenir Virginie* mais jamais elle n'aurait recours à une appli. Pourquoi pas une marieuse ? Une araignée, tissant de vastes toiles où prendre au piège, pour des raisons de convenances matérielles et financières toutes plus sordides les unes que les autres, des misérables. Le Capital pouvait avoir détruit son havre, le désir d'une vie nouvelle, sous la forme de cette fugue encore mal tempérée, lui restait.

Elle n'irait pas. Elle n'avait jamais été dupe et avait toujours su devoir pâlir, faner, vieillir. Ronsard le lui avait soufflé dès le CE1 mais elle avait, jusqu'à ce jour d'avril, toujours cru, maison et jardin en ordre, poursuivre, rêvant et brodant, la tapisserie de sa vie, réchauffer son âme toujours vaillante aux impressions et aux images qui voudraient bien encore lui faire l'honneur de l'assaillir à défaut de la saillir. Facile ! Ça lui était venu et elle le garderait pour ne pas oublier combien elle avait aimé les assauts des garçons, des hommes : du premier regard qui dit « Je veux » à l'imperceptible frôlement qui demande « Et toi »... Toutes ces microsensations en eastmancolor qui font de chaque instant un film à se repasser, en boucle ou pas, avant de s'endormir.

La grande vieillesse devait ressembler à ça : l'instant d'avant-sommeil où les visions s'emparent des moins imaginatifs. En l'absence de petits-enfants à regarder grandir, les squares et leurs milliers d'inconnus à contempler, ces milliers de vies à rêver, lui demeuraient. Même pas peur.

Et puis en cet hier, qui aurait dû être son demain, quand ses doigts trop gourds ne pourraient plus transformer des chiffons en parures, ils pourraient toujours tourner les pages d'un livre. Des journées entières dans des bibliothèques... Dans sa verte jeunesse, elle admirait les vieillards, occupés à lire de A à Z tous les auteurs qui passaient sous leurs yeux, entre leurs mains, à moins qu'ils ne reprissent avec ferveur les collections commencées dans l'enfance et abandonnées à perdre leur vie à la gagner. Timbres, monnaies, cartes postales, photographies, épingles à chapeaux, dessous de verres, bouteilles, canettes ou napperons de dentelle... Qu'importe l'objet, pourvu qu'on ait l'ivresse !

Certains se plaisaient à swinguer les dimanches aux bals musettes ou apprenaient la langue d'un pays qu'ils auraient aimé voir avant de disparaître. D'autres l'espéranto, dans l'espoir délétère de rencontrer un ami de l'autre bout de la Terre. Certains s'y rendaient, à moins d'avoir adopté un chien fidèle en compagnie duquel cheminer chaque jour des heures entières, un ami à qui confier les satisfactions et les regrets, péniblement ou aisément – le caractère et lui seul alors était destin – extirpés de leurs pauvres vies d'hommes. Et ceux qui ressuscitaient le *Pourquoi pas ?* ou la frégate en partance pour l'Égypte si belle sous la plume de Vigny, ces vaisseaux sur lesquels ils n'étaient jamais montés mais dont ils auraient été *fiers d'y être matelots* en allumettes ! Pas plus con que de faire du yoga ou du fitness avant que la faux ne les fauche ! Et ces femmes qui tricotaient, inlassables, des couvertures dont personne n'avait besoin, des pulls que nul ne porterait, pour le simple plaisir de regarder naître et mourir des volumes et des courbes sous leurs doigts déformés !

Elle n'irait pas. La vieillesse était tout sauf un naufrage, à condition de la vivre comme telle au lieu de se la jouer collective ou jeuniste, à coups de médocs, de botox et autres subterfuges que l'argent autorise, gigolos des mers du Sud ou valets de cure, en lieu et place du valet de cœur, de longtemps disparu. Une vie réussie commençait dans l'attente de la gloire, peut-être même du bonheur, pour s'achever invariablement à nourrir les canards et les cygnes dans de paisibles jardins.

Là que la vieillesse constituait véritablement le dimanche de la vie, une longue et brève plage de temps où l'occasion de réparer les injustices du sort et de remercier la fortune était offerte, le plus démocratiquement du monde, à chacun. Seuls les riches ne changeaient rien à leurs habitudes, soit qu'ils n'aient jamais rien fait d'autre que se distraire inlassablement, soit que leurs travaux ne les aient guère fatigués.

En ce temps pas si lointain mais déjà aboli, mourir sans avoir vu le médecin était tenu pour honneur. Un matin, on ne se levait pas et à ce signe on savait l'heure venue d'appeler le curé avant de s'en aller, conscience nette et propre comme linge sur un fil par une belle aube d'été.

De quel droit le Capital pouvait-il lui refuser ce dimanche, ce jour du Seigneur, le shabbat de ces étranges hommes en noir qui affirmaient que le monde avait été créé en six jours, alors qu'elle mettait parfois, souvent, plus d'un mois à confectionner certaines des pièces de ses collections ?

Ce n'était pas sérieux. Elle se savait dans le vrai, comme ces antisémites qui avaient caché des gamins juifs durant la guerre. L'idée et le réel ne concordent jamais… Cela a un beau nom, Mireille, ça s'appelle la vie !

Elle ne s'en voulait pas mais pas du tout de n'avoir pas anticipé. S'en doutait, monopole du détournement, nullement réservé aux camarades et aux émeutiers, l'ennemi, longtemps, sut taire le mot d'ordre principal : dernier avertissement avant l'arrêt complet de la machine, tous les voyageurs sont priés de descendre !

Sans égard pour Malthus et dans le but unique de promouvoir la surconsommation, les maîtres pratiquèrent à grande échelle le même art de la guerre que les émeutiers, prétendant offrir une meilleure qualité de vie à tous à mesure que la vie matérielle amenuisait puis détruisait la vie réelle et secrète de chacun.

Cette vie, destinée en sa modestie même à être unique, se trouva imperceptiblement modifiée. Le cinéma, fusée ou carrosse chargés de conduire le spectateur vers le pays des rêves, changea subrepticement de nature. Soutenu par l'incroyable labeur des publicitaires, l'art, septième du nom, transforma le naïf spectateur de Méliès, l'amant du music-hall, l'amateur du roman et l'amoureux de la poésie, cette vieille jeunesse fatiguée d'une terrible guerre, en homme résolument nouveau. À cet art se vit dévolue l'unique fonction de contraindre le chaland à acquérir cigarettes, bourbon, voitures, motos, solex, scooters, vélos… robes et colifichets, *Church's* et *blazer for men*, jean et tee-shirt éclatant de blancheur à la James Dean pour tous, robes fleuries et bibis *for ladies*, en attendant shorts et crop tops, jeans unisexes et débardeurs, *casual for everybody, every body's*, taille unique extensible, *genderfluid*, impair et passe. Son business plan en avait assez pâti !

Il en alla ainsi de chaque chose, sous prétexte d'amélioration de qualité et de confort de vie, de libération, des modes vestimentaires, musicales, éditoriales et artistiques successives jusqu'à la démocratisation des modes chirurgicales. Une nouvelle caste naquit, inédite absolument, la classe transclasse – ce fut la grande force du Capital, car il faut bien appeler l'ennemi par son nom –, la caste unique du spectateur-consommateur, bientôt substituée au citoyen, au camarade, au frère humain. Ceci eut pour conséquence ultime d'abolir toute philosophie politique, dûment remplacée par l'économie, et de contraindre qui prétendait s'occuper des affaires de la Cité, chef ou secrétaire d'État, ministre, ambassadeur ou consul ou vice-consul, à se faire représentant, commercial, jusqu'à la mort annoncée du commis voyageur, vaincu par la montée progressive d'un tiers-monde en voie de devenir maître du monde. Cela eut un beau nom : la mondialisation. Heureuse d'abord, malheureuse ensuite, comme dans la chanson *Plaisir d'amour*…

Il fallut travestir cette intrusion – OPA, occupation, prise d'assaut et annihilation – de l'État et du Pouvoir en choix librement consenti et pour cela hypostasier la jeunesse, consommatrice de livres et de fringues, de musique-ça-vous-assourdit-les-masses, de fards pour les filles et bientôt pour les gays et les hésitants, de voyages, de sport à outrance et de toutes sensations fortes, drogues récréatives ou à but d'ascèse, faisant croire à chacun que *sa* rébellion, *son* goût pour la musique « décadente » faisaient de lui un individu, quand il n'était qu'un des rouages sous-prolétarien nécessaire au nouvel ordre du monde occidental : un monde qui avait substitué le devenir « chair à canon » de ses esclaves en « chair à consommation ».

Les fils de 68 n'étaient que des fils de pub. Les fils d'Auschwitz et d'Hiroshima, promis à verdir *sous le soleil exactement*. Il est toujours difficile d'admettre ne pas être plus libre en régime capitaliste que sous une dictature, l'autorité managériale se faisant chaque jour plus sournoise et l'espace réservé au consommateur offrant l'illusion d'une liberté chaque jour plus réduite. Bref, les jeunes suffisant à l'offre, les vieillards pouvaient disparaître. D'est en ouest, le même procès était en cours. L'un nécessitait la plus extrême des coercitions et l'autre, la plus violente affirmation libertaire mais, d'une rive l'autre, des divers rideaux de fer et des grandes murailles, le totalitarisme constituait l'unique forme de gouvernement que connut désormais une planète, que ses maîtres, sans pitié, pillaient, sur le modèle colonial en voie apparente d'effondrement.

Les vieillards, qui, de bonne foi, avaient cru construire un monde nouveau pour leurs enfants, se réveillèrent un triste matin, non seulement ridés, perclus de rhumatismes, les jambes meurtries et le visage couperosé en bleu et rose, en noir et rouge, les membres tavelés de cet hideux imprimé panthère qui, avec l'exactitude d'un métronome, revient, marronnier du textile, chaque automne, incapables de supporter les rigueurs de l'hiver et les assauts du soleil mais irrémédiablement criminels d'avoir seulement vécu, épuisant l'eau, souillant l'air et exténuant la terre.

Là que le monde est vraiment devenu jardin de pierres. Le syndrome post-traumatique et les séjours prolongés à Needle Park, devenus lot commun, ces vies gâtées, décor d'un nouveau versant de la contre-culture comme leur tragédie, servirent d'excuse aux intellectuels occidentaux pour s'ébaubir en compagnie d'Aragon des *yeux bleus des révolutions*, accepter leur nécessaire brutalité : réformes agraires, chambardements culturels, campagnes diverses lancées à l'assaut des ennemis chaque jour plus nombreux, grands bonds en avant et campagnes des Cent Fleurs, comme leurs pères avaient accepté les famines, les procès, ceux de Moscou, celui tardif des Blouses blanches, l'épuration des artistes individualistes et partant dissidents empoisonnant pour longtemps, toujours sans doute, le puits démocrate.

Surtout l'Europe de l'Ouest-dénazifiée – son œil ! – s'était habituée aux grands nombres. Aussi la France estima-t-elle que 20 % de 67 millions ne faisaient que 13 millions : bien peu comparé au nombre aussi exorbitant qu'inconnaissable des victimes des communismes. L'argument valait ce qu'il valait. Il prévalut, plongeant Mireille dans une sorte d'euphorie comme toujours l'absurde en a le pouvoir.

S'était-elle crue intouchable d'avoir, hors caste, vécu en femme libre ? Mireille n'avait jamais marché dans la combine, vivant au rythme des commandes, travaillant la nuit et le jour, sans égard pour les diktats extérieurs, dans le *mouv*, uniquement au fil des jours de l'enfance de Valentine au temps heureux où elle réglait son pas sur les calendriers scolaires – ses calendriers solaires ! –, conduisant la petiote sur les beaux chemins de France, des Alpes-de-Haute-Provence au Gard, dans les Cévennes-qui-êtes-si-belles, jusqu'au jour maudit de la fugue américaine.

HUIT

Retour aux sources ! Tu parles, Charles ! La balade fut sinistre, loin, si loin, de la coupe aux lèvres ! Le taxi se prend de nuit, de préférence les soirs de pluie, quand les images défilent, frissonnent, fragmentaires et vacillantes, silhouettes et ombres, se figent, qui invitent au voyage, graffitis, bouteilles à la mer d'un nouveau genre, attendant du flâneur qu'il se fît ami ou ennemi, tags hurlant « J'étais là » aux semblables et aux indifférents, ce ballet ininterrompu de passants – vivants et morts –, parfait art de la fugue comme dans un film de Guy Gilles, sous le halo vibrant des néons de Pigalle, pas au printemps, à 6 heures du soir, heure maudite, où les résidents du Grand Paris se pressent, chacun proie d'une même idée fixe : retrouver son Ikea, son Epeda, son Acova-confort-de-vie, Conforama, loin du trafic, des pistes et des rocades, rêvant à ses pantoufles, son ordi, ses séries, son match, ses bières, ses pizzas fraîches et, dans les premiers temps, sa go ou son keum, dans une ville en déconstruction/reconstruction, une ville non plus à vivre mais à traverser, à visiter, *Gross Paris*, au pas de l'Oye, en groupe et en ligne, en suivant le guide.

Monter dans un taxi parfois vous égare entre infra- et supramondes, hors du temps, dans la ville et hors la ville, quand le conducteur se la joue chauffeur de maître, pas forcément l'amant de Lady Chatterley, mais montre le désir – hypocrite ou sincère, qu'importe ! – de savoir qui il charge, vous offrant l'illusion de figurer, un bref instant, au titre de réplique, sur le petit théâtre de la vie d'autrui, partageant l'étrange errance qui conduit quelque part. Cela a un beau nom, Mireille, ça s'appelle la rencontre.

Pas le cas de ce muet comme taxi new-yorkais, résolument de dos, dont les yeux évitaient jusqu'au rétro intérieur, seulement occupé à écouter paroles et musiques, venues d'un pays si étrange que Mireille, en dépit de son obstination, n'était pas parvenue à en déceler l'origine. Gare de Lyon, le prestataire se contenta de montrer du doigt la somme exorbitante inscrite au compteur.

Quant à sa place défaite, le ravage dépassait l'entendement comme la hideur orgueilleuse de la cité-hôpital des Enfants malades, complaisamment étalée en lieu et place du vide des fortifs où elle faisait hier du sport avec l'école, la blessa, quoiqu'elle en connût l'existence, bien plus que de raison, enfin plus cruellement qu'elle ne l'aurait cru.

Seul son immeuble, un immeuble de briques jaunes et rouges, haut de cinq maigres étages, sans prétention, avait, à son image, résisté au temps, résisté à l'effort, pour se retrouver solidement encadré, comme Charlot entre deux gendarmes, par deux bâtiments standards des années 70, affichant fièrement leurs elle ne savait et voulait l'ignorer combien de mètres de hauteur. Elle aurait pu être n'importe où, à Cergy-Pontoise ou à Melun… à Tours, à Ibaraki ou à Suwon. Bétonné, désâmé, le quartier avait perdu son caractère d'unicité et rien ne subsistait en lui des années envolées.

Elle avait hâte à présent de prendre la fuite, loin d'ici la boue désormais faite de ses pleurs. Elle paya, descendit, balbutiant un inutile au revoir, salua d'un sourire amical ce vestige d'un luxe disparu que constitue le Train bleu, désormais lui aussi dénaturé par l'afflux de touristes indifférents et de nouveaux riches.

C'était bien la peine d'avoir conduit les gamins au musée au lieu de leur apprendre à bénir chaque pavé. L'insensibilité généralisée ne mesurait plus le monde qu'au prix des choses. Que choisir ? Où aller ? Google seul savait. La Communauté notait et tous s'en contentaient. Curieuse incarnation des idées dans la chair et l'âme des mortels que cette expérience de n'avoir rien ni personne à quitter de la ville où elle était née, avait grandi, rêvé, aimé, conçu, travaillé, la ville qu'inlassable elle avait arpentée, se gardant toujours d'approcher de ses périphéries comme pour se donner l'illusion de vivre encore et encore dans un film de Marcel Carné ou de René Clair, un roman d'Aragon ou une vignette de Georges Perec.

Là que Mireille sut dans sa chair et son sang qu'*il n'y avait plus de François* et sentit, aussi soudainement que brièvement, monter en elle la tentation de lancer un crampon sur le beffroi de la gare, s'accrocher aux aiguilles de l'horloge, pour elle seule arrêtées, et se jeter dans le vide, le désir fou de mêler sa charogne aux derniers vivants et de souiller, de sa chair et de son sang gâtés, meurtris et de ses os réduits en bouillie, la morne passivité des passants, un mot, expliquant son geste par la dénaturation de sa ville, épinglé sur sa poitrine.

Elle partait. À quoi bon devancer l'appel ? Donner raison aux concepteurs de l'inepte Programme ! Elle devait vivre. Pire ou mieux, faire de ces jours de malheur un simulacre de bonheur et de joie. Elle partait en voyage, étant de celles *qui voyagent en solitaire.* Rien d'autre.

Décidément, le costume le plus approprié à la situation restait la robe de bure… Quant à sa vie passée, ce ne serait pas aux pieds du Christ qu'elle la déposerait mais aux rives de la Grande Bleue, à la jointure du ciel, de la terre et du ciel, parfait triangle isocèle, à l'heure qui plairait à la charrette fantôme de s'arrêter. Pas avant, quoi qu'il arrive, elle s'en fit le serment. À la lâcheté, opposer le courage ; à la bassesse, la hauteur ; et à la peur, le mépris. Elle n'avait, chemin sans retour, plus le choix.

La nuit fut pire encore. Elle n'avait certes pas espéré le confort de l'Orient-Express mais la climatisation à donf, la sempiternelle rugosité des draps SNCF, la maigreur de l'oreiller et la brutalité de la squelettique couverture, ajoutées à la présence-absence de ses compagnons de voyage, endormis – boules Quies aux oreilles et masques sur les yeux cinq minutes après le départ –, lui valurent une jolie insomnie, une presque crise d'angoisse, ponctuée de brèves absences dont elle se réveilla à chaque fois plus vide et désorientée, épuisée d'appréhensions et d'espérances aussi vaines les unes que les autres. Elle avait beau se répéter « Attends pour voir », elle voyait le pire.

Elle n'avait pas tort. À la gare de Nîmes, foin de consigne automatique, pas une âme qui vive, guichets hermétiquement fermés. Aucun de ces buffets où de jeunes amants rêvent et se séparent, à moins que, faute de pouvoir poursuivre la romance, ils ne préfèrent, à la fin du jour, attendre le dernier train qui, aux confins d'éternité, conduira, bouillie sanglante, leurs corps enchevêtrés.

Le moyen de déambuler, chargée comme une ânesse ? Mireille se résolut à attendre le train pour Aigues-Mortes, puisque c'était là le dernier séjour qu'elle avait élu.

Elle s'en irait sans revoir les arènes, surtout les merveilleux jardins de la Fontaine, leurs pins d'Alep, leurs cèdres du Liban, leurs milliers de plantes méditerranéennes, leurs senteurs et le si délicat camaïeu de verts dont elle s'inspirait pour teindre/déteindre, pastelliser ou recolorer certaines des pièces de ses collections… particulièrement ce long manteau vert irlandais, à l'encolure et aux poignets garnis de fausse fourrure alizarine, et d'énormes boutons roses et or, qui avait conduit Simon à désirer la rencontrer et contraint Valentine à venir au monde.

Vita nova. Elle devait cesser de reconstituer le puzzle de ses passions mortes et aller de l'avant, virer nostalgie et souvenance à coups de pied : ANPR *sous aucun prétexte* ; monter dans le train des Cévennes, jouir du paysage et trouver un gîte pour cette nuit, les suivantes.

Désormais, elle appartenait à la catégorie des SDF, clocharde, routarde, exclue, naufragée, sans pouvoir prétendre à aucune assistance. Fini le temps des papotages et des sourires. Chacun pour soi. Dieu pour personne. Google pour tous.

Ça l'avait saisie durant les quelques mètres où elle s'était hasardée à trouver un bistrot où boire son premier café-crème, enfin son café noisette « avec un pot de lait froid, à part, s'il vous plaît ». Ridicule. Plus elle vieillirait et se détériorerait, plus ce caprice deviendrait dérisoire… Et puis un jour, un inconnu, avisant ses vêtements élimés, lui offrirait son premier « café suspendu ». Ce jour-là, elle saurait avoir atteint le fond.

Le premier café à Aigues-Mortes, hors les murs, du côté de la ville neuve, là où vivent « les vraies gens » : ceux qui triment pour payer leur loyer et larbinent pour les vacanciers et les riches retraités, avides de Sud, ne lui parut – premier café de la Liberté – pas aussi doux qu'elle l'aurait aimé. Plus noir qu'elle ne l'avait rêvé. La solitude amertume et les *pays* – air connu – raffolent rarement des visages inconnus. Elle les comprenait. Pas plus que le taxi, le train de nuit et l'aube sur une gare de province, le café n'avait correspondu à l'attente de Mireille, poésie envolée sous la lassitude du serveur qui, semblant rivaliser avec le robot du futur, avait cessé d'avoir soin de chaque geste et d'ajouter un mot et un sourire au protocole ou à la partition du service. À quoi bon venir au café si là aussi le rituel a disparu ?

Elle devait faire face. Tenir. Ce que voulait pouvait, sa devise lui en intimait l'ordre. Elle devait trouver un refuge. Les hôtels et les locations en dur lui étant interdits, la sans-papiers, la décartée, avait le projet de tenter de se trouver un bungalow ou un mobil-home dans un camping. Après cinq essais infructueux – pas de papiers, pas de havre ! –, les bras et les reins moulus, la voyageuse arriva aux Quatre-Vents où la jeune Mado, appétissante et dépoitraillée, tatouée et percée comme une Maorie, visage inclus, une clope électronique au bec, daigna lui indiquer une caravane, sur le point d'être jetée. Un rebut pour un vieux déchet, ça lui allait.

Le camping, à une encablure de l'hyper et à deux minutes du canal du Midi et de son chemin de terre encore ouvert au public en dépit de la prolifération des péniches d'agrément, présentait bien des avantages. Elle pourrait suivre le chemin jusqu'à la mer, à pied ou à vélo ; l'hyper et son anonymat la protégeraient des regards indiscrets. Si personne ne lui dérobait son pécule, elle pourrait tenir quelques années, en attendant l'expulsion, l'inflation, la déflation, la récession ou l'implosion générale.

Un pas après l'autre, une brasse après l'autre. Se doucher... laver son linge de nuit et partir à l'aventure, retrouver la mer. Elle n'avait rien d'autre à faire qu'à s'imaginer être en vacances, en attendant le jour où le téléphone portable et lui seul servirait de porte-monnaie. Ce jour-là, plus de marges, plus de survivants...

Pas après pas, brasse après brasse, coulée après coulée, toute temporalité évanouie, un instant d'éternité répété, en apnée, en attendant la fin.

En juin, peu de touristes encore. Tout à l'heure, elle franchira les remparts d'Aigues-Mortes, se perdra avec délices dans le lacis des ruelles encore silencieuses, portée par les couleurs, celles des volets et des murs, ces blancs et ces bleus, ces ocres et ces rose sable, qui font le charme, la qualité d'envoûtement du Sud. Elle repérera les chats à nourrir et les chiens à fuir, et ira, ombre parmi les ombres, se fondre dans la nuit ou parmi la foule, demain, plus tard, saison des fous venue.

La solitude, tant vantée par les philosophes et les sages, comme la paix promise à qui cesse de se divertir, eut moins de charme *in vivo* qu'elle n'en avait sur le papier et Mireille devait trouver de quoi se divertir sous peine de sombrer dans la folie.

Plus personne à qui parler. Que l'épreuve semblait belle dans le vacarme de la vie parisienne, sous la froide lampe du réel, qu'elle lui parut brutale.

Le soir tombait et aucune voix humaine n'avait troublé son triste soliloque. Elle avait aussi oublié de manger, même de boire de l'eau, depuis le matin précédent. Trop tard pour l'hyper, toutes fontaines arrêtées, elle devait rejoindre les Quatre-Vents, cinq kilomètres. Une idée fixe : boire et dormir. Demain, demain, il fera jour. Le retour lui parut long. Désormais, planète obligeait, les réverbères étaient réglés au minimum et, en cette saison, limonadiers et restaurateurs avaient fermé depuis longtemps quand Mireille affronta sa première nuit d'exil.

Seule dans la ville, volets clos alentour, dans le silence çà et là déchiré par les hululements des oiseaux de nuit et le feulement des chats, inamicaux – leur exacte fonction. Cinéaste, elle aurait pu tourner, ici comme dans chaque ville de province, à heure semblable, le *remake* du *Paris qui dort* de René Clair. Elle se figurait être ce gardien de la tour Eiffel, qui s'éveille comme chaque matin, ignorant qu'un savant fou a endormi la ville d'un rayon diabolique, et marche dans les rues, non plus d'un pas ordinaire, mais du pas de celui qui soudain découvre les puissances du délaissement… Rue des pas, des visages, des voix et des objets perdus, et son ombre même menaça un instant de l'effrayer.

Tenir, elle devait tenir, s'en était fait la promesse, ne pas donner raison à l'ennemi, qui l'estimait trop faible pour survivre, une envie folle, irrésistible, la prit de hurler à son passé, son futur et à la ville endormie *I Will Survive*, la merveilleuse chanson de Gloria Gaynor, d'en marteler chaque mot à pleins poumons jusqu'à la victoire finale. Elle le fit en silence, remuant les lèvres à s'en dégommer les zygomatiques, dansant presque dans les rues et le chemin de terre, jusqu'aux Quatre-Vents sous les étoiles.

Excepté un poivrot qui la héla, l'insulta, elle lui avait refusé l'aumône et d'ailleurs s'en voulut, nul obstacle ne s'était, cette nuit-là, la première d'une longue série de nuits, opposé au retour de la force. *I Will Survive* la poursuivit sous la douche, la mettant tellement en énergie que ses gencives et sa peau en rougirent. Brave Gloria, elle méritait son nom.

Sordide, son F1 l'était. Demain, elle le récurerait d'importance, en chantant, peut-être même repeindrait-elle, çà et là, quelques panneaux de bois décrépis et craquelés, et s'offrirait les plus vives et épaisses serviettes de toilette qu'elle trouverait, une assiette aux motifs floraux, une nappe et une serviette aux couleurs de

Provence, de quoi se mettre – *laver, repasser, travailler, il faut se faire*, Parisienne en exil, *une raison…* – du baume au cœur et finit par s'endormir, rêvant décoration d'intérieur et festin pantagruélique : des fruits, des tomates, du fromage, de l'huile et du pain. Pas plus de sept euros par jour, elle devait garder des dix ou douze euros qu'elle s'autorisait de quoi s'offrir un café, voire les grands jours un verre de limonade.

Survivre ! Il fallait garder de l'argent pour les machines à laver, la lessive, les mouchoirs, le papier hygiénique, le savon, le shampoing, peut-être du désinfectant, des pansements, du Doliprane, qu'en savait-elle ? Bien entendu, elle userait d'une pince à cheveux pour extraire jusqu'à la dernière goutte des tubes de dentifrice et ne gâcherait pas un pouce de savon… Après une vie somme toute assez dispendieuse, la chose lui paraîtrait, du moins au début, assez cocasse. Il lui faudrait aussi du café, du thé, et de temps à autre changer de nippes. Elle devait demeurer vigilante… À la fin de chaque mois, elle ferait ses comptes et s'accorderait ou pas un extra, une friandise… sirop d'orgeat, de violette, chantilly, guimauve… toutes ces choses interdites par la diététique contemporaine en l'absence desquelles la vie n'était pas digne d'être vécue.

NEUF

Quinze longs mois s'égrenèrent, longue suite de jours identiques. Du plaisir tant escompté de la flânerie, ce passe-temps qui, de chaque homme, fait le romancier de sa rue comme de chaque espace traversé, lui offrant ce sentiment particulier qui toujours vous saisit à croiser des inconnus et croire, un instant, un bref instant, pénétrer leur intimité : deviner à les voir marcher, à entendre brièvement la tessiture de leur voix, non pas leur profession et leur statut social mais l'ombre de leurs rêves. Agonisants ou actifs, qu'importe leur nature. Mélodrame ou comédie, c'est le film l'important. De ce très innocent et roboratif plaisir, Mireille fut privée, tant les us et coutumes, les parures et les postures lui semblaient s'être uniformisés.

Il en allait des hommes comme de leurs décors, une succession de pâles répliques d'un modèle ou programme tellement intériorisé qu'il échappait à chacun et, excepté les fous, certains enfants encore et quelques très jeunes gens, aucun visage ne semblait indiquer autre chose que le désir d'une glace ou la soif de vérifier les indications de leurs téléphones portables, substitués aux anciens guides.

Vieillards disparus, ne restaient que rats et chiens en mouvement, les uns courant et les autres reniflant, également avides de sensations, fermement encadrés par des chiourmes du tourisme, qui, après avoir guetté le chaland avec l'avidité de porcs attendant leur pitance, suçaient la moelle et les os des vacanciers, manageant leurs loisirs comme leurs frères du monde de l'entreprise l'avaient fait du travail. Désormais le temps de l'*otium* s'était fait temps de *negotium*.

Mus par de semblables contraintes, les vacanciers, devenus des prisonniers des Loisirs obligatoires, lui semblaient de vieux ou grands enfants, les yeux toujours rivés sur leurs portables comme hier les écoliers sur l'horloge de la salle de classe. Une différence, pour eux, pas le plus petit espoir d'une ombre d'hypostase – vers échappé de l'ennuyeux manuel ou percée vers le moindre mystère : la raison pour laquelle pi mesurait toujours cent-quatorze-cent-seize ou comment fut découverte la double nature, ondulatoire et corpusculaire, de la lumière, le génome humain et mille autres énigmes dont ils n'auraient jamais le fin mot.

Mireille regardait ces couples et ces trouples, ces familles, ces groupes, leurs chiens aux regards vides, vaguer d'une boutique et d'un musée l'autre, d'une soirée – musicale ou culturelle –, privés du moindre instant de solitude, d'intimité, à une visite des salins à moins qu'ils ne s'essaient, en compagnie d'autres zombies, à découvrir faune et flore sous la férule d'un guide.

Villes à présent entièrement balisées, le nombre de mètres et de pas nécessaires à atteindre le but à l'avance calculé, les voyages avaient perdu leur parfum d'aventure, stérilisant pour longtemps, peut-être toujours, la faculté d'imagination comme le marquage des lieux à voir déracinait la curiosité.

Désormais encore, photographiant impitoyablement chaque chose vue, les voyageurs avaient tout bonnement, enfin c'était là son impression, cessé, faute de ne rien sentir en propre, d'exister, devenus les misérables acteurs d'un show ou d'un spectacle à regarder plus tard, quand ils seraient rentrés, s'ils en avaient et ils n'en auraient plus le temps.

Pour la piétonne d'Aigues-Mortes comme hier pour celle de Paris, plus la moindre scène, le plus labile éclair de singularité et de vie à se mettre sous la dent, au point que, par instant, furtive, l'idée de l'inutilité menaçait son fragile équilibre : à quoi bon poursuivre le voyage dans un semblable monde ? Le moyen de prétendre ne vivre pauvre *lonesome cow-boy* que pour soi seul, sans échange, ne serait-il que furtif et imaginaire ? Par quelle magie le sens de tout ceci lui apparaîtrait-il encore ? Était-ce cela et seulement cela vieillir, que de ne reconnaître rien ni personne ?

Un objet, si l'on peut oser ce mot d'objet pour semblable trésor, la sauva.

Ce n'était que le maigre ouvrage d'un érudit local, Paul Roumanille, béni soit son nom, qui lui conta comment la Camargue fut en quelque sorte réinventée entre les années 20 et 40.

Cette lecture en amena d'autres et d'autres encore. La médiathèque, ouverte chaque jour, excepté les dimanches et les lundis – ces jours-là, elle marchait et nageait davantage –, regorgeait d'ouvrages locaux.

Dès lors, prodige des prodiges, sans avoir changé d'un iota, sa situation changea.

Déniaisée, Mireille paradait dans les rues, attentive à la moindre trace, le moindre indice, comme vont les initiés. Qui d'autre se souvenait que la croix de Camargue, ce signe vénérable, ce symbole, cet emblème, n'avait qu'un siècle et qu'elle fut, sur ordre du marquis Folco de Baroncelli-Javon, composée par un « tombé de Paris », Hermann-Paul, peintre et illustrateur, venu finir sa vie *sous le soleil exactement* ? Et toutes ces fêtes camarguaises, *abrivados* – les *gardians* conduisent les taureaux aux arènes –, *bandidos* – ils les ramènent aux prés après qu'enfants et parents ont battu des mains et crié « Olé ! Olé ! Olé ! » au beau spectacle de ce rodéo *made in Austin*, le croyant, de bonne foi, typiquement local !

Les coutumes ne manquaient pas : *roussataïo* – les cavaliers lâchent juments et chevaux dans les rues – là, il s'agit de rester bien sagement derrière les barrières et d'éprouver *memento te bestiam* l'incroyable énergie des équidés, prendre la juste mesure de la faiblesse humaine. Et puis il y avait cette ronde des mireilles et autres jeux, fêtes votives où, aux antiques processions, s'ajoutaient désormais l'arrivée des forains, sans ne jamais parvenir à aviver la vie comme Jacques Demy avait recoloré Rochefort, tout ceci ne constituait que les pauvres cicatrices du grand rêve félibrige, destiné à choir ou à se pérenniser dans et par le tourisme. Pourtant, devenu un jeune mode de vie ancestral pour les figurants et les acteurs de ces diverses manifestations, une sorte de vie nouvelle en était résultée. Du moins pour les Locaux.

Il en va des civilisés comme des peuples sans écriture, qui eux aussi avaient retrouvé, adapté, réinventé de vieilles coutumes pour les vendre aux chalands et qui, par cet art du théâtre, avaient redécouvert les voies des sagesses et des folies ancestrales.

Ce qui deviendra la croix camarguaise devant représenter impérativement l'ensemble de la *nation*, un patchwork de bergers et de pêcheurs, d'hommes du Rhône et d'hommes de la mer, fut tout d'abord, par le peintre, dotée de trois symboles : une ancre marine, un cœur et des fleurs de lys quand Joseph Barbanson – quel beau nom que celui du forgeron –, chargé de donner vie au symbole, en sa sagesse pratique et politique, suggéra d'y ajouter une croix terminée par des tridents. Exit la fleur de lys ! De la puissance des symboles chrétiens, désormais pleinement détachée des tristes fleurs, fanées de stupre et de sang, ne demeuraient que les trois théologales : la foi, avec cette croix et ces tridents de *gardians* – Dieu ne cessant jamais d'être le gardien de son peuple –, l'espérance, avec l'ancre marine – cette lourde pièce d'acier que les marins, épuisés de tempêtes, de vents divers et de combats, jettent dans la mer des dangers quand au loin, enfin, surgissent les contours de la terre –, la charité, avec le cœur des saintes, de Palestine romaine, venues porter la parole nouvelle du nouvel Israël. Le montage aussi neuf et vieux que l'étaient les Évangiles était parfait.

Mireille n'y pouvait rien, elle avait retrouvé une passion. Bientôt d'Aigues-Mortes et des Saintes, elle sut tous les secrets.

Certains atroces, comme ce massacre, pogrom, lynchage – qu'importe le nom pourvu que le sang de l'innocent coule – des Piémontais, advenu sous les ciels roses de sel au joli mois d'août 1893, les 16 et 17 exactement, au lendemain de la fête de l'Assomption, celle du ravissement de la Vierge, Notre-Dame-des-Douleurs enfin délivrée, montée au ciel et désormais en paradis…

À cette heure, en 1893, pas d'*abrivado*, de *roussataïo* dans les rues d'Aigues-Mortes, mais de pieuses processions pour les fidèles et pour les hommes de peine, le cabaret comme unique récompense de jours entiers à piocher le sel, sous trente degrés à l'ombre, à pousser des brouettes de cent kilos et à ne pouvoir se laver, le soir après le chagrin, que dans des baquets d'eau trop vite souillée, condamnés à dormir sur de misérables paillasses protégeant à peine les corps moulus de la dure terre battue !

Bien avant la naissance du marquis de Baroncelli-Javon, la Camargue n'était qu'une terre de gabelle, une terre d'extraction, et ce depuis le Moyen Âge. La vigne viendra plus tard et, de la lutte éternelle entre eau douce et eau salée, entre Zeus et Poséidon, naîtra, arbitrée par l'étang de Vaccarès, ce paysage aussi enchanteur que rare dont Mireille ne pouvait se lasser. La collecte du sel, comme la cueillette des oranges et des citrons et les vendanges sont emplois saisonniers, qui, à date fixe, vomissent des milliers de malheureux en terres étrangères. Dans le cas de la Camargue, les rudes Piémontais ou Ligures, hommes des montagnes, se mêlent chaque année aux Cévenols, leurs frères français, eux aussi fils de terres aussi peu hospitalières que méchantes nourricières. Jusqu'ici tout allait, en dépit de la dureté de la tâche et de l'ignominie des conditions de travail offertes par la Cie des Salins, quand en cette année 1893, année terrible, éclata l'épidémie de phylloxéra qui devait jeter dans la misère tous les propriétaires et les ouvriers viticoles du Sud et offrir à la Camargue la merveilleuse opportunité de devenir elle aussi une terre viticole. Le sel empêchant le champignon de germer, un nombre considérable de ces malheureux – chômeurs et trimards – rejoignit Piémontais et Cévenols aux marais d'Aigues-Mortes, pour se faire eux aussi paludiers d'occasion.

Abîmés, souvent déjà chus dans l'alcool, exténués par la dureté des saisons à affronter en solitude et sans feux, novices en ces sortes de travaux, les forces de ces travailleurs étaient moindres.

Un malheur n'arrivant jamais seul, la direction des Salins, qui payait au rendement – en cas contraire la fainéantise régnait –, eut l'idée, cette année-là, de mélanger les « colles » : équipes de cinquante hommes. Dès le début du joli mois d'août, une querelle éclata, les Piémontais se gaussant des misérables, incapables de suivre la cadence et coupables de les appauvrir.

La rixe n'alla pas loin. On ne déplora ce premier soir qu'un coup de couteau dans une fesse. Pas de quoi rire, *charmante Elvire*, ce fut là l'argument des trimards : « Les Ritals ou Macaronis étaient des lâches, qui vous attaquaient dans le dos. » De fureur contre les va-nu-pieds, un Italien se saisit de sa chemise et souilla l'eau du baquet avant que tous se fussent dessalés.

Le 15 août, la piquette avait coulé à flots. Chacun sait comme l'alcool rend courageux et loquace. Les naufragés entreprirent de se venger de ces Ritals, qui venaient tondre la laine de leurs maigres moutons, leur arracher le pain de la bouche, à eux dont le dernier honneur, sans travail et sans feu, restait d'être français, oui, messieurs, fran-çais ! Quand on n'a que sa peau à offrir en partage à ces vertus moquées et pourtant primordiales que sont honneur et estime de soi… La chanson, aussi vieille que le monde, est connue et son refrain, à l'envi, ensanglante les lignes de nos livres d'histoire.

Les Français en appelèrent donc à la vindicte publique et accusèrent les rastaquouères de les avoir attaqués les premiers. La populace, comme un seul homme – le brav'général Boulanger venait de se suicider sur la tombe de la Bonnemains, sa maîtresse adorée, et *La Libre Parole*, organe du triste Drumont, pas encore interné, l'ami d'Alphonse Daudet, le merveilleux Homère du Sud, faisait l'opinion à la ville comme aux champs –, se munit de bâtons et de fusils et s'offrit une jolie ratonnade.

Le pire était à venir. Quand les gendarmes voulurent – quatre misérables hommes à cheval ! – protéger les étrangers des assaillants, le peuple, d'une seule voix, scanda un nom : *Fourmies* !

Deux ans auparavant, le 1er mai 1891, la mine de Fourmies – des fainéants que douze à quinze heures de travail sous terre fatiguaient ! – réclame la journée de huit heures. La troupe charge. Bilan : dix morts, dont deux enfants et trente-cinq blessés. Neuf manifestants seront condamnés pour *entrave à la liberté du travail, outrage à agents et rébellion.* Chaque geste, iniquité ou bienfait, comme pierre jetée dans l'eau paisible d'un lac, se fait ricochet où les eaux tourbillonnent longtemps. Ainsi la violence d'État, advenue un 1er mai à Fourmies, permit au général Boulanger, ministre de la Guerre, de parer ses cheveux blonds d'une très sainte auréole. N'avait-il pas, lui, refusé de faire donner la troupe à Decazeville, quoique les grévistes aient défenestré – assassiné – un contremaître ? *Ecce homo*, voilà l'homme qui sied au peuple : l'Attendu.

Scander contre la troupe le nom de Fourmies équivalait à évoquer la douce et sainte mémoire de « la Ligue des patriotes » et de faire de cette nuit du 16 au 17 août le jour sacré des nationaux contre les rapaces étrangers venus voler le pain des Français. La République l'avait si bien compris qu'en dépit des dix morts et de nul ne sait combien de disparus, de cent cinquante blessés et de la culpabilité avérée des Français – Cévenols ou Aigues-Mortais – aucun des prévenus ne fut condamné.

Seul un survivant italien, voleur expulsé de France quelques années auparavant et revenu pour la saison de la palude, après être sorti du coma, fut condamné, en la belle ville d'Angoulême, où, pour plus de sécurité, eut lieu, à la va-vite, le procès, l'hiver suivant. Le jury avait été intimidé et, malgré les efforts d'un honnête procureur, l'insensé verdict tomba dans l'indifférence générale, quoique, de cette affaire, il fut parlé de Rome à New York !

De cette histoire sans gloire, longtemps, la mémoire s'était perdue… Faut dire qu'en 1894, un an plus tard, la même « libre parole » ameutera la nation en danger contre un traître, un serpent effroyable, niché au cœur de la Grande Muette, empêchant une enquête sereine et à huis clos et faisant de la France la terre où un pauvre capitaine-plus-patriote-ne-se-pouvait se vit à l'avance transformé en Juif Süss, vampire assoiffé de sang, nouveau phylloxéra, larve à détruire avant extinction de la race !

Aussi Mireille, chaque matin désormais, se plaisait-elle, passant place Saint-Louis, à saluer la mémoire de la boulangère, qui avait fait entrer jusqu'à cinquante Piémontais dans son officine en attendant la Brigade – laquelle mit plus de dix-huit heures à venir de Nîmes (quarante kilomètres) ! Il ne fallut en effet pas moins de deux compagnies de fantassins et de cinquante gendarmes pour encadrer et protéger les Piémontais, les conduire sous bénigarde, loin des bâtons et des fusils des bonnes gens ! Le train en direction de Marseille s'ébranla sous une pluie de cailloux et un torrent d'injures.

Elle n'entrait jamais dans la petite église, dédiée au roi neuvième de France, sans se souvenir du curé qui, en vain, avait exhorté au calme ses *pays* et paroissiens. Elle aurait voulu savoir si la plèbe avait, tenant rigueur à la boulangère, changé ou pas de « crèmerie » et si l'audience de la messe dominicale s'en était trouvée modifiée…

Elle ne passait pas davantage désormais au pied de la tour de Constance où la jeune huguenote Marie Durant, 19 ans, avait témoigné, pendant trente-huit ans, après la révocation de l'édit de Nantes par un roi aussi abusivement décrété Soleil que Louis IX, bourreau des Juifs, déclaré Saint, de sa foi indéfectible contre l'Église triomphante, sans songer que cette même tour avait protégé les catholiques fervents qu'étaient alors ces papistes de Ritals de la violence des fils des tortionnaires de Marie. L'histoire repeuplait chaque angle de rue, chaque pierre, détruisant sa propre solitude, désormais hantée et habitée.

À chaque âge, ses folies…

Mireille se figurait piémontaise, huguenote, juive ou femme de mineur, espérant, si elle savait attendre, rencontrer quelque jour un général Boulanger… un autre, une boulangère… Curieux réseau si l'on songeait à l'accoler à la nuit de Varennes ! Pauvres de nous, petits mitrons. *Never complain never explain*, la tragédie, comme le bref bonheur, vient en son temps à qui ne peut qu'attendre.

Aficionada de *Lou Marquès*, le marquis Folco de Baroncelli-Javon, ce grand seigneur d'origine florentine qui avait fait de la figure du manadier un héros après sa rencontre avec Buffalo Bill et sa découverte du rodéo, Mireille exultait : il avait suffi d'un songe, d'une idée pour bouleverser le monde, métamorphoser le réel. Il avait suffi au Marquis d'assister à son show pour que jaillisse l'idée de faire surgir, loin de la piste mais en habits de lumière, les us et les coutumes des vachers et des conducteurs de chevaux. Le misérable valet de ferme avait revêtu un habit neuf et son destin transverbéré, s'était trouvé différent ! Mireille aimait cet aristocrate, mort dans la misère après une vie passée à réinventer sa Provence natale, cet aristocrate chrétien qui avait choisi le parti républicain durant la guerre civile espagnole, soutenu, en ses justes querelles, le maire communiste de la petite ville contre l'iniquité des Blancs, celui qui, s'étant violemment opposé à l'assèchement de l'étang de Vaccarès, avait permis cette incroyable victoire écologique, née d'une difficile paix armée entre les deux protagonistes principaux de la région, les hommes du Rhône – ceux de l'eau douce – et les paludiers – les hommes des marais salants, fils du Sud et de la mer, qui jamais au long cours ne partaient.

Si ce gigantesque parc naturel – ses insectes innombrables autant qu'invraisemblables, ses lavandes d'automne, ses trente espèces de salicorne, ses oyats et euphorbes qui stabilisent si bien les dunes, ses panicauts ou chardons bleus, ses lilas ou lavandes des mers et ses myosotis – existait, chacun des habitants, des touristes et des amants de ce paysage à la stupéfiante beauté le devait à l'obstination d'un vieil excentrique, ami de Mistral et d'Aubanel, qui n'avait jamais baissé les bras, cessé le combat pour la résurrection-invention de ce désert salé, cette terre vouée au paludisme et aux moustiques, à la violence de la nature et du rude travail. Les gens du cru lui offrirent un mas, après qu'il eut dû, ruiné, se séparer du sien. Les touristes et les flamants roses peuvent aussi lui dire merci, ayant les uns trouvé dans cet écosystème de quoi combler leur soif inextinguible d'authenticité, et les autres, un sûr asile, pourvu que l'hiver ne fût pas trop rigoureux.

Désormais, Mireille allait par les chemins entre passé et présent, se souvenant de celui qui avait redessiné le costume des misérables vachers – des moins-que-rien, de pauvres hères, gardiens de troupeaux faméliques – et les avait élevés à la haute dignité de *gardian*, comme il avait hypostasié les métier de bouseux en de somptueux rodéos sur le modèle du non moins artificiel Far West.

Peut-être Mireille rêvait-elle déjà le roman qui deviendrait le sien, quand l'enfant à venir d'un minuscule village corse, le village de Piazzino, dont elle ignorait jusqu'au nom, ferait d'elle une héroïne, lui édifiant un monument ?

En chaque trimard, bagnard, exclu, figées au cœur, la croix de l'Espérance, l'ancre de Miséricorde, représentations et masques de l'estime qui vous sauve… *Lou Marquès* avait tanné l'archevêque d'Aix, monseigneur Roques, jusqu'à ce qu'il accepte l'humble requête des gitans, l'autorisation de conduire la statue de Sara l'Égyptienne, la métèque aux cheveux noirs, jusqu'à la mer, privilège accordé pour la première fois le 25 mai 1935. *Lou Marquès* ne verra pas ce que vit Mireille, des prêtres participer à la sainte procession.

À présent, dériver dans l'étrange et composite paysage que le duel des eaux douces et salines, avait, contraires et ensemble, dessiné, lui était devenu l'occasion d'un dialogue perpétuel, que le silence des contemporains ne contaminait plus. À quoi bon écouter Pierrette et Jacqueline, quand María Eugenia Ignacia Agustina de Palafox y Kirkpatrick, 19e comtesse de Teba – dite Eugénie de Montijo –, élève de Stendhal et de Mérimée, comme Alexandre fut celui d'Aristote, avait prié son seigneur et maître, Louis-Napoléon, troisième du nom, d'autoriser les corridas, ouvrant la voie à l'amélioration-extension de la race taurine en terres camarguaises. Pauvre bête devenue un minable reproducteur, une sorte de bovin-soja, ressuscitée par la sélection et l'élevage en pleine liberté en *toro bravo*, à l'honneur lors des fêtes camarguaises, sans mise à mort.

Mireille ne songeait jamais sans gratitude à l'admirable pupille et amie de Mérimée. N'avait-elle pas déjà remis les dames en santé, lançant la mode de la minceur salvatrice, qui aboutirait à la destruction des corsets en place de Grève, jusqu'à ce que le délire de la grossophobie ne condamne à nouveau les femmes à souffrir mille maux à ajouter aux rigueurs de leurs troubles ordinaires.

La Camargue pouvait, terre d'*aficionados* braves et de fringants cavaliers, renaître !

Marcher sur cette terre aussi réelle qu'artificielle offrit à Mireille l'illusion de n'être que la figurante d'un gigantesque show et non plus ce rebut, destiné à crever, seul absolument, sur ce terroir aimable et désolé.

Et puis lors des fêtes de l'*abrivado*, le défilé, procession, bénédiction des mireilles, l'enchantait. Personne ne pourrait comprendre l'art de Louis Féraud – ci-devant maître nageur, résistant, évadé des locaux de la Gestapo –, son couturier favori, qui n'a connu les Arlésiennes, réinventées par Mistral et *Lou Marquès*.

Mireille, ces jours-là, emplissait ses mirettes de ces coiffes et de ces fichus impeccablement blancs, de ces longues jupes bariolées et de ces ombrelles. Elle admirait le port de tête de chacune des femmes – les jeunes et les vieilles – participant au défilé, l'exigence d'élégance demeurée dans un monde de traîne-savaterie généralisée.

Un fois l'an, la ville entière redevenait, toutes classes confondues, l'antichambre des cours d'Europe et l'espoir dans un regain de civilisation lui revenait. Là que vieilles et jeunes, belles et laides, semblaient également admirables en leurs costumes réinventés dans les rues de la ville intouchée, sous le plomb des arènes.

Que le look des manadiers, inspiré à son divin marquis par celui des cow-boys de Bill, lui plaisait! Mireille gardait par-devers elle une vieille carte postale où l'on voyait le marquis et le poète coiffés de plumes, couverts de peaux, avant que le marquis ne se fit le défenseur des Rouges et des gitans. Cette terre réinventée tenait de *La Prairie* et du *Dernier des Mohicans*, un des mille ouvrages qu'elle avait jadis découverts à sa chère disparue, la petite Valentine avant métamorphose.

À chacun ses mérites, sans égard pour l'idéologie. Aucun accord ni désaccord de principe. Seuls, les individus. Ces vestiges d'un monde en ordre où Bonté et Raison s'accordaient en une si admirable danse, un tango tellement passionné, justifiaient qu'elle fut venue dépérir et mourir dans une semblable contrée, sous ces ciels rosis de sable et de sel, maigre et pauvre salicorne, vigoureuse entre les vigoureuses, Indienne édentée, squaw promise au scalp du temps. En réserve, certes, mais vivante!

Désormais, Aigues-Mortes pour elle avait cessé d'être ce qu'elle était, un faubourg de Vegas, une ville de carton-pâte, devenue l'exact plateau où jouer, mireille parmi d'autres, le dernier acte de sa vie.

En absence de ce pipeur, elle n'aurait pas trouvé refuge en bord de mer, côtes trop abîmées, marais asséchés et terres urbanisées…

L'ombre du divin marquis lui fut servante de scène aux heures de détresse dans les rues nues et vides de son nouveau désert.

Elle était une mireille parmi les autres. Pourquoi serait-elle dégoûtée par ses cheveux blancs à l'exacte couleur des pelages des chevaux camarguais ? Pourquoi aurait-elle honte de sa peau fripée et tombante, la faute à la raréfaction du collagène, de l'affaissement de son visage puisque, sous une ombrelle et une coiffe, ces détails échapperaient à tous, pourvu qu'elle conservât, nageant, marchant, bougeant, sa capacité à suivre le monôme ? L'une d'elles… Les plis d'amertume et de méchanceté, qui venaient à toutes avec la haine et la jalousie, après l'amour, ne réclamaient, selon elle, aucun thanatopracteur qui leur rendrait, d'après photographie, un peu de leur visage d'antan mieux solidifié par le formol que par le botox.

Chacun d'eux racontait son enfance en allée, les défections successives de Simon et de Valentine, les nuits de veille sur ses ouvrages, sa volonté d'embellir le monde dans le flot qui jamais ne tarit des trahisons humaines et le cours en inhumanité, devenu l'ordinaire de toutes terres habitées. Mireille n'avait désormais pour uniques témoins et preuves de son existence que ces rides, ces tavelures et flétrissures, que d'aucuns, tout le monde, jugeaient hideuses. Pour elle, les blessures aux flancs des crucifiés, le fait d'avoir, Marie des Douleurs, été la mère de Valentine !

La Camargue, sa partition, ses lumières et ses ombres, la rendait mystique…

En elle, la fierté d'être la dernière, l'ultime, Sitting Bull dans *the great Wild East Show* de *Lou Marquès*, lui rendit la force de poursuivre, *que sera sera,* le chemin jusqu'à l'heure dernière. Elle vivrait et ce d'autant plus qu'elle n'aurait pas à subir les mines apitoyées ou pas de Valentine disparue. Seule, elle avait l'âge de ses artères, sa gueule de sorcière, de diablesse et pouvait – vertige du dernier homme – s'adonner, entière, aux charmes et aux sortilèges du *nevermore* et à la somptueuse musique de la nostalgie que seuls deuil et finitude autorisent.

À dire vrai, péché mortel, Mireille s'enorgueillissait de n'être pas de ceux qui pouvaient vivre avec pour seul Ithaque des soirées pyjama et des bars à fraises Tagada, des matinées de *foutingue* entre copains et des soirs de matchs, gorgés de bière, sans autre Pénélope qu'une kyrielle de corps désormais sans signes particuliers, une liste de prénoms, pseudonymiques ou réels, rangée dans la mémoire des applis dont ils avaient usé avant de se maquer avec le partenaire le plus conforme à leur mode de vie – surprise de l'amour dûment remplacée par un questionnaire de RH, planning à l'appui – et de troquer leur vitalité juvénile contre des plateaux télé-séries, tôt suivis de sport et nature avec les mioches, accrobranche, rando-vélo et sports nautiques, avant de succomber au charme des hôtels cinq étoiles : plages, spas, crustacés et apéros sur des sites abandonnés par les locaux à moins que ceux-ci ne subsistent que transformés – chemise blanche et pantalon noir de rigueur – en pingouins. La liste de leurs envies ne constituait à ses yeux qu'un simple copié-collé d'un supplément de presse dominical ou de leur page préférée des réseaux sociaux, quand les siennes demeuraient, à l'image et à la ressemblance de Sénèque, de Marc-Aurèle ou de Porphyre de Tyr ! Elle était Marcella, la dédicataire du vieux philosophe, ou encore Héloïse, Julie… toutes les femmes qui, à la vanité des choses, avaient soudain préféré – *il n'est point temps d'être prudes à 20 ans !* – la sagesse !

Elle n'en voulait à personne. Ces hommes nouveaux avaient 20 ou 30 ans et comptaient bien – leur droit le plus sacré – vivre sans entrave *leur* vie. Toute conscience d'appartenance à un ordre ou un règne évanouie, l'humanité, destinée à disparaître fissa fissa, ils étaient pressés, avaient le feu ce soir et tous les autres. Quoique les vieux radotassent en souriant que la peur de la fin du monde avait de tous temps été monnaie courante, eux se savaient les enfants d'Hiroshima, les fils du dérèglement climatique, de la fin des Ressources, et ceci conjugué à cela leur offrait toute licence pour mépriser les vieux qui avaient – la grâce aux Trente Glorieuses ! – connu de si beaux jours. Pas de pitié. Pas de quartier. Les vieux faisaient vraiment iech, incapables de comprendre qu'ils dérangeaient en restant là.

Supérieure par essence, comme l'avaient été autrefois l'intelligence et le talent, la jeunesse semblait devenue l'unique signe de distinction qui vaille, et de longtemps on avait vu le goût des lolitas aussi hautement proclamé. Comme les crevards n'avaient eu à opposer aux Italos que la pureté de leurs sang, les hommes nouveaux n'avaient pour unique trésor que leur maigre *jeunesse qui ne dure, fillette, fillette,* pas toujours. Les profs de fac épousaient leurs étudiantes, reléguant la vioque au placard, comme dans les années 60 et 70, les patrons, leurs secrétaires, quand la misère du village-monde permit à chacun, pauvre ou riche, Casanova ou boudin mâle, citadin ou paysan, trimard ou richard, d'en faire autant, ramenant, en cette modernité extrême, la femme de 40 ans au statut ombragé qui avait été celui de la femme de 30 ans à l'époque de Balzac, un auteur désormais connu pour les seules adaptations audiovisuelles de son *inhumaine comédie.* Les dignes demoiselles s'irritaient qu'une femme ménopausée puisse poser en maillot de bain ou en soutien-gorge, jugeaient la chose obscène et avec une virulence sans pareille, sur les réseaux sociaux, s'en offusquaient, comme les vieilles femmes jadis, de l'impudence des donzelles qui, ne sachant rien, jacassaient à tue-tête, à tort et à travers. Retour de bâton. Sans doute, les sociétés *comme un boomerang... toujours se souviennent des jours passés.*

Plus son problème. Hors jeu, hors course, hors champ, dans les marges, la ruelle, le ruisseau, dehors devant la porte du monde, prétendument sans appétit et sans désirs. Les admis à vivre pouvaient s'imaginer ce qu'ils voulaient, Mireille, contrairement à bien des jeunes gens, n'avait jamais couru ni les labos ni les cabinets de radiologie, excepté à 8 ans, pour être opérée de l'appendicite, elle n'avait jamais mis un pied à l'hôpital, opérations vénielles ou mortelles, qu'importe : tout homme bien portant, devenu *un malade qui s'ignore*, la médecine suppléait à tous les arts, et c'était festival du 1er janvier à la Saint-Sylvestre... Et déjà du temps où elle avait encore le droit de circuler et de payer ses impôts, ça la faisait doucement sourire d'entendre ses clientes raconter comment leurs parents, puis elles, acceptaient sans mot dire, maudire, de passer de service en service, comme de très vieilles automobiles : tout d'abord l'expertise, ensuite il fallait obtenir l'approbation de la SS. La voici. L'opération de désassemblage peut commencer. Tout doit être contrôlé, l'éraflure, la tache, le pli, le gonflement, en apparence anodins, sous la brutale lumière de l'IRM ou du scanner, exigent des réparations structurelles : débosselage, ponçage, planage, remodelage. Parfois, il convient de remplacer des pièces défectueuses, réparer des circuits endommagés… La course du rat, ouvert la nuit, cinéma permanent, 8 à Huit, ne s'arrête pas. Mireille, travailleuse indépendante, tenait pour le bricolage, rafistolage, raccommodage, en un mot pour la rapsodie, *joyful or in blues* !

À vouloir tout remettre en état, la note fut si salée que le discours changea : trop de souffrances pour les corps et les assurances ! Les hypocondriaques et les dociles sujets des docteurs Knock, de ce fichu Programme, étaient cause ! L'obsession de la force et de la santé, ce goût abject de la perfection, cet orgueil insigne, voilà les coupables. Rien ne se fait vraiment derrière le dos des gens, ces trentenaires qui prétendaient vivre en ado, ces vieux qui se bourraient de Viagra pour lutiner des gamines, pratiquer le chemsex, ces vieilles femmes qui se rêvaient MILF ou cougars, ces boudins mâles qui se faisaient dons juans…, ces misérables qui jouaient les escortes, comme ces filles angoissées qui couraient se faire scanner des orteils à la racine des cheveux pour la moindre douleur vagale, l'avaient toujours laissée pantoise.

Chacun livré à soi-même, en l'absence de véritables médecins de famille – figure de longtemps disparue –, proie des machines et des chiffres ou bien des charlatans, refusant le réel, ce qui cogne et frappe, guidé par le désir de vivre, au miroir des réseaux sociaux, sur quelque *tapis rouge tapis tapis gris*, entouré d'amis qui le flatteraient, l'aduleraient comme jadis sa Môman, son Papa…

Tout avait commencé quand les enfants avaient omis la majuscule aux surnoms que sont Papa et Maman ! et les avaient employés, en les faisant précéder de l'adjectif possessif, envoyant les respectables noms communs de père et de mère aux oubliettes.

Dans son ultime masure de Peau d'âne, plus de miroir. Mireille avait cessé de toucher son visage, le lavait, l'hydratait d'une crème à deux euros dégotée à l'hyper de l'hyper, le pire du pire, chez Action, et n'œuvrait plus qu'à conserver la souplesse et la motricité pour tenir jusqu'au bout du voyage. Mangeant peu, crevant sans doute d'une faim qu'elle ne sentait plus, elle se portait aussi bien que la chose à son âge se pouvait. La preuve, elle faisait encore du vélo…

DIX

La première fois que j'ai rencontré Ida-Marina ou Mireille, ce fut le jour de la fête de Piazzino, le jour dédié à saint Érasme, patron des marins et des pêcheurs. D'ordinaire, seuls les gens du village y participaient. Peu de touristes en ce temps-là, le maire s'y opposant vertement, arguant défense du littoral, pénurie de poissons provoquée par la pêche amateure, écologie et volonté de devenir le port modèle d'une île déjà endommagée par ce mal exécrable, mortifère, qu'au nom de la démocratie hédoniste chacun en tous lieux tolère ou révère. En revanche, les vieux – fugitifs, dissidents, refuzniks d'un certain Programme auquel je n'entendais rien et que personne ne semblait disposé à m'expliquer –, invités depuis peu à s'installer au village, avaient été conviés en grande pompe à se joindre à la fête.

Donc saint Érasme, enfin sa statue, comme chaque année, sortait de l'église chabraquée d'une belle et grosse gerbe de fleurs, que les pêcheurs tout à l'heure jetteront aux morts de la mer après avoir prié pour le repos de leurs âmes et recommandé au Patron ceux qui, chaque jour, au péril de leur vie, s'embarquent, quand j'ai reconnu la dame si droite, la dame au maillot sombre assez couvrant que j'enviais si fort de la fenêtre du car scolaire.

Elle portait un large chapeau de paille et une robe d'un violet épiscopal, pleinement accordé aux capes des fidèles et de leurs pontifes, et ses pieds arboraient des chaussures du plus vif orange. Nous n'étions guère habitués à ses sortes de fantaisies mais personne à ma connaissance n'a jamais regardé Ida-Marina, comme chacun l'appelait alors, de travers. Nul ne pouvait l'imaginer qu'ainsi parée.

Lors du vin d'honneur, en dégustant mes beignets, je m'approchais insensiblement pour la contempler de près. Plus petite qu'elle ne m'avait parue vue du car, elle ne m'a nullement intimidée. J'ai aimé sa voix rauque et tendre et sa diction particulière ne m'a pas déroutée. Elle était l'Étonnante. Plus tard, j'ai compris que sa vivacité quasi surnaturelle la faisant parler trop vite pour le commun des mortels, elle avait pris l'habitude de sur-articuler, ce qui donnait à sa diction cet air un peu théâtral et désuet qu'elle cultivait avec la même assiduité que cet art de déplaire, devenu depuis un certain événement sa marque de fabrique. Son proverbe favori : « Une journée où je ne me suis pas fait un ennemi est une journée perdue. » Elle m'a demandé mon nom : « Davia », et répliqué : « Tu t'appelles Chérie, Aimée ! C'est merveilleux ! »

Voilà comment tout a commencé…

ONZE

Le dimanche suivant, partie seule chercher le pain frais et le lait, au lieu de filer directement au village, je suis passée par la plage, certaine de la trouver à sa place habituelle. Comme si j'étais moi aussi une grande personne *tout à fait personne*, la dame de la Grève m'a invitée à m'asseoir, m'offrant la délicieuse et inédite impression de me trouver non pas cul sur le sable mais transbordée dans le confort compassé d'un salon Ancien Régime.

Je ne sais plus de quoi nous avons parlé. Sans doute de saint Érasme. Je sais seulement qu'elle m'a invitée, fort cérémonieusement, à venir goûter le mercredi suivant. Enfin si ma mère toutefois m'y autorisait : j'étais priée de me rendre dans sa roulotte blasonnée soleil d'août au fond du parc du domaine attribué aux nouveaux arrivants.

Maman tint à m'accompagner. Ce n'est pas qu'elle se défiait mais elle jugeait incorrect de me laisser y aller seule. Surtout, je crois qu'elle aussi était curieuse. Cette affaire de « mise à l'écart », de « refus » ou de « déni » de vieillesse révulsait l'île entière. Du ghetto à l'extermination programmée, les choses n'avaient pas tardé. Pas un hasard si l'ouverture de l'île aux vieillards qui en feraient la demande avait constitué, après la proclamation d'indépendance, le marteau d'une monnaie, le départ des fonctionnaires et l'abandon du français comme langue nationale, une des premières mesures du premier gouvernement de l'île libre. Ida-Marina appartenait au premier contingent, celui des valides. Les autres suivraient quelques mois plus tard. Paul, l'ami d'Ida-Marina, nettement plus jeune, débarquerait à ce moment-là, au titre d'accompagnateur.

Ma mémoire de l'événement reste parcellaire et je peine encore à distinguer ce que je savais déjà le jour de la Saint-Érasme de ce que j'ai su par la suite. J'avais 8 ans, peu de jugeote encore, une vie heureuse, préservée, ignorant quelles tornades allaient s'abattre sur nos paisibles existences. Il faut dire qu'au fameux Programme des « Jeux sont faits », une enfant élevée dans l'île ne pouvait rien entendre.

Dans l'île heureuse, nous vivions comme naguère les héros de nos livres d'images, entourés de vieillards : nos grands-parents, le curé… l'épicière, et nous n'avions, enfants, heureux enfants seulement occupés de devoirs, de jeux et de bains, pas saisi l'ampleur de la dérive continentale.

Le mercredi tant attendu arriva. J'enrageai que ma mère m'accompagne, pressentant la difficulté qu'auraient ces deux spécimens d'humanité à s'accorder. Aucune hostilité marquée. Simplement deux natures aussi différentes que l'eau et l'huile, le piment et la cannelle. Plus pondérée et sérieuse que ma mère ne se pouvait, plus sobre en sa parure, un *je ne sais quoi* de Colomba en elle, grande, maigre, *visage pâle et cheveux en arrière* enserrés dans de sévères bandeaux noirs, de bleu marine ou de gris éternellement vêtue. Les jours de fête, un chemisier du plus impeccable des blancs rehaussait l'incarnat de sa peau et l'acuité de ses yeux noirs. Quant aux bijoux, excepté son alliance, ma mère n'en portait pas.

Pour les grandes occasions, surgissait, rescapée d'un passé dont je ne savais rien, une admirable broche. Un oiseau d'or aux yeux de saphir, pour un temps, chantait quelque horizon perdu au revers de ses vestes de tailleur avant de retrouver sa cage.

Ida-Marina me semblait née pour incarner, volcanique, théâtrale, délirante, volubile et véloce comme diva d'un autre temps ou simple oiseau des îles, l'exact contraire de ma mère. Je crois bien qu'elle l'admirait. « Il lui en avait fallu du courage pour faire ce qu'elle avait fait. » Moi, quand j'ai su, sans bien les comprendre, les enjeux et les difficultés de l'aventure, j'ai seulement trouvé la chose normale : les Français étaient fous et je me réjouissais d'avoir eu 8 ans au moment de la Sécession.

Le goûter incroyable et merveilleux ensemble fut à l'honneur de mon attente : un thé à l'anglaise – *What else ?* –, accompagné d'une ribambelle de petits sandwichs et de minigâteaux, sans oublier la limonade de la « petiote », la « péquélette », délices servies dans une roulotte sur une nappe en papier *God Save the Queen* aux couleurs du royal drapeau ! Ida-Marina était une artiste, une couturière croyais-je, une styliste en réalité mais à cette heure j'ignorai et la tâche et le mot. Elle m'avait confectionnée une robe que j'ai toujours conservée, la robe que j'aurais offert à ma fille quand elle aurait eu 8 ans, si j'en avais eu une : une robe de soie, légère comme un souffle, du même orange que ses chaussures de la Saint-Érasme, agrémentée d'un col claudine à pois oranges et blancs. Pour moi, qui passais ma vie en short ou en jean, ç'a été un choc que de devoir l'essayer et de découvrir mon nouveau visage dans le petit miroir brisé qu'Ida-Marina m'avait tendu. Quand j'ai surpris son regard, cru voir des larmes dans ses yeux, je n'avais plus envie de lui demander pourquoi les Français voulaient la faire mourir mais seulement si elle avait des enfants. Ça m'était venu comme ça.

Ma mère s'intéressait à l'Histoire : cette affaire de « Programme », ces fichus « Jeux ». Elle aurait voulu savoir comment Ida-Marina avait survécu jusqu'à son arrivée dans l'île, mais moi je voulais qu'elle me parle de sa fille. J'étais certaine qu'il s'agissait d'une fille jusqu'à me persuader lui ressembler : c'était là la raison qui lui avait fait se montrer si gentille avec moi au vin d'honneur. Je crois même m'être demandé si cette femme incroyable n'était pas ma vraie mère, venue me chercher tardivement, et ma propre mère – que, de son néant éternel, elle me pardonne ! – ma tutrice ou ma mère adoptive. Les enfants, toujours, aiment à se figurer fils de bohémiens… et, sur ce point comme tant d'autres, je ne faisais guère exception.

Ma mère, en personne bien élevée, n'osa qu'une question, pourquoi Ida-Marina avait-elle préféré la roulotte à la maison ?

Ida-Marina éclata de rire : « Juste un rêve d'enfant, la roulotte ou la péniche ! Il ne me reste plus très longtemps à vivre, alors autant réaliser mon rêve en laissant le confort aux autres. Et puis je déteste être enfermée. Plus temps à mon âge de tenir et maison et jardin ! »

Moi, ébahie d'une semblable audace, je continuai mentalement son explication : *Je ne veux plus travailler*, juste chanter, danser, aimer…

Le Programme, au lieu de la plonger dans la terreur et l'amertume, lui avait été invitation au voyage, prélude au rêve… Art de la fugue.

Là ce qui distinguait Ida-Marina des autres vieillards, arrivés dans l'île en même temps qu'elle. Tous ou presque présentaient un même profil de conspirationniste rattrapé par le réel, de gauchiste éternellement dissident, rebelle, motard, silver rocker, fan de Johnny, femme épuisée d'aventures, de maternités solitaires, non désirées, subies, interrompues… de combats perdus et de galères. Aucun d'eux ne lui ressemblait.

Qui était cette châtelaine de la plage, cette *princesse de la rue*, cette madone de la roulotte ?

Une femme très ordinaire. Enfin, c'était là ce qu'elle prétendait.

Elle était Mireille !

Mireille, l'enfant à qui son père, chaque jour, chantait avec tendresse le refrain du *Pont du Nord* : *Voici le sort des enfants obstinés*… Elle avait revêtu *sa robe blanche et sa ceinture dorée* et s'en était allée *au bal danser.* Pour elle, à l'aube de ses 68 ans, la vie ne semblait pas plus une charge qu'elle ne l'avait été pour elle, enfant, adolescente, jeune fille, femme dans la force de l'âge ou invisible ménauposée… Elle était Mireille, le merle chanteur, la fille, puis la femme juke-box, celle qui dansait et rêvait en marchant, la créatrice de lumières, l'arrangeuse, la déguiseuse, Mireille, l'abeille laborieuse, toujours heureuse de voir le soleil se lever : celle qui n'avait souffert que de vivre loin du pays de miel et de soleil, loin du Sud…

Les choses évidemment n'étaient pas si simples mais il y avait de cela.

Chaque mercredi désormais, j'allais chez Mireille. Elle m'apprenait à tricoter, me servir d'une machine à coudre, à chanter, aussi à jouer de la mandoline, à devenir une fille véritable, sans craindre la rudesse et la vantardise des garçons. Elle m'apprenait à n'avoir jamais peur des hommes. Tous avaient un talon, à moi de le trouver. Fou le nombre de choses qui s'étaient mises à dépendre de moi depuis son arrivée.

Peu à peu, notes par notes, mots par mots, fragments par fragments, je découvris son histoire. La vie avant sa fugue camarguaise et son arrivée à Piazzino…

Paul souvent partait pêcher ou donner la main sur le port quand j'arrivais. Ce ne fut qu'après la disparition de Mireille que j'appris à connaître son dernier ami : celui qui lui tenait lieu de fils, de frère, de camarade, de compagnon de cavale, l'être que le sort, généreux, lui avait octroyé, faisant, de son escapade en solitaire, son unique expérience prolongée de vie duelle.

Paul et Mireille auraient pu, à demi nus sur la plage, passer pour frère et sœur : tous deux d'assez petite taille, anciens bruns aux yeux sombres et aux cheveux encore drus et fournis. La ressemblance s'arrêtait là. La voix de Paul était voix du soleil, une voix à chanter les fiançailles, les épousailles, les séparailles, les relevailles et les funérailles, d'un même accent vital ; son parlé, phrasé de qui n'a pas beaucoup été à l'école ou l'a été sans conviction, les séparait encore, sans doute pour mieux les unir. Son visage buriné et ses mains abîmées indiquaient une vie plus buissonnière que sédentaire. Paul avait fait tous les métiers de plein air, de serveur de bar à restaurateur estival, cuisinier, *gardian*, jardinier, bûcheron, pêcheur, un peu ferrailleur, brocanteur et forain. Il aurait pu, s'il avait été autre, finir danseur-mondain-ô-dieu-qu'il-dansait-bien et toutes les vieilles de France et de Navarre eussent péleriné, des jours entiers, pour *un tour, un petit tour, au petit jour, entre* ses *bras* !

Voir les jours de fête ou les soirs de décembre Mireille et Paul danser le tango, nus pieds sur la plage abandonnée, tenait du prodige. Elle déjà si vieille désormais et lui si fatigué de sa vie de baroudeur, redevenus de très ardents jeunes gens, irradiant de vigueur et d'espérance, faisaient revivre pour moi seule la salle de bal d'un monde désormais aboli. Qui d'autre peut, à mon âge, ma génération, se glorifier d'avoir appris les paroles et les notes du *Petit Bal perdu* : *Non, je ne me souviens plus du nom du bal perdu / Ce dont je me souviens c'est de ces amoureux [...] / Ce dont je me souviens c'est qu'ils étaient heureux...*

Madame Davant avait été mère. J'en étais certaine. Mère d'une fille. Il suffisait de voir son regard posé sur Maman et moi, un regard, non pas d'envie, mais un de ces regards tout intérieur que seules réminiscence ou remembrance autorisent. De cette fille, je saurais un jour qu'elle s'appelait Valentine, qu'elle voulait voir sa mère morte, six pieds sous terre, et qu'elle constituait néanmoins l'unique trésor que sa mère n'eût jamais possédé. Jamais, en cette longue suite de mercredis que nous passions ensemble à condition que j'ai fini mes devoirs, Mireille ne parlait d'elle, et pourtant je sentais sa présence obsédante entre nous.

Ma mère avait renoncé à lutter. Si elle craignait l'influence de Mireille, elle redoutait plus encore de déplaire à mon père, qui ne voyait pas d'un mauvais œil cette amitié que d'aucuns jugeraient surprenante, inappropriée, voire néfaste. Ce fut donc, Mesdames, ne vous en déplaise, au patriarcat et à lui seul que je dus l'aventure qui bouleversa ma paisible existence, m'enseigna la confiance dans tout ce qui n'arrive jamais par hasard et la vie comme un gant que chacun, à sa guise, retourne, selon son bon plaisir ! Mon père avait argumenté la décision de m'autoriser à fréquenter Mireille : mes grands-parents étaient morts, les uns de vieillesse et les autres de tristesse, avant le grand chambardement ; morts, usés de querelles et de rancœurs, et Mireille, qu'à cette heure nous appelions encore Ida-Marina, me donnerait, sur un mode inédit, ce goût de résistance à l'adversité si chère à l'île et pourtant en voie de disparition. Ce goût entêtant de poudre d'escampette et de maquis qui ne me quitterait plus…

Il faut dire que l'île se portait mal depuis la Sécession. En l'absence d'ennemi commun, les esprits, échauffés par tradition, se tournaient les uns contre les autres, et notre cher maire se voyait vivement combattu par les fils des pêcheurs qui, peinant à la tâche, s'imaginaient déjà enrichis par le service des rupins sans parler de la possible montée des prix des terrains, rêvée par ceux qui voulaient voir le monde et fuir l'exiguïté de leur cadre de vie insulaire.

Mireille retraitée, oisive, libre comme les oiseaux du ciel, son franc-parler, son acceptation amusée de la méchanceté et de la cupidité humaines, comme sa capacité phénoménale de joie, sa simplicité, désarmante, même aux yeux d'une mioche, constituait l'antidote absolu de la déception, la dépression tombée sur l'île, comme un oiseau en cage qui n'aurait pas cessé de chanter, une volière portative, saturant l'espace de sa lumière et de ses harmonies.

Par elle, chaque jour, la vie reprenait les droits que la vanité, le désir de pouvoir et l'argent lui arrachaient. Hercule et le tonneau des Danaïdes, Sisyphe à son rocher, Mireille, pour moi, incarnait la force et me découvrait le paisible chemin d'un bonheur encore possible dans un monde en proie à la désillusion, au cynisme et surtout à la tristesse. À hauteur d'enfant, une sorte de chien noir ou d'ours au pelage sombre qui entrait prestement, piteux, dans son antre ou sa niche, quand Elle apparaissait. Quand, de sa voix flûtée et péremptoire, elle réécrivait le monde : « Ce sont des sots et alors ? Dansons. Chantons. Regardons les nuages et les vagues… Il était une fois Jacomo, un perroquet… »

Selon Mireille, ce n'était pas une colombe qui était sortie la première de l'Arche après le Déluge mais un petit perroquet bariolé, capable de comprendre toutes les langues humaines, tous les langages des espèces et des règnes et l'enfance, l'instant où ce pouvoir nous était, à portions congrues certes, encore accordé, aussi m'apprenait-elle tout simplement à cultiver ce don, moquant les incrédules qui la jugeaient un peu toc toc. L'était sans doute *qui voyait l'évidence.*

Pas le rôle d'une vieille femme de demeurer aussi heureuse qu'une ingénue. Les vieilles femmes devaient, bardées de cicatrices, se montrer blessées et amertumées, elle l'était mais, chaque aurore, le spectacle du monde effaçait les ombres, les regrets et cicatrisait les plaies.

Ce pari vaut bien l'autre !

Ceci, je l'ai compris plus tard, beaucoup plus tard, me contentant alors d'apprendre à aimer chaque parcelle de sable, chaque vague de la mer, chaque reflet du levant et du couchant, chaque roche. Bernard-l'hermite à mon rocher, je n'ai jamais quitté l'île, seulement repris, après mon père, la direction du lycée où je me suis souvent vue critiquée par les technocrates qui, de la jeunesse et de ses devoirs, se faisaient – une autre histoire – une bien autre idée que moi.

Dans la libéralité de mon père, sous le masque de la plus impeccable austérité, gîtait autre chose, une chose que par respect pour la femme qu'il chérissait, il taisait : Ida-Marina, sous ses chapeaux extravagants et les vives couleurs qu'elle affectionnait, érigeait pour sa fille bien-aimée, sa Davia, le plus parfait contre-modèle de féminité qui se puisse. Il semblait bon à ce pédagogue que sa fille grandisse entourée de deux femmes de nature en tous points dissemblables : l'une partie seule, au-delà des frontières de la loi, du confort, de la bienséance, de la raison, voyageuse sans bagage, vivre et mourir au bord de mer, et l'autre qui n'avait jamais dormi seule une seule nuit de sa vie, excepté deux fois, à l'hôpital, à l'occasion de ma naissance et celle de mon petit frère Ghjuvanni, passée avec le même bonheur de la maison de son père, de la chambre qu'elle partageait avec sa sœur Sylvia, à la demeure conjugale. Il lui plaisait aussi que sa fille s'intéresse à un autre monde que celui qui passionnait tellement ses condisciples et ses propres élèves... Sans doute aussi le doux grimaud jugeait-il improductif d'interdire semblable chose à une enfant, une préadolescente, une adolescente.

Nous devions rester unis à cette heure où les luttes de pouvoir entre les différents clans et familles du village avaient repris avec une virulence sans pareille. J'ignorais à cette heure que mon père serait assassiné, que ma mère en mourrait de chagrin et que je resterais, seule, confiée aux seuls bons soins de Paul et de Mireille, chargée d'éduquer mon petit frère et d'ensevelir, chacun à son jour, mes morts.

Je suis donc devenue l'amie d'Ida-Marina à l'âge où le cœur se défie des mots et leur préfère les perceptions. Un jour, j'ai osé ce « Tu ne t'appelles pas vraiment Ida-Marina » qui a ravi Mireille, dénouant sa parole. Il fallait que je me montre digne pour qu'elle me parle. Et moi, je l'admirais tant qu'à mon insu je surdéveloppais mes facultés, consciente d'être invitée à goûter et à passer des moments en sa compagnie au simple titre de réminiscence, rêvant d'être aimée pour ce que j'étais. Pas grand-chose sans doute mais moi et seulement moi, l'inconnue, dont je découvrirais ou pas la véritable identité, si tant est qu'elle existe, plus tard, peut-être. Évidemment tout ceci n'était qu'une des mille milliards d'impressions que le monde des grandes personnes vous octroie et qui vous font grandir, à moins que l'on ne les ignore, les fuie, réfugié dans la seule compagnie de ses pairs.

Ghjuvanni était trop jeune et mes camarades de classe et de jeu trop indifférents pour m'apporter les réponses que je souhaitais le plus vivement du monde, sans pouvoir les formuler, et que cette silhouette de vieille dame, droite dans son maillot sombre, sur la plage déserte, chaque jour, à la même heure, qui sait pourquoi, m'avait semblé détenir.

Après, j'avais aimé son regard dur et tendre comme un appel le jour de Saint-Érasme. Je peine aujourd'hui encore à poser les mots justes sur cette foule de sensations qui avaient suivi la Sécession. Comme si la joie, subrepticement entrée dans la maison, au seuil de la révolution des Olives, m'était devenue nécessaire et que j'avais cherché confusément toutes les occasions de la faire renaître, chaque heure et chaque jour. Que le jour naissant, majestueux comme un majordome ou un alguazil, frappe les trois coups, lève le rideau rouge ou ouvre la porte du toril pour que la lumière soit et que la fête commence ! À chaque jour sa partition, son texte, ses aventures, son décor, ses lumières, ses paroles et ses chants, ses pas, son rythme et ses acteurs figurants, hérauts ou héros.

DOUZE

Avec Ida-Marina et Paul, j'avais trouvé mes maîtres.

Le prénom ? Mireille, en me servant moult crêpes au goûter, m'a simplement expliqué qu'au moment de prendre le large, larguer les amarres, il lui avait semblé nécessaire d'offrir une nouvelle identité à celle qui commençait une *vie nouvelle, ayant quitté le chemin droit*, comme elle se trouvait bien éloignée de *la moitié du chemin de sa vie.*

Elle avait, sans hésiter, choisi *Ida* à cause du conte d'Andersen – ce conte que j'aimais entre tous. Une coïncidence ? Ne redevenait-elle pas une enfant, s'embarquant pour une invraisemblable aventure ? Le nom de *Marina* s'était ensuite imposé, puisqu'elle s'en allait vers la mer.

D'une simplicité biblique :

« Il me fallait, Davia, croire que les fleurs allaient au bal et que les plus flétries d'entre elles renaîtraient au printemps, puisque j'allais mourir, solitaire, au milieu des champs, sans famille ni amis. Il me fallait conjurer ma peur. »

J'ai pensé à mon frère, 5 ans, hurlant « Superman ! » avant de partir à l'attaque, Ida-Marina, son nom comme un cri de guerre…

À cet instant, le désir d'écrire est entré dans ma vie. Il suffit d'un nom : Électre, Antigone, Silvia ou Astrée… pour que naisse, non le récit, mais le brandon qui se fera récit. Un son, une impulsion qui enfle et tout emporte, comme vague, bourrasque sur son chemin. Ici, savoir qu'elle avait eu peur et, pourtant, était partie. La chose aurait eu moins de valeur en cas contraire : ce qui me semblait – injustement ou non – le cas des autres fugitifs.

J'avais hérité de l'Unique, une femme qui n'avait jamais voyagé, avait pratiqué toute sa vie la même activité, n'avait, de quarante ans, pas même déménagé et qui, un matin, avait fait sécession, à l'exact miroir de mon île d'enfance.

J'ai mis longtemps à savoir la triste ballade de Valentine, fille de Mireille et de Simon, et sa source corrompue.

Aujourd'hui encore, je ne m'explique pas comment la fille d'une telle mère a pu s'égarer. Aussi n'ai-je jamais cessé d'attendre Valentine.

Souvent, je l'imagine : elle descend du car, porte des lunettes noires, un vêtement qui l'invisibilise aux yeux de tous, hormis moi qui en connais la cause, un sot vêtement casual et parisien. Elle s'enquiert du chemin du cimetière, s'arrête un instant à l'hôtel des Trois-Chemins, le plus proche de sa destination, Google-l'a-dit, et s'en va, un bouquet de fleurs séchées à la main, sur la tombe de celle que j'ai longtemps appelée Ida-Marina avant de découvrir son identité.

Les informations s'égrenaient au compte-gouttes. Vivre, sans que j'y prisse garde, m'était devenu feuilletonner, de mercredi en mercredi, faisant de moi une personne incapable de jamais s'ennuyer, une vigie silencieuse et sans cesse à l'affût.

Certains jours, nous demeurions, toutes deux, la vieille dame et l'enfant, étrangement silencieuses, marchant, nous posant ou nageant, selon l'humeur et la saison. À l'heure du goûter, Paul débarquait, déliant nos langues, évoquant un cancan, la pêche du jour ou quelque autre sujet, badin forcément badin, puisqu'à présent son amie était à l'abri. Et c'est tout naturellement en compagnie de Paul qu'elle a, un peu malgré elle, syllabe après syllabe, sibylle, délivré son douloureux secret.

J'avais déjà 12 ans et le professeur d'anglais avait demandé à chacun de nous, préados perpétuellement entoilés, de choisir une chanson comportant un prénom commençant par chacune des vingt-six lettres de l'alphabet. Vingt-six chansons pour vingt-six collégiens, un bon peu de mots nouveaux à découvrir, par le jeu et le rythme... J'avais élu *Joséphine* pour l'avoir entendue un soir de bal de Saint-Érasme et cette pluie incessante désormais devenue notre quotidien, et aussi cet hommage à la fidélité, cette capacité à aimer celle qui est loin, comme si je pressentais devoir vivre plus longtemps orpheline que fille, à l'instar de Mireille, condamnée à survivre, parange et mère, en l'absence de sa fille. La chanson que j'avais préférée ce jour-là n'était pas *Joséphine* mais celle que mon condisciple, l'ombrageux Yvan, fils de berger, avait retenue. Cette chanson, c'était *My Funny Valentine* dont je répétais en boucle à qui voulait bien les entendre les paroles : *Yet, you're my favorite work of art.* Aussi ai-je pressé Mireille et Paul de me dire s'ils connaissaient Ella Fitzgerald et sa merveilleuse chanson.

Ils se sont regardés, souris l'un à l'autre. Leurs regards éloquents célébraient ma victoire, ils disaient : « Elle est grande à présent… Temps venu de lui confier l'âme de Valentine », 46 ans ce printemps-là, l'enfant que Mireille n'avait, de plus de vingt ans, revue.

Je les ai vus se regarder et j'ai cru, orgueilleuse, les entendre penser : « Cette enfant est surprotégée et trop intelligente pour le demeurer. »

La voix de Mireille, d'ordinaire si théâtrale, se fit sourde, détimbrée, pour confesser l'éternel refrain : *À la claire fontaine, elle s'était crue aimée…* L'avait été sans doute, marguerite effeuillée, non point *passionnément, à la folie*, ça-n'existe-que-dans-les-romans, *un peu* seulement par un certain Simon Lhomme – nom trompeur. *Non rien de rien, elle ne regrettait rien.* Sans lui, il n'y aurait pas eu de Valentine.

Comment imaginer un monde sans Valentine ? Un monde sans l'Infante, qu'elle avait chérie et chérissait encore en absence, un monde sans ce trésor, cette émeraude, élevée et aimée, seule entre toutes les gosses, fruit béni de ses entrailles ? La fendeuse d'une matrice, demeurée après elle, inutile et sèche, au désert de l'amour. Comme Jeanne Lanvin hier avait aimé sa Marguerite au point d'inventer pour elle « Arpège », ce parfum où rose, lilas, jasmin… toutes les fleurs du jardin célébraient l'avènement de la jeune fille dans l'enfant, Mireille avait rêvé, dessiné et fabriqué sa modeste version de la robe couleur du temps, camaïeu de pastels de soie, du bleu au rose, sur fond de ce voile d'or translucide qui dans la nature signe la libellule. Ceci, avant que Valentine ne préfère, loin de cet encombrant et sûr amour, disparaître sous la peau d'âne dont un conte jadis chargeait les filles de trop de tendresses abusées.

La mère et l'enfant s'étaient quittées *pour jamais – c'est terriblement long* – et même au moment où la loi « Euthanasie pour tous » avait frappé dru au carreau du temps, sa fille ne lui avait pas fait signe. Il n'est peut-être plus vive douleur que d'être rejeté par son enfant. Le « Familles, je vous hais ! », de la littérature, de la mauvaise, en l'absence de justesse. Ce slogan mérite comme chaque chose de ce monde cette pesée des actes et des âmes, qu'on dit vertu de distinction. Mireille ne méritait pas semblable châtiment, qui ne pécha jamais que par amour.

Mireille n'était pas Jeanne Lanvin.

Elle n'avait plus d'atelier, pas davantage d'ouvrières, n'était connue que d'un petit millier de clientes, quasiment toutes hexagonales et en voie d'extinction, quand Jeanne Lanvin, plus talentueuse sans doute mais surtout plus chanceuse, avait élevé Marguerite seule. Aucun Simon Lhomme n'étant venu tardivement frapper à la porte du palais réclamer son tribut, cette infante qu'il avait dédaignée, refusée, niée à sa naissance pour la conduire, au seuil de l'adolescence, loin d'elle, en Amérique… *voulait l'avoir, l'aurait*, serait prise, rejetée loin de *la chanson de l'Eldorado.* Pauvre Valentine, pauvre Mireille : *tous les sifflets de trains, toutes les sirènes de bateaux, le silence des avions* leur feraient la peau.

Ainsi Mireille, ma Miranda à moi, avait une fille, qui l'avait rejetée, au point qu'elle ignorait si elle vivait encore. Dans quelle ville, quel pays, quel continent, dans quelles conditions ? Si elle était mariée, pacsée, en couple ou solitaire, lesbienne ou hétéro, fille ou garçon, clocharde ou executive woman, mère ou figuier stérile ? Non ! Elle n'avait jamais songé à engager un détective privé pour retrouver sa trace. La liberté d'autrui toujours n'étend-elle pas la sienne à l'infini ?

Paul en était d'accord. Il était là pour protéger Mireille, l'empêcher de souffrir. Pas du genre à croire aux miracles. Il se tenait à ses côtés, Solitude et Solitude, comme vont les vieux, de mur en mur, pour ne pas tomber.

Il était là pour elle, depuis l'instant où il avait deviné le pot aux roses, le fond de l'affaire, la voyant chaque jour rentrer dans son palais crasseux, avec son pain, sa boîte de sardines ou de thon, sa tranche de melon, sa pomme ou sa grappe de raisin selon la saison. Elle cachait bien son jeu alors, le corps ferme encore, dissimulé sous l'uniforme de rigueur des vioques et des djeun's, la tête sous un bonnet de laine ou de coton, qui cachait mal l'infamie de ses cheveux blancs.

Surtout flairé l'odeur du délaissement, cette crasse qui avilit, tronque, falsifie le mouvement et l'immobilité, s'incruste dans les recoins de l'âme jusqu'à déborder sur la peau, déformer les cordes vocales, embuer le regard. Il avait aussi remarqué, détective amateur, l'absence de téléphone cellulaire et s'était alarmé de la longueur inhabituelle de ses « vacances ». Pourquoi avait-il cherché et trouvé le moyen de l'aider sans qu'elle ne sût même son désir ? Aucune autre raison que le fait de haïr un tel monde et de savoir à l'avance qu'il agirait comme elle, le jour venu.

L'histoire des épingles à cheveux et des pneus crevés ! Mireille en riait encore des années plus tard.

Paul était bel et bien l'incroyable compagnon d'armes que le destin, après de si rudes coups, lui avait envoyé, celui dont elle avait espéré, sans le chercher et sans y croire, la venue. En espérance et en doute. Plus jeune qu'elle de vingt-cinq ans, ce petit-fils de gitane à demi assimilé et mal sédentarisé avait préféré l'école buissonnière, celle de la vie, aux mille et une pépinières dont mes père et mère m'inculquaient chaque jour avec profit les valeurs !

Il vivait, nez au vent, comme chien des quais et des rues, et vous aurait vendu une Rolls aussi aisément qu'une glace ou une babiole au marché. Au cinéma, il aurait tenu sans effort le rôle du rebelle au grand cœur, qui toujours, pour lui, perd la manche et ne remporte la partie qu'en faveur d'autrui. Mireille fut cette autrui et sa victoire, le salut de mon âme !

Jeudi, jour de marché aux Saintes. Mireille avait coutume d'emprunter le vélo de Mado, l'employée du camping où elle louait à prix d'or une épave qu'on avait sans doute oublié de jeter lors de la rénovation.

TREIZE

Rien de tel que vingt-neuf kilomètres à la fraîche, suivis d'une dérive « en ville », un bain d'odeurs et de couleurs au milieu des étals qui vous donnent une faim d'ogre, agrémentée de la douce présence et des cris des bonimenteurs qui avec tant de douceur vous interpellent : « Ô ! la Belle, Mademoiselle, Petite-mère, Maman, Mamie... Viens donc goûter mes fruits. Tâte ce foulard, il ira si bien à *tes cheveux blonds, tes cheveux gris...* » La vie comme couplet oublié d'une chanson dont ne revient que le refrain, là-bas, aux Saintes-Maries-de-la-Mer, dans le fracas des guitares gitanes, le bariolé de ces jupes incroyables dont nul ne peut démêler les vraies des fausses. Cela sans doute que Mireille aimait tant en ce Sud frelaté comme bazar d'Orient où la misère fardée n'implore aucun secours. Une génuflexion au pied des saintes tout en haut de la ville, un bain de sel et de lumière, la grande affaire de sa vie, semaine après semaine, en attendant la mort. Insolation sur la route, méchant coup de vent et bronchite qui n'en finit pas, arrêt soudain d'un cœur lassé d'avoir battu ou sournoise maladie, non diagnostiquée, non soignée, qui un beau jour triomphe du destin, elle savait la chanson. Allait, fantôme parmi les vivants, ramassant à la pelle les joies simples, les belles images comme un enfant, les coquillages et les étoiles de mer ou simplement, endormie à la fraîche, sous les étoiles-du-ciel-qui-êtes-si-belles que chacun rêve s'y installer, en compagnie d'un prince aux cheveux blonds comme blés à la fin de l'été. N'empêche, parler lui manquait plus qu'elle ne se l'avouait et la solitude absolue était bien moins son fait qu'elle ne lui avait semblé, tellement enviable et pure à Paris, 21, rue du Pont-aux-Choux.

Paul avait un plan. Enfantin : crever les pneus de son biclou, ensuite demeurer à proximité pour surgir, *Jack in the box*, au moment où la vaillante découvrirait ne pas pouvoir rentrer. Là, il s'enquerrait du lieu où elle devait aller et proposerait le plus simplement du monde d'échanger des services. Se poser en sauveur n'était pas son truc à lui. Il devait impérativement la laisser libre ! À qui perd gagne. Mireille aurait pu refuser. Elle l'aiderait à choisir des épingles à cheveux pour une amie imaginaire, en échange de quoi il la ramènerait à Aigues-Mortes où il avait un copain garagiste, qui s'occuperait de tout, au juste prix.

Mireille connaissait Paul de vue, les deux se saluaient même d'un discret signe de la tête aux Quatre-Vents où Paul parfois s'arrêtait converser avec Pierre ou Marco, conter fleurette à Mado, dépanner quelque vacancier fatigué, et puis, les épingles et les bijoux de cheveux, c'était son rayon. À vrai dire, Mireille n'avait pas vraiment le choix, le service de car ne reprenait qu'en mai et elle se voyait mal faire trente bornes à pinces sur une nationale, un vélo à la main. Quant à oser l'autostop, à son âge et dans sa situation, elle n'y songeait pas.

Maître Goupil conduisit Mireille, encore Ida-Marina en ce temps-là, dans l'antre de Félicie, une mercerie d'un autre temps.

QUATORZE

Nulle part ailleurs, il n'en existait plus de semblable. Tenue en apparence par la très jeune Josefa, l'étrange officine l'était, en discrétion et de main de maître, par sa propre grand-mère, Vevette, veuve de monsieur Roger et petite-fille de Félicie.

Rescapée des outrages du temps, la tanière, ou plus exactement le palais de dame Arachnée, offrait rubans et fanfreluches, matériel de couture, la plus invraisemblable et variée collection de boutons, de laines, d'aiguilles, de fils et mille autres trésors, rubans, dentelles, galons, fanfreluches et crochets, épingles de toutes sortes, à nourrice agrémentées ou pas de faux diamants ou simplement à chapeaux, merveilles de cent sortes aux doigts fées réservées. Pour survivre, la jeune Josefa, filiforme et diaphane créature d'une étourdissante blondeur, proposait, outre ces merveilles d'un autre temps, des collants fantaisie, des robes et des châles colorés, et même – le détail ici fut d'importance – des pantalons et des jupes camarguaises, sans oublier des chaussures artisanales, fabriquées avec goût et sérieux par de jeunes fugueurs qui, loin des villes, tentaient de vivre, saison des ferrades et des courses rituellement close pour six longs mois.

Paul et Mireille n'étaient pas depuis trois minutes dans l'antre singulier que Vevette, un mètre cinquante-deux au garrot, encore alerte, surgit, très étonnante créature, mi-souris mi-*dame de jadis portant des souliers gris*, propre comme un sou neuf, les cheveux courts coquettement bouclés, teints avec style et pudeur en blond poudré, de derrière l'antique rideau de cachemire à motif de pommes de cyprès de l'arrière-boutique. Là, Mireille vit, sinon son alter ego, du moins une autre résistante. Entre elles, une différence d'importance.

La matriarche avait une descendance… La tête lui tourna. Avec douceur et précaution, Josefa la fit asseoir, Vevette lui donna de l'eau et humecta ses tempes tandis que Paul, avec délicatesse, installait un coussin sous ses jambes, qu'il souleva avec la précaution d'un infirmier de roman ou de série, lui découvrant ses yeux *ni gris ni verts. Comme à Ostende et comme partout…* Elle sut et reconnut, *ça valait le coup…* l'exacte couleur du lac dont elle fixerait le reflet à l'heure de s'en aller.

Moi aussi, à cet instant, j'ai rêvé d'un amour éternel !

Remise, Mireille magasina pour l'amie imaginaire les présents que Paul lui offrirait à elle ; demain, quand, pour jamais, ils chemineraient ensemble. Où elle voudra. Avec elle, *il irait n'importe où, il irait jusqu'au bout* : à Uzès, Montpellier et Marseille. Ici et là, de la rude Camargue au beau pays de Provence, avec escale à Aimargues, où l'épouse et la fille de Makhno s'étaient, un an durant, posées et reposées, loin du vacarme de la brutale Clio, avant de reprendre le cours d'une vie misérable, qui les reconduirait, anonymes, à l'usine. Le long de la tour Magne à Nîmes, sur le Rhône si bleu et au fil du canal du Midi, il la ramènerait sur sa vieille Enfield à Saint-Ambroix, les jours ordinaires comme les jours de la fête du *Vol au biou* – l'envol du bœuf –; à Sommières la si belle, que Lawrence Durrell choisit, après un long voyage, Ulysse longtemps vert, d'y attendre la mort, lisant, écrivant, se souvenant, dans un mas blanc aux persiennes bleues, un lieu à la Brontë où d'être *l'enfant d'un paysage* élu, il ait la liberté.

Paul la conduisit encore danser aux Fumades, ce lieu-dit dont l'eau soufrée fit jadis une modeste place thermale, désormais presque oubliée de chacun, médecins et malades, mais qui, chaque dimanche, aux derniers vieux en attente de rejoindre le Programme, offrait encore ce décor de musette où, sur des airs d'autrefois, la jeunesse revenait si violente et si douce, extirpant un bref instant le *nevermore* aux cœurs qui tant avaient battu.

Mireille ne serait plus jamais seule. Elle n'aurait plus ni froid ni faim. Vevette et Josefa, la très jeune fille et l'ancêtre, veillaient : les Jeux n'étaient pas faits pour tout le monde ! L'heure exigeait que l'on déjeune. Mireille, en si bonne compagnie, retrouva la gaieté que procure la douce griserie d'un verre de vin partagé, sans deviner, mauvais jeu de mots, tout à la joie de poursuivre son roman : chapitre 1, le départ en solitaire ; chapitre 2, l'ennui et l'attente ; chapitre 3, la résistance s'organise, être tombée dans un quelconque guet-apens.

Sotte ! Elle s'était, en son orgueil insigne, crue seule : *Ils était vingt et cent, ils étaient des milliers* à ne pas s'être rendus à destination, des milliers à avoir sauté du train avant qu'il ne démarre ! Que croyait-elle ? Que la France se résumait à ses clientes ? Paris avait de longtemps cessé d'être le centre du monde, le pouls battant du pays.

Psy, yoga, boulots à vocation ressources « humaines » et seulement « humaines » et *care* avaient achevé de dépolitiser, d'abêtir et de détruire la Ville Lumière. Dictionnaire des idées reçues, ouvert de jour et de nuit à la page ad hoc, pensée unique, suintant des murs, filant le long des rues, la collaboration avec le Capital y était générale mais ailleurs, *dans les plis sinueux* des villes minuscules, des ravines et des sentes, il en allait autrement.

Dans sa volonté d'unicité, de singularité, Mireille avait oublié la province et le mécanisme secret des guerres irrégulières, dont elle était, à son insu, une des plus insignifiantes combattantes. Passablement fortunée, cultivée, sa fugue avait ressemblé à de longues vacances, une retraite monacale avec ce goût mauvais de la clôture et l'oubli des plaisirs, mais pas à ce qu'elle était, une des modalités de la résistance. Pour cela, elle devait cesser de vivre à couvert et, inlassable, témoigner. Redevenir Mireille et non ce fantôme, flottant, présence absente, au milieu des vivants.

Elle devait, prêtresse et sibylle, réenchanter les vies : servir d'exemple à l'univers entier de ce que, au monde, apporte ce surcroît de vie estimée inutile. *One of them.* Combat dans l'île. Chaque vieillard, à sa manière, un Onoda aux oubliettes du

Pacifique, un Rambo en ses bois, *des journées entières dans les arbre*s ou au fond d'une cave, célèbre la vie, tandis que les actifs, agités et pressés, la perdent à la gagner, jusqu'à épuisement du *domaine de la lutte*.

Pour qui ? Pourquoi ? Pour presque rien, un nom, une onomatopée *Hom* à proférer à la Tarzan, le poing sur la poitrine… Adam, ce nom de terre donné à un insigne cloporte égaré entre les étoiles et la glèbe, par lequel un peu de sens fut offert à la magie du cosmos. Infiniment petit et unique conscience de l'infiniment grand. Enfin, ce ne furent pas les termes employés ce jour-là mais l'idée !

Vevette, plus vieille que le temps, allait sur ses 91 ans. C'était elle qui passait les commandes : canevas, épingles, laines, frivolités diverses, cols… Elle qui avait armé le bras de la douce Josefa et avait fait de Paul, le solitaire, son aide de camp et de sa mercerie, le site naturel d'un véritable état-major, le quartier général où, plus tard, seront entamées les négociations avec l'île de Beauté, la Bretagne et le pays catalan, après les sécessions.

Quand l'île se fut pour jamais séparée de la terre, redevenue terreau de légendes et d'aborigènes, Mireille, anticapitaliste par nécessité et expérience, s'effraya des ravages présents et à venir du tourisme de masse et pour cela se lia à mon père et à ses amis, partageant avec eux le rêve d'une *vita nova.* Je me souviens d'avoir été un peu jalouse de partager mon amie avec ces hommes austères et de n'avoir pas compris sur le moment comme fantaisie et rigueur – mandoline et piano – pouvaient s'accorder. Je n'ai réalisé que bien plus tard combien il fallait de rigueur pour conserver intacte la fantaisie, combien il fallait opposer de résistance au monde par nature mobile et toujours menacé de déconstruction. Rêve, ce rêve avait duré ce que durent les rêves, en l'espèce : quatre ans.

Mon père, l'un de ces rêveurs, sera, en compagnie de dix de ses camarades, assassiné après publication d'un rapport économiquement calamiteux, qui remit sur le devant de la scène le duel incessant, opposant partisans du développement et paisibles individus prétendant vivre de leur terre en noblesse, probité et courage. La question, posée par les physiocrates à la veille de la Révolution et, plus tard, une dernière fois par le mélancolique et génial Georges Darien Bon-à-rien, revenait avec une acuité sans pareille et il plaisait à mon père et à ses compagnons de se comparer aux aborigènes du Pacifique et d'agir comme tels, s'opposant, sans violence, aux prêtres et aux milices de toutes les religions nouvelles. Ne pas dénaturer l'île heureuse, permettre au village et au port de demeurer ce qu'ils furent, une place où les morts pourraient revenir sans se sentir le moins du monde en terre étrangère. Brièvement résumé, le projet physiocrate réclamait l'établissement de l'impôt unique sur le sol, payé par les seuls propriétaires, les autres exonérés de tout. Les taxes, revues à la baisse pour les produits courants, suffiraient. Voilà tout le programme suivi par de très enthousiastes jeunes gens et une poignée de vieillards et fort mal vu de la majorité des habitants, tous tenants de la multitude habituée.

Leurs assassins, selon la formule consacrée, courent encore. Je crois bien qu'ils paressent, à la terrasse du Café du Port, devant un verre de pastis, capitalistes égoïstes et profiteurs mal grimés en césars et en mangeclous : à la vérité, les mêmes, ceux qui, du monde, font un jardin à leur unique usage et veulent à toute force ignorer ce qui vit et meurt dans le jardin d'à côté, se suffisant – Papa, Maman, la bonne, le chien et moi – de leur frigo, leur congélo, leur boulot, sans se casser le ciboulot.

Chez Félicie, Mireille reprit du métier. Retoucheuse en sous-main. Josefa épinglerait longueurs, largeurs et hauteurs tandis que Paul ferait, bonne estafette, la navette Aigues-Mortes-Les Saintes pour apporter l'ouvrage. Mireille redeviendrait ce qu'elle n'avait cessé d'être : cousette, grisette… Éternelle jeune fille à l'arrière d'une très vieille Enfield, lovée contre son ami Paul. Qu'importaient les regards, les sourires et les rires ! Renée, entière, de ces courses dans le vent, du rythme qu'un travail sans contraintes hiérarchiques et horaires permet. Ressuscitée du bois de la guitare de Paul, elle menait *cigami* – cigale-fourmi –, la vie d'une chimère rêvée par la sagesse de La Fontaine. L'argent améliorait l'ordinaire, et Mireille brûla le hideux uniforme emprunté par commodité, pour rendre à son corps, son visage, la caresse des soieries, l'éclat de l'arc-en-ciel, qui, sur Terre, se pare du nom de camaïeu. Après plusieurs mois à rétrécir, agrandir et ourler, l'antre de Félicie devint la succursale du défunt atelier parisien. Vaches grasses.

L'argent revenu autorisait, outre fantaisies et rodéos, à soutenir les plus démunis, cloîtrés, perclus de tous les maux chronologiques qui se peuvent, seuls, loin de chez eux, à la rue, au pied des montagnes, sur les plages, proies, morts vivants, de la solitude et de la finitude, nouveaux marrons en fuite, recroquevillés dans les marais et les ravines de France, aux abords des fermes et des étables. Parfois, dans certains quartiers, il fallait les soustraire à la traque innocente de jeunes désœuvrés, s'amusant fort à les effrayer, pousser leur avantage jusqu'au meurtre. Par nature impuni. Comment, sans identité, une victime pourrait-elle être comptabilisée ? La réalité est toujours effroyable ! *Ballade de Narayama.* De l'éminente dignité du vieillard ! Foutaises ! L'esprit de sacrifice ne saurait s'entendre dans un monde où l'homme est un loup pour l'homme et la femme, une louve pour ses prétendues sœurs, ses frères et toute sa parentelle. Nourrissons et animaux de compagnie exceptés !

La rue, ses amas de corps nus et tatoués l'été, fagotés à la diable et sans grâce l'hiver, devenue inamicale, sordide et laide, avait nécessité de la vieille boutique. Par elle, un peu de poésie, subreptice, revenait. Mireille, à cet instant et en ce lieu, comprit le sens profond de son choix irréfléchi. Dire non n'équivalait pas à se terrer. Au contraire, ce non, massif et franc comme louis d'or, signifiait alliance, entraide et sa charge s'imposait, être une des justes appelés à rebâtir la cité du Soleil du bon vieux Spartacus, mettre à l'épreuve les valeurs récusées par le temps et faire, de ce combat silencieux, le dimanche de la vie, jusqu'à l'heure nécessaire de la crucifixion sans résurrection.

Elle avait cessé d'être seulement Mireille, pour devenir l'une d'entre ces fous, au garde-à-vous, dehors, devant la porte de la vie, à espérer encore et encore, jour après jour, une dernière fois, vivre l'heure bleue, un lever de soleil, une ultime ondée, surprendre un visage humain, le regard, le sourire d'un enfant qui passe, le dos voluptueux et royal d'un chat errant, traversant, souverain, une rue, les voitures à l'arrêt ou l'aboiement joyeux d'un chien qui remercie, se reconnaître vigoureux chiendent, qui mieux résiste que mimosa ou camélia au jardin de la Vie.

Une fois par mois, les dames des Saintes réunissaient les objecteurs aux « Jeux » : hors-la-loi qui tenaient à la vie de l'avoir combattue avec pas mal de revers, et la sève revenait, différente et semblable, comme la terre après l'orage.

Le trafic de faux papiers et le secours aux dissidents s'organisaient contre le moloch Utilitariste. Certaines blessures bénignes pouvaient s'envenimer et des opérations s'avérer nécessaires. Sous peine de mort. Parfois il suffisait de presque rien… une pommade antibiotique, un vaccin antitétanique… Miracle, des médecins rejoignirent la clandestinité. La situation rendait ses blasons et ses ors au métier désormais inutile de généraliste, réduit à la simple fonction de bottin médical.

Un bon peu d'entre eux revinrent avec délices aux prémices. Désinfecter, rabibocher, rapsodier, ouvrir, ôter, recoudre, ausculter, diagnostiquer, retrouver confiance en soi, se jeter dans la bataille, à qui perd gagne, se planter, soigner, parfois guérir, perdre aussi et accompagner celui qui, loin de tout, s'abolit. Au commencement, la petite bande ne soutenait que les « présentables », de 68 à 75 ans, mais, devant l'enthousiasme des praticiens, ravis de se découvrir à nouveau utiles et finalement pas si obsolètes qu'ils ne s'étaient crus, persuadés de la supériorité des machines, des chiffres et des probabilités, les octos s'ajoutèrent aux sexas et septas et, imperceptiblement, les oisifs se remirent au travail.

Il y avait tant et tant à faire, défaire, refaire…

Les Jeux n'étaient pas tout à fait achevés et le paysan, la marchande des quatre-saisons, le cuisinier, le restaurateur, le pharmacien comme le cordonnier avaient aussi ses vevettes, ses pauls, ses josefas, ses mireilles – quand les hommes perdent leur majuscules, qu'ils deviennent grands, instaurant un vaste réseau clandestin, une économie parallèle comme avaient cessé d'en rêver soixante-huitards attardés et zadistes. La fille d'un des médecins d'Aigues-Mortes, le valeureux et infatigable docteur François Jourde de mémoire bénie, avant moi, avait appris l'art du tricot et le moyen de tirer des harmoniques d'une mandoline ; un autre gamin du pays, assez de rudiments de français et de mathématiques pour demeurer en section générale et parfois même certains cancres de longtemps avérés entraient en section S ou intégraient, à la stupeur de leurs proches, ces fameuses classes préparatoires – Mireille se demandait à quoi. Ce fut là une belle chose, considéré que l'argent liquide se vit interdit de circulation.

Trop tard. Mireille ne mourrait ni de faim ni d'incurie.

Dans chaque province, semblables réseaux se mirent en place, sans empêcher le patient déroulement du géronticide.

Des milliers de refusants isolés crevèrent comme varans et oiseaux dans la neige et la tempête, seuls absolument, sous le ciel vide, se frappant la poitrine, criant au silence et au vent qui féconde la plaine la belle suite d'onomatopées *hom sweet hom*, dans l'indifférence des rats, poursuivant leur course éperdue et le sourire des autorités et de leurs nervis, les blouses blanches et apparentées, œuvrant aux « Jeux sont faits » qui, devant leurs verres de mousseux, les soirs de réunions de famille, se poussaient, bons serviteurs de l'État, du col, en se gaussant des sots qui avaient refusé le fabuleux Programme. Ce programme qui, à des milliers d'artistes reconvertis dans le *care*, de psychologues serviles, d'infirmiers sans esprit d'entreprise, de manutentionnaires miraculeusement recasés par Pôle emploi, après des heures de galères, et de médecins de secteur, offrait une vie douillette était devenu chose aussi naturelle que respirer, boire, manger et dormir ; ouvrir son téléphone et son ordi le matin ; payer ses achats en ligne et en carte ; acheter des êtres vivants, les faire vivre en appartement, castrer des félins et des loups et leur offrir des joujoux ; faire naître des enfants dans des ventres étrangers, des utérus stipendiés ; changer de sexe et de genre comme on change de vêtement et de couleur de cheveux ; comme on va à l'école, au turbin et enfin au trou sans mot dire ni maudire quiconque, simplement, vautré, bras en croix sur la pierre noire de l'Histoire, consentir.

Il en eut pourtant tant et tant de refusants en ce temps-là qu'il semblait aux enfants, les derniers à regarder encore par la fenêtre, que la *charrette fantôme* du vieux Sjöström avait repris du service, sans que l'affreux silence comme glace ne se brise. À tout ceci, une réponse unique : les vieillards obstinés, à l'instar des enfants de même caractère, méritaient leur sort. Il fallait obéir ou mourir et c'était être fou que de refuser le généreux présent de l'État-Providence.

À la télévision, il est vrai, soir après soir, chacun pouvait admirer, en mouvements et en actes, le Programme, regarder se déployer et s'animer les images de la brochure à la hâte survolée par Mireille : s'ébaudir du dévouement des soignants, souvent de si loin venus apporter leur savoir-faire ancestral et leur esprit d'abnégation de simples aux fils de leurs anciens tortionnaires ; s'ébahir de la multiplicité des animations offertes, si bien que chacun, persuadé qu'il fallait être taré pour refuser un semblable séjour, se désintéressa des sociopathes, qui préféraient se nourrir de glands et de racines, crever comme leurs chiens, si pomponnés et adorés, ne crevaient plus, plutôt que de vivre en Arcadie.

Inlassables, les membres du réseau d'Aigues-Mortes évoquaient le chagrin immarcescible que leur avait procuré jadis certaines lectures, certaines images, *la petite fille aux allumettes*, le dernier plan du *Kid*, et enfin la mort du vieux Vitalis, saltimbanque, ci-devant il signor Carlo Balzani, cantor admiré de toute l'Europe, dans la neige et le froid, devant l'abri fermé aux vagabonds d'une carrière de Gentilly, protégeant, de son corps épuisé de travaux et de jours, Rémi, l'orphelin parmi les orphelins. Par elles, la compassion, subreptice, s'était dessiné un chemin qui ne s'effacerait pas, dans la dureté ordinaire des cœurs.

Mireille exultait.

La mère bafouée rattrapait le temps perdu, offrant à d'autres les présents que Valentine si violemment lui avait refusés.

Particulièrement, ce don d'accentuer la vie, ce sens de la démesure, cette sensibilité quasi incandescente, qui avait dû gêner une fille trop préoccupée du regard d'autrui.

Le bonheur à lui seul était devenu résistance aux sursitaires que personne ne voulait plus ni voir ni entendre.

Et Paul était venu.

Du tréfonds de cette terre où elle avait si fort voulu vivre, cette terre étrangère, un étranger avait paru pour déchiffrer chacun de ses soupirs, traduire le moindre de ses sourires. Elle n'avait jamais peur de lui sembler ridicule, s'extasiant devant la beauté d'une fleur, la torsion d'un nuage, la vague d'un champ. La Mireille que je connaissais était née ou renée, entière, de la douce sollicitude et de l'inouïe tendresse de Paul, du bois de sa guitare, où il improvisait, des heures entières, les mélodies secrètes de l'âme.

Mandoline et guitare me consoleront plus tard – quand, dans une cabane de pêcheur, un mardi, soir de la réunion hebdomadaire des physiocrates de Piazzino à laquelle Mireille et Paul échappèrent, une bombe artisanale éclata – d'avoir, en dansant, oublié l'heure.

Au son de la mandoline, j'ai tenté de retenir ma pauvre mère, dévastée, en sa naïve gentillesse, par la brutalité des choses. En vain. Ni mon frère ni ma mandoline ni Mireille ni Paul ni ses élèves et ses collègues n'y purent mais : son cœur s'était comme brisé à l'annonce de l'attentat et depuis lors, en dépit de la chirurgie et de la médecine, il cessa peu à peu, jour après jour, de battre, comme si, autonome, ce cœur, ce pauvre cœur avait, contre toute logique, décidé de s'éteindre.

Ni fumeuse ni stressée, pas davantage nerveuse ou colérique, ma mère avait toujours été pondérée et son cœur, de nature à durer plus longtemps que sa vie… Un peu ballot, le médecin, venu constater le décès, répétait en boucle : elle n'était pas candidate, si bien que Mireille et moi durent sortir de la chambre des douleurs tant dura, inextinguible, le fou rire qui, à ce mot de « candidate », nous avait saisies.

Au moment de devenir « ma » mère, Mireille me confia la triste et véridique histoire des amours de Simon Lhomme et de Mireille Davant et de ce qui advint du fruit maudit de leur rencontre.

QUINZE

Mireille avait-elle eu tort de céder au désir naturel d'une « orpheline » d'avoir un père, s'enorgueillir d'être fille de… ? En la circonstance, la fille d'un metteur en scène, sinon célèbre du moins reconnu, qui plus est en Amérique, pays honni dont le nom à lui seul pourtant demeure invitation au voyage ?

Avait-elle vraiment eu tort de l'avoir laissée partir pour « l'été » ? Après tout, elle avait joui, treize ans durant, de cette enfant et aurait été bien égoïste de refuser de *la prêter, la rendre* à son père ! Et puis *prêter*, *rendre* n'appartenaient pas à son vocabulaire. Jamais Mireille n'avait considéré ce trésor, comme lui appartenant, simplement une fleur dont elle prenait soin, un tableau dont elle découvrait, s'en émerveillant, chaque jour, un détail ou un livre, dont chaque mot lui serait porte battante sur l'avenir.

Pour moi, Mireille avait et conserva le visage de la mère idéale, son idéal-type, et sa fille, Valentine, m'apparaissait comme la plus misérable et la plus sotte des créatures que *la terre jusque-là eût porté dans ses flancs*, le genre à jeter le ticket gagnant à la loterie, à ne voir que du verre dans tout diamant, de la putréfaction sur pied dans la plus belle rose du jardin et le squelette derrière l'amant.

Je ne mangerais pas de ce pain-là ! Fille de Mireille et du Soleil, je bénirais l'aube nouvelle et marcherais sans crainte comme elle avait marché.

Des années après un tel ravage, une si longue détresse, Mireille ne parvenait pas à se le reprocher.

« L'été » avait certes duré cinq longues années et l'enfant n'avait pas supplié en vain sa « Maman chérie » de la laisser vivre à New York, aller au lycée français, lui faisant miroiter qu'elle rentrerait au bercail « diplômée et bilingue grave », taisant sottement sa joie légitime de regarder chaque soir les merveilleux spectacles de Papa – quel-nom-serait-plus-doux aux lèvres d'une adolescente qui, longtemps, s'était crue orpheline ? Rien n'est jamais écrit. Les choses auraient pu tourner autrement. Mireille pour rien au monde n'aurait renoncé à croire à la véracité du chant de confiance dans la vie, comme un appel silencieux qui, à son tour et son heure, mène chacun à l'harmonie. Aucun *Mektoub* ? Pas certain. Pour rien au monde, elle n'aurait voulu se montrer abusive. Aussi, en dépit de sa tristesse, avait-elle, de plein gré, renoncé à se tenir aux côtés de celle qu'elle adorait, au temps du grand chambardement. Ce serait en compagnie de son père, loin d'elle, que sa fille passerait le plus dangereux des caps, pour lui revenir, métamorphosée et pourtant semblable, quand le fruit passerait la promesse de la fleur !

Mireille savait l'égoïsme de Simon pour en avoir été frappée jadis, comme d'un coup de knout au visage et au cœur. Comment avait-elle été assez naïve pour croire que la paternité le changerait ? Peut-être tenait-elle son ennuyeuse adolescente pour une fée ? *Que sera sera.*

À qui perd gagne, la vie comme un tapis vert, qui, soudain, se fait *tapis tapis gris.* Je la voyais qui retenait à grand peine ses larmes, évoquant ce départ qu'elle avait cru momentané et qui s'était fait éternel. Elle se jugeait avec sévérité insuffisante. Je voulais lui dire que je n'en croyais rien. Mes mots auraient été inutiles, tant béait la blessure. Seul, le retour de Valentine aurait pu la consoler et Valentine avait librement choisi de disparaître. Pourquoi Mireille n'avait-elle pas accompagné Simon à New York le jour où celui-ci l'avait suppliée ? Pourquoi ne s'était-elle pas débarrassée de l'importune, comme il le lui avait demandé ? Pourquoi avait-elle refusé de remettre à plus tard la venue d'une autre Valentine ? Parce que ce n'aurait pas été Valentine justement : cette vie, cet être, cette personne, en elle, exigeant de naître. Par sa faute, devenue l'enfant de la haute mer, cette petite fille devrait errer dans les limbes, frappant au carreau des demeures. Responsabilité illimitée, à l'instant même où le goût du café l'écœura, Mireille ne parlait, ne chantait, ne pensait plus qu'à sa fille, tout à la joie de lui découvrir le monde : le bleu cobalt et le rouge magenta, la garance et l'iris, la rose et le réséda, l'or d'automne et le blanc de l'hiver. Elle n'y pouvait rien.

Simon n'était pas un méchant homme, seulement un artiste égoïste – un pléonasme –, comme elle avait été une jeune femme heureuse, trop heureuse, de sentir la vie vibrer en elle. Ainsi de toujours, Mireille, l'enfant obstinée, la fille du *Pont du Nord*, celle qui avait, il y avait de cela un demi-siècle-que-cela-passe-vite, d'un geste souverain et magnanime, ouvert, béante, la porte à Simon, suppliant : « Pas maintenant l'enfant, désolé. Je sais qu'on avait décidé ensemble mais le théâtre d'art de Manhattan a retenu ma candidature. »

Lui aussi, il était « candidat ». Comme il avait dit ces mots, *théâtre d'art, Manhattan*, avec quels yeux d'enfant regardant arriver le gâteau au chocolat et ses huit bougies d'anniversaire sur la nappe éclatante de blancheur des jours de fête ! « Pars avec moi, Mireille, ma toute belle, mon amour, ma vie. On en refera un autre, je te le promets, un bel et nouvel enfant, dans un an, dans deux ans… La vie est longue, Mireille, je t'aime, *je n'ai que toi comme ciel de lit…* »

Comme à réception de la lettre fatale l'invitant au paradis pour tous, Mireille, sans violence ni colère, s'était insurgée : « Non, non, mon père, y'me plaît d'aller danser… Cette enfant que j'ai tellement voulue, je l'appellerai Pensée, vivant ma vie jusqu'à avoir tout vu, tout bu, tout lu ! » Lanturlu…

Désormais, Mireille ne serait plus jamais seule – mère et fille dans le monde, occupées à le seconder de leur mieux.

Libre à Simon de s'en aller, de revenir. Elle demeurerait à sa juste place, dans l'atelier 21, rue du Pont-aux-Choux, Paris 3e, à une encablure de la place de la Bastille et de la colonne où pour jamais, solitaire, à son comble, réside l'enfant Gavroche ; à la lisière du quartier juif, cette rue des Rosiers d'où tant d'enfants, d'heureux enfants, étaient partis pour Pitchipoï. Mireille admettait que les femmes avortent, jugeait légitime l'établissement de la loi Veil mais elle n'y aurait pas plus recours qu'elle n'adhérerait aux Jeux. La mort ne passerait pas par elle.

Elle aurait cet enfant…

Le sort accordait bienfaits et mauvais coups à sa guise, et au sort, toujours Mireille répondait « Il en sera fait selon ta volonté », avant de fuir… brise légère, dans le tango ou les plis d'une robe, une séance de piscine, un livre, à moins qu'elle ne parte à la chasse aux âmes, en quête d'amis nouveaux qu'apporte la fortune. À l'instar des enfants, elle avait toujours craint les effets délétères de la monotonie et persistait, sottement sans doute – il n'arrive jamais rien ! – à attendre des surprises. Aussi ne désirait-elle pas plus connaître à l'avance l'exacte nature de sa mort – bonne ou mauvaise ? –, pas davantage en prévoir l'heure et les circonstances, qu'elle n'avait cherché l'amooooour, avant de tomber raide dingue de Simon ou dessiné un quelconque plan de carrière.

Simplement croqué à la hâte des costumes pour ses personnages, parce qu'elle aimait Tchekhov et que Rosalie, une des comédiennes de Simon, avait acheté une de ses créations, un magnifique manteau vert irlandais, garni à l'encolure et aux poignets de pâle fausse fourrure alizarine et de larges boutons roses et or, et Simon, en ayant vivement admiré le tombé et l'élégance, Rosalie proposa à Simon de lui faire connaître « sa » styliste. En homme pressé, perpétuellement à la recherche de nouveaux sangs et talents, Simon avait passé commande à Mireille, par l'intermédiaire de Rosalie, de quelques silhouettes, si « sa bonne femme » avait envie de croquer du métier. Mission accomplie, en moins de deux jours. À reculons, Mireille vint au théâtre déposer ses dessins. Aucune explication requise. Ils parlaient d'eux-mêmes. Ou pas.

Avait-elle même envie de tenter l'aventure ?

SEIZE

La magie s'était invitée et à la magie, nul ne saurait résister. Véritablement une souricière qu'un théâtre sans public ni acteur vu de la loge du directeur : cette loge où Simon vit à temps partiel, un peu par snobisme et un peu parce qu'il aime cette existence de clandestin, ce décalage aristocratique qu'une vie dans l'art subventionné autorise. Il est 8 heures du matin quand Mireille s'apprête à déposer son carton à dessins à la loge et que Simon en personne la prie d'entrer.

Pour la première fois, Alice au terrier descendue, Mireille découvre l'envers du décor : l'austère plateau nu, les coulisses encombrées derrière les pendrillons du mur du fond. La novice marche sous les cintres, émue par l'humble servante de scène, cette ampoule nue qui, d'une faible lumière, éloigne les fantômes, après que les clameurs se sont tues. À frôler le manteau d'Arlequin, le cadre de scène et son rideau rouge, Mireille se sent l'âme d'une Anglaise d'autrefois, découvrant Alexandrie ou Palmyre à dos de chameau. Suivant les marquages au sol à la peinture photoluminescente, Mireille s'avance. Du lointain à l'avant-scène, elle zigzague, de cour à jardin. En terre inconnue, elle s'élance, silhouette brune et menue, dans les couloirs déserts, arpente le dédale d'un palais sans autre fenêtre que le regard des spectateurs, là où les yeux sont vraiment fenêtres des âmes, comme s'enfonce dans la nuit l'initié qui, longtemps après l'épreuve, craindra l'avoir rêvée. Mieux que des pétales de roses sur le chemin d'un lit, des coupes de champ' remplies à ras bord ou qu'un diamant offert à genoux, au détour de la rue de la première rencontre !

Après la défaite, Mireille, mille fois, doutera avoir aimé Simon.

Seule Valentine, exigeant de paraître, à l'avant-scène, lui semble graal et sang de vierge.

Pas de répétition ce matin-là, Simon lui offre un ness café (un café miracle) avec un nuage de lait concentré non sucré et la voilà installée sur la banquette de velours rouge de la loge du maître de cérémonie à converser avec Simon au sujet de monsieur Tchekhov absent. Ils avaient eu si fort envie de s'étreindre à ne plus se quitter ce premier matin où le temps avait filé si vite. Sept ans de « bonheur », jusqu'à cette nuit où Simon avait murmuré « Je voudrais un enfant de toi », quelques semaines avant l'aube où la lettre fatale, couronnement de la carrière de Simon, était arrivée, remettant à jamais la naissance de Valentin ou de Valentine.

Mireille ne voulait rien savoir. Surprise de l'amour, de la maternité ou du jour dernier, il n'était pas dans son tempérament de prévoir, trousseau rose ou bleu et pourquoi pas la couleur des murs de la chambre ? Elle aurait vécu dans une roulotte avec Simon et l'enfant à venir.

Au lieu de cela, Valentine avait grandi entre l'atelier de sa mère et le cosy trois pièces, agrémenté d'un appentis au rez-de-chaussée de cette vaste cour à l'ancienne que Mireille avait dû, Jeux faits, quitter : troquer la grisaille de la cour désormais repeinte en bleu marais, cette couleur si froide, qu'elle semblait repousser jusqu'au maigre soleil qui s'aventurait encore à l'arrière-plan de cette rue paisible, au limen de deux arrondissements, pour la lumière du Sud.

Pas bien original.

La suite… Le départ à New York, la descente progressive dans l'empire du joint et de toutes les substances qui apportent l'extase aux vieilles âmes, lassées de tout, Mireille l'évoqua à demi-mot. Elle n'y était pas. Elle avait seulement récupéré sa fille bachelière et en miettes, maigre à faire peur, hautaine et méprisante, sans pouvoir la retenir, la soigner… peut-être la guérir.

Elle avait séché ses larmes, répété les mots de sa grand-mère : *primo vivere, secundo clamsere,* repris son ouvrage, préparé sa prochaine collection, sans s'épancher auprès de quiconque et sans avoir recours aux drogues légales, se contentant, comme elle le ferait par la suite, d'aller, chaque matin, à heure fixe, déposer, au fond de l'eau, les sanglots et les pleurs de l'échec et de l'absence amoncelés en elle.

De semblable manière, Mireille, circulaire des Jeux abandonnée sur le parquet, sans crainte extrême du lendemain, s'était impatientée de troquer le tohu-bohu d'un Paris en voie de rénovation, de réfection totale – Renaissance, qu'ils disaient ! – contre le vacarme des cigales et les fragments impérissables d'une nature préservée, pour le touriste certes, mais aussi consacrée premier laboratoire écologique d'Europe, la terre des saintes, dont elle sait la chanson lumineuse et triste depuis ses 10 ans, depuis que son père lui a offert le livre de Mistral.

Pas le temps là de relire le chef-d'œuvre oublié, l'un des rares ouvrages qui l'accompagneront dans sa fuite éperdue vers une vie nouvelle, l'ultime, celle qu'elle ne doit à aucun prix manquer. Elle est prête.

Demain, elle n'aura plus à perdre sa vie à la gagner, carte bleue désactivée le 4 juin, le jour butoir où son absence à Luc-sur-Mer fera d'elle une bannie.

DIX-SEPT

Bonde ouverte, j'écoutais, avec tristesse et émerveillement, le récit de Mireille. Je l'entendais se parler à elle-même, de sa voix goguenarde, théâtrale et pourtant si fragile. Il sera bien temps de descendre en apnée dans les méandres de ta vie merveilleuse, partir à la recherche du temps perdu, pour en rire ou en pleurer, quand tu seras arrivée à destination, seule, *sur la plage abandonnée*, mais pour l'heure, la Vieille, faudrait te retrousser les manches et t'activer au lieu de discourir des mérites et des torts de l'utilitarisme. Et sur l'air des gondoles à Venise, laisser la momie de Bentham à l'University College de Londres, *sans oublier à l'instar de* Plick et Plock, leur père et inventeur, le génial Christophe -béni-soit-il, de te répéter, à chaque instant : « Il faut réfléchir avant d'agir. »

Quatre urgences : vider l'appartement afin de récupérer la caution. Cigale, elle a vécu, cigale, s'en ira, l'hiver du déplaisir venu ! Se débarrasser, contre le plus d'argent sonnant et trébuchant, des faux trésors sottement accumulés au fil des ans. Vendre, au meilleur prix, des créations qui n'intéressent, obsolètes, personne ; les anciennes comme les nouvelles et aussi les prototypes des costumes, et enfin composer son havresac de la plus performante des manières, sans omettre de coudre, dans chaque vêtement ou sacoche qu'elle emportera, une planque pour l'argent… et enfin ficher son camp, oublier Paris et ses embarras sans se retourner.

Étape numéro un : vider en sifflotant *Pars, ne te retourne pas*, ses placards et débarrasser ses stoyaks, classer, séparer, dépareiller la collection. Plus difficile, se résoudre à choisir avant d'étiqueter ce qu'elle vendra et mettre en sacs ce qu'elle donnera. Pas le temps d'attendre les retours du dépôt-vente. Aurait dû, pu, pauvre Lulu lanturlu, y songer avant. Prudence du serpent contre prudence de l'aigle, pas son truc à elle. Il est minuit, docteur Mireille ! Haut les cœurs ! Seule, entêtante, l'odeur de lavande témoignait d'une vie désormais abolie, une vie où on avait lavé, soigné, plié, repassé le linge, désormais en boule dans des sacs, prêt à vivre – seconde chance, seconde main – une seconde vie, une vie nouvelle, moins douillette. Des langes au linceul, un fragment d'humanité. Mireille n'était pas de celles que le vintage-vêtements-des-morts effraie. Au contraire, couvrant son corps des dédaignés, orphelins ou abandonnés, elle se plaisait déjà, en sa verte jeunesse, à saluer la vieillesse, refusant toujours de préférer le nouveau à l'ancien, le sans récit à l'historique, le nouveau venu au *pays*.

Un moment douloureux entre tous la fit, un imperceptible instant, manquer chavirer. Presque rien. La découverte, au tréfonds d'une armoire, entre deux draps troués, de l'autrefois cher, très cher Toby, l'ours à la patte et à l'oreille cassées, désormais sans regard et sans chair. Clair de vie, portrait au vitriol d'une famille déchue, la vieille peluche, détruite de trop de soins et d'attentions, se faisait métaphore, obstacle à toute poursuite de la joie devant la mort. Fin de partie. D'un néant, l'autre. Sotte, elle ne sut résister à la tentation d'emporter ce repoussant débris dans son dernier voyage. Sainte relique, par mes soins, conservée, Toby me servira de sujet de dissertation à l'attention des secondes : « Vous retrouvez votre vieille peluche favorite au fond d'une armoire… », d'objet transitionnel à jeter au visage de Valentine. *Même si elle revenait, je crois bien que rien n'y ferait.*

Vider, jeter, libère. Quatre heures plus tard, par un mouvement contraire, son âme d'enfant retrouvée, Mireille jubilait.

Elle avait à nouveau 7 ans, embarquant, aux côtés des enfants du capitaine Grant, pour une circumnavigation méditerranéenne. Pas le temps de s'apitoyer.

Arrière, fantômes hideux et merveilleux, demeurés aux plis sinueux des vétustes parures, la robe rouge amourtoujours du jour béni de votre premier baiser et le pull bleu de nuit du matin de la rupture, la robe chemisier à fleurs blanches sur fond noir, du jour maudit de la dernière apparition de Valentine, trente-quatre kilos à la pesée, défoncée et blafarde ! Misérable petit tas d'os et d'orgueil, venu cracher, à la face de sa génitrice, sa douleur d'être née, sa fureur d'avoir résidé en cet appartement, ce ventre, trop longtemps souffert cette voix, bu ce lait, respiré la même odeur entêtante de teinture, de vinaigre, de lavande et de paradichlorobenzène.

À l'encan, d'autres vous porteront qui, de vos petites histoires, ignoreront tout.

Simon et Valentine doivent à présent disparaître et les ombres de ses parents et amis, *ô mort vieux capitaine, il est temps…*

Mireille doit devenir Ida-Marina, une femme nouvelle, étrangère à elle-même, entrant, pénultième métamorphose, dans l'âge ultime, évanouissant tous les inconvénients temporels et acceptant leurs présents. En premier lieu, la libération du joug des passions, la fin des vanités.

Son visage, marqué comme œuvre d'art, témoigne, au lieu que sa pâle et insignifiante figure d'autrefois n'était que miroir aux alouettes et aimant à ennuis ! Champ libre à elle désormais de pratiquer la vertu ! Montrer de l'empathie envers Pierre ou Paul. Jouir, n'attendant rien enfin, du spectacle de la vie. Temps venu de jeter les horloges, les oublier dans la contemplation d'un lever ou d'un coucher de soleil. Surtout ne plus courir, ne plus se presser de terminer une robe, un corsage, ôter ou ajouter une fronce, un surplis, un rabat, faire, défaire un ourlet, revers ou droit ; ne plus vivre dans le vacarme constant des machines à laver et à teindre, celui des machines à coudre et les caprices de qui, vous donnant de l'argent, se croit autorisé à vous faire violence. Vivre de silence et de paix, de parlotte avec des inconnus qui, ne vous étant rien, ne vous doivent rien et à qui, vous non plus, ne devez rien. Libre enfin d'arpenter le monde. Mireille se sentait l'âme en ébullition, comme jadis à la veille de l'entrée à la grande école, en sixième ou en seconde, dans l'attente, *ô mon cher Ange, encore une danse !* d'une nouvelle aventure…

Les douleurs du corps ? Les migraines ne tourmentaient-elles pas Mireille adolescente ? Et ces spasmes affreux qui, avec la rigueur d'un métronome, revenaient une fois par mois, de 12 à 54 ans, quarante-deux ans au total, et toutes les souffrances digestives, infligées par les alternances de rythmes alimentaires, sans oublier les diarrhées d'angoisse et les constipations dues au stress, sans parler des coups de cœur, de chaud et de déprime, le travail incessant des hormones dont les femmes furent et demeurent le siège, les otages et les hôtes, et les douleurs intercostales qui vous forcent à boire de l'eau glacée, les coups de poignard au plexus, surgissant, au seuil et au cœur de chaque deuil, chaque jour plus nombreux, qui, impitoyables, frappent, les chamades irraisonnées et le souffle qui se dérobe à la moindre émotion.

Elle en a fini. Bien fini.

Seule.

Libérée des entraves du cœur. Plus personne ne lui est proche en l'absence de ses parents et de son frère, excusés du plus haut des cieux ou du tréfonds du néant, des amis de *si près tenus et tant aimés* en allés avec la Fortune et le Temps.

Simon, ravi précocement à l'affection de son cher public et à la protection du Théâtre universel, de longtemps disparu, et les amants d'un soir, d'un mois ou de quelques années évaporés, comme s'ils n'avaient jamais existé, enfin pas plus que la buée dans une salle de bain au matin. D'eux, sa peau comme son âme, ont perdu la mémoire, comme s'est fait la malle, carapatée elle ne sait où, cette enfance si lointaine à présent, qu'il lui semble désormais n'en avoir été que spectatrice. Pas plus réelle que celles de Jo March, Sophie Fichini, Augustin Meaulnes ou des fichus enfants du capitaine Grant. Leur souvenir lui en était demeuré plus vivace que de la sienne même.

Elle aurait une vieillesse ouvrière ! Déjà, les jeunes gens rencontrés, ici et là, à la piscine, dans les transports en commun ou même dans la rue, s'aventuraient à lui parler, la devinant disponible et à l'écoute. L'était. L'avait toujours été. De longtemps, les inconnus se confiaient à elle, en voyage dans les trains d'autrefois, avant l'ère terrible des portables et de l'indifférence, ce doux péché capital, *ce lait merveilleux*, élevé au rang des beaux-arts. Des vendeuses des magasins et des postiers, comme des vérificateurs de chaudières et des voisins, toujours, elle savait les secrets.

Avec quelle joie, d'ici quelques jours, elle se désabonnera de son désormais parfaitement inutile téléphone ! Les jeux étaient bel et bien faits. En route, mauvaise troupe, *vers l'infini et au-delà, au fond du gouffre, enfer ou ciel qu'importe / au fond de l'inconnu pour trouver du nouveau !*

Dans l'appartement désert, matelas déhoussé, prêt à être jeté et, devant les armoires vides, le cœur de Mireille se gonfle, euphorique comme celui d'un joueur après la première sélection, d'une débutante après la première audition. Remporté la première manche.

Il ne lui reste plus qu'à donner à Maria, l'impitoyable et bonne chiourme du 21, rue du Pont-aux-Choux, dont elle a, de quarante ans, connu les malheurs et les joies et en compagnie de laquelle elle a vu le quartier changer au point de devenir résolument nouveau, les stupides cadeaux apportés par ses chères clientes – ces dindes qui déjà préfigurent l'ultime banquet du Programme !

« Champagne, caviar, saumon et chocolats, ma chérie, la nourriture collective risque d'être infâme ! »

Sans oublier ces trésors, qu'elle ne distribuera pas mais brûlera, à défaut de cheminée, par sûreté, dans l'évier, une pleine bibliothèque, rubrique « développement personnel » : *Vieillir sage, au top, en paix* et autres fadaises, *Belle et bien dans son âge*. Même, comble du comble, *Vivre jusqu'à 100 ans*, alors qu'elle est censée, n'oubliez pas, mesdames, se faire buter, en douceur et allégresse, *honneur et dignité*, pour que vivent ses petits- et arrière-petits-enfants qui n'existent pas.

Un instant comprendre la bandaison et l'orgasme nazis, autodafiant ces tissus de conneries qui, écologiquement et raisonnablement s'entend, ne devraient pas exister… et qui pourtant pullulent, menaçant la pensée, brûlant métaphoriquement des bibliothèques entières.

Daniele profite d'un moment où Maria, sa mère, va chercher son cabas pour rapporter les trésors – saumon et caviar, qu'elle ne mange pas tous les jours – pour s'approcher de Mireille.

Il a 40 ans et vit en solitaire dans un deux pièces, pas très éloigné de cette rue du Pont-aux-Choux et désormais aux ânes qu'elle s'apprête à quitter. Né de parents portugais, gardienne d'immeuble et maçon – le moyen d'échapper aux modèles quand on est pauvre et privé de langage ? –, Daniele s'est élevé à l'éminente dignité de traducteur littéraire – ultime gloire de l'école pour tous avant qu'elle ne devienne l'école pour personne –, passe comme on soupire ou bâille du portugais à l'anglais et à l'italien, appris jadis pour l'amour d'un ravissant peintre génois, disparu un beau matin, sans laisser d'adresse, seulement un cœur au rouge à lèvres – quelle vulgarité ! – sur la glace embuée de la salle de bain. Homo et portugais, il ne porte pas moustache, ce garçon attachant, à la beauté d'un page renaissant, qu'elle a vu grandir et à qui, à foison, elle a procuré aide aux devoirs et partage des chagrins. Naguère, elle l'a beaucoup et souvent écouté, consolé, diverti, soutenu, surtout nourri et désaltéré, de Tennessee Williams, Julien Green, Oscar Wilde, Forster, Isherwood, Gide, Proust… sans oublier Montherlant, Pasolini, Fassbinder, Téchiné et Guy Gilles.

Elle sait ce qu'il est aujourd'hui venu lui proposer et brûle de lui confier son secret mais un secret partagé cesse de l'être à l'instant. Personne ne doit savoir. Même pas Daniele, qui s'offre à la cacher. Cette offre authentifie son audace. L'ombre du conte revient, c'est toujours la première, la saveur de l'enfance, l'âge béni où l'enfant croit aux miracles, aux îles, aux anges en planque sur son chemin, à Dieu qui, du plus haut des cieux, guide vos pas certains vers les lacs et les monts de Félicité.

À regret, elle prend congé de Daniele, qui viendra sans faute lui rendre visite à Luc-sur-Mer, sa demeure dernière. Elle acquiesce, heureuse de savoir qu'il la découvrira absente et la devinera à l'abri, loin de la meute des condamnés et de leurs GO, bronzée, qui ne skiera pas plus qu'elle ne s'adonnera aux plaisirs tarifés d'amours, coquillages et crustacés. Libre…

Elle se plaît à rêver qu'un jour, lui aussi, s'adonnant au rite de la circumnavigation, elle le rencontrera et pourra le remercier de sa bonté. Mais pour l'heure, il faut fuir, trouver le havre, organiser sa vie nouvelle avant l'été et l'arrivée des touristes.

Adieu, Daniele, *sois heureux et pense à moi souvent…* Toi qui hérites de ma bibliothèque, de ces trésors de paix et de silence, que désormais les revendeurs vous prennent à moins de dix centimes, sans égard pour le temps passé à les rêver, les écrire, les composer, les prendre, les reprendre, les alléger, les compresser, les développer, les corriger, les relier, les manier, les remanier, les lire et les relire, sans égard pour le ratio temps passé et bonheur accordé.

Je lui ai évidemment demandé comment elle s'était décidée à ne pas y aller. Elle a éclaté de rire. Elle n'irait pas. La chose ne faisait pas un pli. En elle, pas l'ombre d'un doute. L'hésitation lui est un sentiment parfaitement inconnu, toujours *le sort des enfants obstinés…* Au risque de se noyer, sans frère pour la conduire sur un bateau doré mais toujours *en robe blanche avec ceinture dorée*, une dernière fois, Mireille Davant – quel nom ridicule en une telle circonstance –, 67 ans, s'avance sur le pont, *ô mon cher Frantz, encore une danse, je rejoindrai ma vieille camarde après*, le monde *est presque froid, qu'on lui brûle un feu de joie.*

Obstinée, vive comme une guenuche ouistiti, remuante comme une puce, maligne et sans malice, caractère de garçon, lectrice de Jules Verne et amatrice de westerns, de films de guerre, d'Histoire et d'espionnage, personne n'aurait pensé qu'elle deviendrait styliste, couturière et marchande de nouveautés. Ils l'imaginaient qui se ferait danseuse ou avocate, avec une nette préférence sécuritaire pour la basoche. Normal qu'ils ne l'aient pas comprise, elle vendait du rêve et de l'énergie, et ses vieux ne voyaient pas la mode avec les yeux de Condé Montrose Nast, le diffuseur et le réinventeur de *Vogue* ! Mireille, si. Couleurs, formes et volumes, selon elle, décidaient du pas, du rythme, du souffle et de la pensée de celle qui *sur le pont du Nord* chaque jour s'avance, certaine qu'*un bal y est donné*, et tente de remettre la chute au lendemain. Demain, demain, il fait toujours jour…

D'ailleurs, ce qui lui sera à présent le plus dur, ce sera de ne plus travailler – difficile en cavale d'exiger patente de l'État et d'ouvrir au public son office ! Elle n'allait pas s'encombrer de ciseaux et encore moins de machine à coudre. Elle prendrait tout de même son jeu de tarot de Marseille, on ne savait jamais, et sa cousette suffirait à l'antique grisette.

Maternité exceptée, elle n'avait jamais été malheureuse. Même au moment où la lettre-type, la convocation, l'ordre de mort, était arrivée, elle n'avait pas baissé les bras. En elle, une sorte de moteur, exigeant de poursuivre. Déjà, au jeu des Mille bornes, sa famille voyait en elle l'Increvable et ça n'avait jamais changé. Mireille était obstinée. Pas capricieuse, en dépit de son pas caprin et de son caractère de petite chèvre de monsieur Seguin, seulement logique, instinctive. Entre ce qu'elle ressent, ce qui lui paraît juste et ce que le monde attend d'elle, elle a toujours « choisi » ce à quoi elle n'acquiesce qu'accordée comme violon ou piano à l'oreille et à la main. *Vivre sa vie, une femme est une femme, l'Avventura…*, ne lui avait jusqu'ici pas si mal réussi. Elle avait continué jusqu'à aujourd'hui – le jour fatal marqué dans l'attente de chacun. Pourquoi diable changerait-elle ? Elle ne changera plus désormais qu'en changeant d'état, quand, comme chacun, elle passera de vivante à morte – ô l'horrible mot, l'horrible chose ! –, quand son corps, mangé de vers, sera redevenu poussière ou qu'on l'aura fait cendres, mais jusqu'à cette extrémité, jusqu'au bout du chemin, nul ne lui verra céder un pouce de terrain.

Pour commencer, elle ne se rendra pas – ne capitulera pas, n'ayant jamais capitulé, trop tard pour commencer – à Luc-sur-Mer-qui-êtes-si-joli comme l'exigeait la convocation. Elle n'a jamais voté pour Pierre ou Paul, Léandre ou Maximilienne. Logique qu'elle ne participe pas au grand projet d'État déjà en place depuis dix ans, ces fichus « Jeux ». Pour elle encore, *ô mon cher Frantz encore une danse*, ma chère Alsace, encore une valse, un tango, ou une calypso avec Toto, Bongo… encore une partie de roulette, impair et passe, direction la Camargue. Puisque mourir il faut, elle mourra au soleil, surtout au temps prescrit par la chronologie, la biologie. Et merde au législateur, qui prétend élire l'heure.

Comme Mireille, son ancêtre putative, celle dont elle chérit le destin de porter son prénom, elle mourra, à son heure, sur la route des saintes et consolée par elles.

Hystérique ? Demi-folle ? Certainement.

Contre toutes apparences, l'irréalisme comme unique credo, vade-mecum et viatique. À son âge, on ne change plus !

PARTIE II

JE DEVIENS LA FILLE DE MIREILLE

UN

Pis si possible que l'annonce de l'attentat furent les funérailles. Douceur de vivre et chant de confiance dans la vie disparus, ne demeurent que sidération stupide, rage aveugle, instinct de mort.

Honnêtes figures cartésiennes abolies, je me tiens au plus près du cratère formé par l'explosion, au plus près du trou où les fossoyeurs escamotent, comme magiciens, une colombe ou un sou, le visage et la voix du tant aimé, dans un de ces stupides rectangles de bois clair qu'on dit cercueil, mot à l'orthographe si difficile, quand cerfeuil – question d'ordre – n'en offre aucune.

À l'orphelin, la mort, sur le champ, cesse d'être une grande aventure, devenue chemin sans retour. Dernier vivant. Le deuil sierra aux électres et orestes que Ghjuvanni et moi deviendrons. *No future. Nevermore…*

Seules la littérature et ses provinces me seront nekuia. Je l'ignore encore, pourtant mes tripes et mon cœur pressentent l'assèchement précoce de la vie. Anéantie. Ne me demeureront que Mireille et Paul, Paul et Mireille. Alentour, des assassins, des complices. Je ne sombrerai pas dans la paranoïa.

Pourtant, omniprésente, la figure de l'Assassin s'empare du réel, qui ne le lâchera pas. À l'église, je le devine, paisiblement installé derrière les endeuillés, veuves et enfants, fièrement occupé à contempler, merveilleux trophées, les dix cercueils des opposants à son enrichissement paresseux.

En vain, je voudrais prier saint Érasme, évêque et martyr, persécuté sous Dioclétien, revêtir sa cuirasse de bronze incandescent : qu'elle recouvre mon corps de crevette, mes stupides cannes de serein et mon torse d'ennuyeuse androgyne ! Je voudrais sa force, à lui, l'évêque de Formia, qui ne s'est pas ému d'un terrible orage, assaillant la grève où il prêchait, tandis que les « fidèles » en masse fuyaient, en proie à la panique, la foudre et le tonnerre, effrayés des zébrures des nues du Latium, quand au-dessus de lui, lui seul, *le ciel si bleu, si calme…*

Étrange sentiment, de ne valoir rien. Moins que zéro. Le moyen pour mon amie Rose, les petits Angelo et Myra, 4 et 6 ans, mon frère Ghjuvanni et moi d'imaginer nos parents coupables et d'admettre, après la juste guerre de Libération, l'inique guerre civile ? Abreuvés du saint catéchisme, nous nous étions, sombres crétins, crus la génération du Bonheur ! Comme si une telle chose pouvait exister.

Virage à quatre-vingt-dix degrés. Fin de partie. Rien n'irait du même pas. Les ciels mêmes nous paraîtraient différents. Déjà, l'odeur d'encens me lève le cœur. Le ton du curé de Saint-Érasme, si faux, tellement inapproprié à la circonstance, me donne envie de hurler, séparée avant même d'avoir adhéré, a-sociabilisée, entrée en dissidence avant même d'avoir atteint l'âge de la majorité silencieuse.

Ma mère, incapable de se lever, n'assiste pas aux funérailles. Désormais loin de moi, de nous, en maison de santé. En dépit des assurances mielleuses du médecin, je sens qu'elle n'en reviendra pas. Du moins pas intacte.

Avoir connu Mireille m'a appris que le monde se divise en deux camps, celui des êtres pour la vie et celui des êtres pour la mort, ceux du jour et ceux de la nuit. Les uns tombent, les autres vibrent, en perpétuel déséquilibre, et, bons vieux culbutos, ne s'arrêtent jamais. Des brutes, inutile de parler. Elles tombent, se relèvent, meurent comme elles avaient vécu, damnées, à l'oubli destinées, marges qui, au livre des Heures, autorisent et éclairent la geste des humains.

Simple question d'épiderme. Les uns regardent *le ciel si bleu par-dessus les toits* en leurs prisons, quand les autres s'enfoncent, jour après jour, dans la mine du Temps, prétendant « Tout va bien, je vais bien », à mesure qu'ils descendent inexorablement aux entrailles de la Terre. Rêveurs ou aliénés, ainsi vont les hommes. Pas de troisième voie : le *primo vivere, secundo clamsere* de Mireille !

Ma mère, bardée de principes et d'interdits, dépend entière de sa doxa. De la maison de santé à la chambre de l'éternel repos, le chemin était tracé. J'irais la voir chaque jour puis, après la rentrée des classes, chaque soir, six longs mois durant, mandoline à la main et inutile chanson aux lèvres. Inlassable, je la supplierais mais elle me répondrait que je ne comprends pas, j'ai 14 ans. D'ailleurs, j'ai toujours été orgueilleuse, une enfant difficile et puis je n'ai nul besoin d'elle, j'ai Mireille, sa roulotte et des rêves qui la dépassent. Pour elle aussi, les jeux sont faits. Elle était la femme de Matteo, mon père, et la fille d'Antonio et de Marthe, ses parents disparus. Temps venu de les rejoindre. Déjà absente, à l'instant de la levée du corps, enfin de ce qu'il en restait, Ana Colonna, 42 ans, ne rentrera que pour tomber inanimée, face contre terre, sur la pierre grise de la cuisine et de l'histoire familiale, quelques minutes après son retour.

À l'église, mon esprit bat un peu la campagne. Si au moins nos parents avaient été de cossus propriétaires ventrus, le cou et les doigts lestés d'anneaux et de chaînes d'or, palabrant tout le jour aux carrefours des villages, des représentants, symboliques ou réels, de la loi de Jacob et l'Assassin de notre père adoré, un jeune idéaliste éperdu de justice et d'absolu, nous aurions, devenus grands, sinon accepté et pardonné, compris. Nos parents auraient joué à qui perd gagne et, chose entendue, perdu. Aucun refuge pour la pensée où manque l'explication.

L'assassin avait été l'élève de ma mère en primaire et plus tard celui de mon père, chef d'établissement, longtemps animateur du club de corse et ensuite directeur des études et, par conséquent, le savait désintéressé et amoureux de l'île, homme honnête et dévoué, incapable d'aucune violence verbale ni physique.

Pourtant l'ancien élève avait avec patience et soin collecté et monté, une à une, les pièces de l'engin de mort, avec mille précautions il l'avait porté jusqu'au lieu de la réunion, jusque'à la scène du crime. Sans état d'âme, il l'avait amorcé et ensuite s'était caché, avait attendu, écouté, les yeux rivés sur les chiffres du cadran fatal, un à un, entrer les « conjurés », ces paisibles rêveurs qui ne voulaient que la paix et la joie sur la plus belle île du monde dont ils étaient tellement épris qu'ils refusaient de la voir chaque jour s'amochir, se dénaturer, se prostituer, comme un père contemple l'éclatante jeunesse de sa fille adorée se gâter sous les fards et les grimaces, avant de tourner la page. Peut-être l'assassin avait-il monté le son de son iPod en s'éloignant, avant, le plus posément du monde, de rejoindre le chœur menteur des pleureuses sur le port ? Peut-être même avait-il participé au cortège silencieux monté à la mairie, en signe de solidarité, avec monsieur Jean, le maire assassiné ? Était-il l'un de ces nombreux importuns, venus troubler nos pleurs d'hypocrites condoléances, au point que Mireille nous exfiltra, nous coucha et nous borda comme deux romanichelles dans sa roulotte verte à l'emblème du soleil, nous offrant un instant d'oublier notre chagrin ?

À présent sans doute, assistait-il, en personne, chair et os, bien vivant, à la messe, certain que les gendarmes, se défiant des absents, éplucheraient le registre funéraire.

Je cherche le mot juste : *ordure*, et devine devoir vivre jusqu'à la fin de mes propres jours avec ce type de créatures, rebuts, déchets, raclures, indignes d'être nommés hommes et crois bien n'en jamais trouver le courage.

Mireille veille. Elle avait été considérée comme déchet à traiter et à présent tapageait, paradait, souveraine, dans ses robes d'Incroyable, dansait aux bras de Paul, se livrait aux délices de la nage, écoutait, aidait, consolait qui en avait nécessité et s'apprêtait, fée, à nous servir, à Ghjuvanni et moi, de marraine et de guide dans l'épreuve. Ça semblait simple…

Le curé patenôtre – le réel toujours se nourrit de stéréotypes –, en guise d'oraison, en appelle tout bonnement à la collaboration, ô pardon à la paix. En l'espèce, il n'y avait, selon moi, de braves, en cette assemblée, que les charognes carbonisées de mon père et de ses camarades disparus. Les autres, assis et meurtriers, fripouilles et attentistes, m'apparurent tous également appartenir à la compagnie des méchants, vivant l'exact contraire de l'imitation de Jésus-Christ. Des hommes capables de vendre ou laisser vendre nos trésors, roches rouges et brunes ; couchers et levers de soleil ; varech, sable, conifères et maquis, sans se soucier des amants de Piazzino, figuraient ces pêcheurs dont Jésus avait multiplié la prise, avant qu'ils ne l'abandonnent. Le curé avait démérité et l'île entière, dont pas un des résidents ne s'était levé avec Mireille et Paul après l'odieux sermon, pactisait – en acte, en pensée ou en inertie – avec les assassins.

Comment ? Pourquoi ? Pauvres orphelins, mon frère et moi, engoncés dans nos stupides habits noirs, nous l'ignorons. Nous nous savons seulement aussi impuissants qu'incapables d'abandonner à cette foule odieuse le cercueil et les amas de chair et d'os défaits et calcinés de notre père bien-aimé. Déjà, pourtant, fâcher notre curé nous indiffère. Je sens encore la main de Ghjuvanni dans la mienne et ma ferme volonté de ne la jamais lâcher. Mon illusion, mon erreur.

Cette sortie scandalisa chacun, plus encore peut-être que le meurtre prémédité de mon père et de ses camarades, affront qui eut pour effet immédiat de nous éjecter fissa fissa de nos enfance et adolescence respectives et de nous plonger pour longtemps dans de curieuses limbes, qui firent de nous d'éternels vieux enfants, bouleversant l'ordre naturel de la chronologie et le déroulement prescrit de nos existences.

Au cimetière, Mireille et Paul nous attendaient sous les cyprès bleus. Au bord du gouffre, Mireille entonne des cantiques. La guitare de Paul prend le relais. Seuls les enfants se mettent à chanter, à mi-voix tout d'abord et enfin à tue-tête, réchauffant nos cœurs rompus, le répertoire du jeune roi pâtre :

Seigneur ! prêtez l'oreille à mes paroles ; entendez mes cris. Soyez attentif à la voix de ma prière, vous qui êtes mon Roi et mon Dieu : car c'est vous que je prierai.

Les paroles importent peu quand le chant se fait maître de l'espace, dénoue les gorges, libère le souffle, l'aura, la brise de l'aurore. Ghjuvanni et moi sommes vivants. La preuve ? Nous avons ri dans la roulotte verte blasonnée de soleil, et l'écho de nos voix, sous les arbres marins, un instant a écarté de nous le chagrin. Un à un, cultiver, provoquer de semblables moments, la leçon était claire.

Le temps, subreptice, a changé de nature. Plus de longues, de rondes, de blanches, des croches, juste prestissimo, jouir de l'instant sans songer à demain : un autre jour, peut-être jour de deuil ou jour de notre mort. *No future.* Enfants de la terreur, du pogrom et de la violence, marqués, contaminés et incurables, nous n'en reviendrons pas.

Nous marchons sur la route poussiéreuse, comme entre ciel et terre, les fantômes des légendes, ivres de chaleur, de musique et de mots inutiles. Anesthésiés. Le deuil déréalise, change la densité des choses, opacifie les sentiments, aiguise les regards et l'esprit.

Je ne tremblerai pas tant que la main de Ghjuvanni restera dans la mienne. Je ne lâcherai pas *mon frère ma bataille / faudrait pas qu'il s'en aille...* Je craindrai rien tant que Paul et Mireille seront à nos côtés.

La mort, je le sens dans toutes les fibres de mon être, ne sépare pas, elle unit, rend les absents plus nécessaires et conséquemment plus présents, à portée de pensée, quand la voix de mon frère, en une note, un mot, me transborde en réalité : il ne croit pas un traître mot aux paroles du Psalmiste, les méchants demeureront impunis et Dieu n'existe pas. Ces mots, comme bourrasque féconde en sinistres, ravagent mon âme. Ghjuvanni a 10 ans. Il doit croire en la justice, la beauté, la douceur des choses ! Ghjuvanni ne peut pas désespérer et pourtant Ghjuvanni désespère.

Mireille lui rétorque doucement que chaque souffle de nos vies, désormais, restaurera nos parents, qu'ils vivront en nous. Je me serais trompée, les morts ne sont pas des absents, seulement des invisibles, que la force de notre amour, chaque jour, suscite et ressuscite. Chacun se garde d'ajouter « jusqu'à l'heure de notre mort » mais Ghjuvanni, goguenard du haut de ses 10 ans, termine la phrase.

Mireille ne le contredit pas :

« Tout ce qui vit doit mourir, renaître peut-être, sous une forme inconnue. Plus lumineuse, belle infiniment.
– Mais vous, Mireille, vous n'avez pas voulu mourir ! »
Et Mireille de rire :
« Ce n'était pas mon heure ! »

Qui d'autre aurait osé s'esclaffer en pareille circonstance ? En ai-je été choquée ? Je ne me souviens pas. Je me souviens seulement avoir pensé à la montre-gousset du lapin d'Alice, à la violence du pays des Merveilles et à la douceur sans partage de lire en pleine nature, sur une belle prairie verte, sachant ses parents occupés à la maison.

Je me souviens que Ghjuvanni a marmotté refuser et la mort de son père et la volatilisation de sa mère. Mireille s'est arrêtée, a serré et soulevé de terre ce garçon léger comme une plume avant de le reposer tendrement à l'ombre d'un olivier :
« Rien n'est juste, excepté les balances et encore pas toujours ! Ton père et ses amis ne sont pas morts de mort naturelle et la mort qui m'attendait n'était pas non plus mienne, pour cela que je l'ai refusée. »

Pour cela justement que lui aussi refusait la mort de notre père et sa conséquence, que seul d'entre nous quatre il avait, sur-le-champ, estimée éternelle. Sotte, je croyais ma mère solide comme rochers du port, l'imaginais déjà aller, de noir éternellement couverte, jusqu'au bout du chemin, comme cette femme à l'ancienne qu'à toute force elle prétendait être. Il m'aura fallu la porter à son tour en terre pour admettre mon erreur, louer la lucidité de Ghjuvanni et me tenir, en l'absence de mon frère, seule, dernière des miens, au limen du tombeau.

Paul m'a avoué plus tard avoir été certain que la blessure d'injustice cicatriserait et estimé légitime et nullement immodérée la fureur de Ghjuvanni. Moi, je tentais de ne songer qu'à mon frère et à rejeter loin de moi l'insupportable idée de vivre dans le sillage, la proximité, peut-être même la compagnie des assassins.

Nous marchons en silence dans la splendeur du couchant, moi songeant qu'il aurait été dommage que Mireille ne voit pas ce soleil se perdre dans la mer et Ghjuvanni déjà à sa fuite maritime. À l'idée d'un monde sans elle, je me sens défaillir. Je nous imagine mon frère et moi, nos parents disparus, prenant la route de la ville, le chemin de l'orphelinat, la sente de l'exil. Je m'imagine expulsée de ma chambre, ma maison, mon village, privée de mes odeurs, mes jours et contre-jours familiers, empêchée d'aller chaque soir conter à mon père, puis d'ici quelques mois à nos parents, ma journée, mes progrès, mes péchés véniels, mes angoisses et peut-être, qui sait, un jour, mes amours et mes songes.

Je sais que Mireille ne s'y opposera pas, qu'elle ne verra rien de morbide à ce que je poursuive le dialogue. Mieux, qu'elle y verra ce que moi j'y devine : l'unique manière de faire la nique au destin. Je ne ferai rien désormais sans leur demander conseil et partagerai mes chagrins et mes joies, plus aisément que je ne l'aurais fait, adolescente en crise, avec eux. Non que cette mort soit une grâce, mais une tragédie convertible en grâce. Rien ne se perd, tout se transforme.

Vertige de la pensée magique. Je me surprends même à fantasmer que Mireille n'a refusé le Programme que pour nous venir en aide. À la maison, je mets la table pour quatre, tandis que Ghjuvanni, enfermé dans sa chambre, demeure silencieux.

DEUX

Je m'approchais : nous mènerions notre enquête en secret, lui et moi. Cherchant la vérité plus assidûment que les gendarmes, nous la découvririons et conduirions les criminels, dûment menottés, aux assises. Vendetta légale ! criai-je, tentant en vain de toper, la maison Colonna se parera des armes de Colomba ! Sur le moment, je n'ai pas pris garde à son air ironique, à sa main refusée. Sans doute pas voulu croire à la radicalité de son refus, la profondeur de sa colère, l'étendue de sa peine. Surtout, paresseuse, pas voulu m'aventurer plus avant.

Je dînai ce soir-là, en dépit du chagrin, de fort bel appétit. Paul, il est vrai, avait mis les petits plats dans les grands, et sa tapenade maison, son curry d'agneau aux herbes, comme sa tarte aux pêches dépassaient de beaucoup les maigres capacités culinaires de ma mère. Sans doute là ce que, de ma vie, j'ai mangé de meilleur. Ghjuvanni ne daigna pas paraître à table. Mireille ne sembla pas s'en inquiéter. Plus tard, en allant lui porter une part de tarte, délice qu'il refusa, j'ai moi aussi opté pour l'hypothèse consolante.

Ghjuvanni avait 10 ans. Il connaissait à peine Mireille et Paul. Notre mère allait sortir de l'hôpital. Mireille et Paul s'en retourneraient dans leur roulotte verte au blason du soleil. L'été ferait son œuvre. Tout rentrerait dans l'ordre. Ghjuvanni irait en sixième, moi, en seconde et la vie cahin-caha, bon an mal an, reprendrait, plus opaque, comme grisée par l'absence de notre père.

L'important restait notre enquête, notre secret, le retour de la santé maternelle. Que le jour recommence et que le jour finisse sans que Ghjuvanni et Davia, les enfants Colonna, ne quittent la maison génitrice.

Ghjuvanni se contente de hausser les épaules. L'an prochain ? Il serait à l'internat. Cet été, il préparerait, lui, le dilettante, l'enfant le plus solitaire et le plus joueur qui ne fût jamais, l'examen d'entrée au lycée militaire de la capitale. La chose me paraît si saugrenue que malgré moi j'en ris, sans blesser le moins du monde mon frère.

Déjà ailleurs. Là-bas. Sanglé, si petit, dans son bel uniforme bleu outre-mer, occupé à défiler, à obéir, à ne plus être seul un instant. Tout l'été, enfermé avec monsieur Giafferi, son vieil instituteur, le plus rêveur des gosses met le jeu en congé et se hausse sans difficulté au niveau d'un élève de quatrième en mathématiques, en corse et en français, avec une endurance et une patience dont je ne l'aurais jamais cru capable.

Mireille se refuse à m'inquiéter. L'effort, air connu, constitue le meilleur dérivatif au chagrin. Et puis le temps passe si vite. À Noël, nous serions réunis… et ceteri et ceteri.

Elle savait d'expérience impossible de retenir quiconque. Impossible de se faire aimer de qui a cessé de vous aimer. Pas le genre à beugler « Et c'est moi qui choisis » en ces sortes d'affaires.

Ghjuvanni veut partir. Il sent devoir partir. Le retour de notre mère ne changerait rien à son vœu. Ghjuvanni veut – Oui, monsieur, à vos ordres – se faire militaire. Pour lui, l'unique manière d'honorer notre père-qui-n'était-pas-aux-cieux, seulement six pieds sous terre, et d'illustrer son nom, est de traquer et combattre, à l'avance, ses assassins, ceux des fils qu'il n'engendrerait plus !

Je dois me soumettre. À chacun son épiderme, sa sensation, sa réaction.

J'ai longtemps cru à un simple caprice, une écharde de chagrin. Mireille et Paul s'appliquent à me persuader de ne pas le contrarier. Le caractère est destin et chacun, au deuil et à la peine, réagit à sa façon – chacun fait, misérable, comme il peut ; le salaud, ce qu'il lui plaît – comme chacun meurt, à son heure. Les mots des pauvres gens, la sagesse populaire, en ces sortes d'affaires, ne sauraient, bon sang, mentir. Je ne dois pas faire pression sur mon frère. Au contraire, le soutenir, l'accompagner. Il me reviendra en son temps. La chose ne s'est avérée vraie que trente ans plus tard…

Après ses études, mon frère quitta pour jamais l'île maudite ; s'en fut, loin, très loin, quérir je ne sais quelle baleine blanche. Une fois l'an, nous recevions, puis moi seule, un mot, deux syllabes : « Vivant ». Rien d'autre. Pour cela que je n'ai jamais quitté l'île, la maison de mes Pères ? Pour tout pont entre deux continents, une vieille bâtisse, battue de vents, hantée de souvenirs.

Valentine et maintenant Ghjuvanni ? Pourquoi s'étaient-ils détournés de Mireille ? Pourquoi devais-je vivre enfant unique, quand j'avais un frère ? Qui, de toutes ces choses, m'a instituée la gardienne, la sentinelle ?

Le sens de tout ceci ne me serait révélé qu'après sa mort précoce, à des milliers de kilomètres. Comment avait-il deviné, ce frère dont je n'ai de ma vie rien su, que je viendrais, au bout du monde, recueillir l'héritage ?

Dans une petite cabane de pêcheur, aux rives du Pacifique, une lettre à mon nom attendrait, une lettre sans adresse, qui n'aurait pu m'être envoyée. Un grand mystère.

Pour l'heure, septembre approche. Ma mère se traîne, languide, à l'ombre des pins ; s'étiole inexorablement, sans violence ni passion, fantôme parmi tant d'autres, fous, demi-fous, dépressifs… Une du clan des renonçants. À sa juste place.

Ghjuvanni est encore à la maison. Il prépare son trousseau, s'apprête à servir, défendre et maintenir l'ordre dans l'île. Autonome jusqu'au bout, il a lui-même étiqueté ses vêtements et s'est tondu, m'arrachant, ultime lumière, la joie de contempler, une dernière fois, son visage d'angelot aux épaisses boucles brunes. Fils, il se veut un homme, et moi, en boule au fond du jardin, je pleure comme la fille que je suis, refuse de l'étreindre et de l'accompagner au car.

Bon vent à celui qui, avec ou sans préavis, m'abandonne !

Une dernière formalité. Mireille et Paul doivent obtenir la garde provisoire des pupilles de l'île, qui veillera, en sa magnanimité coupable, à ce que, boursiers, ils ne manquent de rien. Le conseil municipal, au presque grand complet – monsieur Jean, excusé, a dû céder la place à son adjoint, monsieur Pozzi, un homme mou et sans caractère défini, aussi débonnaire, rond et fourbe que le sont les courbes de ses joues et de son ventre –, obtempère sans résistance à l'autorité douce de Mireille, venue, caparaçonnée d'une large cape noire doublée de soie blanche à motif de tournesols, tête couverte du plus extravagant chapeau que l'île ne vît jamais, noir lui aussi mais surmonté d'une plume jaune soleil, réclamer la garde des enfants de Matteo et d'Ana Colonna.

La Sécession s'achevait. Le service à l'enfance centralisé à Ajaccio et pas encore en pleine capacité, les opposants, s'il y en eût – on ne mesure jamais l'indifférence des prudents ! –, n'osèrent donner de la voix. Les membres du conseil craignaient pour leur place, si l'affaire venait à faire – ce qui, considéré la personnalité pour le moins volcanique de dame Ida-Marina, était fort à craindre – zizanie, rififi à Piazzino.

Aucune psychologue n'étant présente au port en ces jours de grande mutation, la chose passa. La spécialiste, Marie-Madeleine, la mal nommée, dite Madeleine ou Malo, sa tronche de ragondin prudent, son menton de maigre sorcière en galoche, sa posture de mémère-mégère avant le temps, sa batterie de tests infaillibles, sa liste inépuisable de cases à cocher et sa gibecière débordant de préjugés et de certitudes – un pléonasme – arriverait plus tard, mais je saurais, bonne disciple de Mireille, donner le change : faire valoir mon attachement exclusif au lycée et à mes camarades et non ma nécessité d'entendre, encore et encore, la leçon de Mireille, l'éternelle rebelle, le poème sans pareil des amours de Mireille et de Paul, les amants scandaleux qui, de Provence en Corse, loin des programmes au phénobarbital, coulaient des jours heureux, dans la douce ivresse du vin de pêche et des rosés de Patrimonio et d'Alzipratu.

L'accord fut voté à l'unanimité, moins deux voix, qui s'étaient contentées de s'abstenir. À la mort de notre mère, personne n'osa s'opposer à la pérennisation de la tutelle provisoire.

Paul et Mireille s'installèrent dans la petite maison de pierre qui, de mémoire familiale, n'avait jamais connu d'enfants réveillés au son de la mandoline, entendu tant de contes et de légendes ni vu tant de couleurs, tour à tour jurer et s'harmoniser, ni sans doute partagé un semblable bonheur, de tragédie et de frivolité si étroitement tissé.

La cicatrisation fut d'autant plus longue que je me suis longtemps accusée d'avoir, du temps où mes parents vivaient encore, prêté si peu attention à mon frère qu'il avait réclamé ce départ, ce qui, selon moi – comment n'être pas égotique à 15 ans ? –, équivalait à nier l'attachement que je pouvais lui porter, surtout à faire de moi une parfaite étrangère.

Paul, inlassable, avait beau s'évertuer à m'expliquer que, les garçons et les filles appartenant à deux espèces différentes, nos sensibilités différaient. Moi, j'avais besoin de dormir dans mon lit : croire, chaque soir, en m'endormant, qu'au matin, sur la table de la cuisine, derrière mon bol de chocolat fumant, je verrais les bandeaux impeccablement tirés de ma mère chérie et entendrais la voix de mon père s'informer, avec le plus grand sérieux, du nombre exact de monstres, d'elfes, de démons et de fées que sa chère Davia avait étreints ou combattus, durant son sommeil – et mon frère, nécessité d'un cadre rigide, affectivement neutre, pour surmonter l'insurmontable.

La messe était dite. Plus jamais je n'arracherais mon petit frère à ses jeux et à ses rêveries, pas plus que je ne le tirerais du lit.

Surtout, garçon, il rêvait d'embarquer. *Sans amour s'en aller sur la mer*… Ce que fit dans la Marine corse, puis marchande, avant de se poser, Gauguin sans pinceau, chez les Taos, en l'île des Orchidées à quelques encablures de Taïwan : vivant, à l'instar et à l'harmonie des autochtones, couvert d'un unique étui pelvien l'été, et l'hiver, de larges manteaux, et en toutes saisons, de silence et de pêche, l'exacte vie dont notre père avait voulu préserver le souvenir actif aux insulaires.

Dans la paisible maison de pierre de Piazzino, le rite avait changé où le sourire et la gouaille de Paul m'attendaient à l'heure du pain grillé et du jus d'orange. Il me semblait, en cet état de délire lucide qui longtemps fut le mien, qu'il était de mon devoir de rester à la maison à attendre une chose que je savais impossible et que l'unique manière de supporter l'insupportable absence résidait dans le fait d'accomplir, aux mêmes heures, les mêmes gestes, dans un lieu que mes morts, mes très chers morts, n'avaient pas quitté. L'exacte raison pour laquelle Mireille était si longtemps demeurée 21, rue du Pont-aux-Choux, caressant l'espoir, que sa raison savait délétère, qu'un matin Valentine reviendrait.

Jusqu'à l'heure prescrite de sa mort légale, la mère avait conservé, intacte, la chambre d'enfant : dessins, cahiers d'écolière sage, trop sage, bulletins scolaires, quelques jouets… Ces presque rien qui, à l'aube de la vieillesse, certifient le réel et permettent le retour de l'enfance comme un chant oublié, un visage familier.

Je saurais quelque jour que Mireille, n'ayant pu se résoudre à les détruire, les avait confiés à Maria, désormais propriétaire de sa cage dorée, des fois, on ne savait jamais, que Valentine, s'égarant, repasse par la case départ, et que Maria les avait acceptés, se promettant de passer à Valentine un savon dont elle ne manquerait pas de conserver mémoire.

Ainsi Maria, Daniele et moi, *contra spem in spem*, jusqu'au bout du chemin, avons, contre toute apparence, sans répit, attendu Valentine.

J'avais nécessité de voir chaque matin le coin de table ou de bureau où chacun corrigeait ses copies, l'ombre du dos de ma mère devant la glace de la salle de bains, la place de l'un et de l'autre à chaque recoin de la maison, de sentir l'odeur de tabac froid sur les vêtements de mon père et la fragrance maternelle de l'eau de Cologne, longtemps demeurées dans les armoires.

Savoir, à leur place, la broche, les foulards, les peignes ; leurs livres sagement et exactement rangés dans deux bibliothèques séparées : tout ce qui leur avait appartenu en propre, à présent confondu avec leur absence.

Mireille avait été formelle, on ne touche à rien jusqu'à ce que tu en fasses la demande expresse. J'aimais qu'elle n'ait pas dit « Quand tu seras prête » ! Insupporter l'insupportable, refuser ce qui ne se peut, haïr le haïssable ou mépriser le méprisable, j'aurais le choix de ma devise et choisirais, en ce temps de tolérance généralisée, d'emprunter à Darien la sienne : *Intolérer l'intolérable*, comme j'ai toujours adoré la plus drôle et cinglante réponse, sienne, jamais envoyée à aucun éditeur : *Monsieur, à une telle lettre on répond merde. Ce que je fais.*

Le deuil me fut moins lourd que je ne l'avais craint, sans doute de n'avoir jamais eu lieu. Mes fantômes n'ont quitté ni le cimetière où je m'entretenais avec eux ni la maison dont ils colonisaient, à l'instar des chats, chaque recoin, ni mes rêves ni mes pensées. Les pleurs se sont vite estompés. Le monde a simplement changé de consistance. Moi seule avais changé, mes livres et mes carnets de poésie, devenus mes refuges.

De retour au lycée, je ne parvenais plus, en dépit de mes serments d'ivrogne, réservés au ragondin en charge du dossier Colonna, à me mêler aussi activement que jadis à mes compagnons. Seuls les enfants des assassinés entretenaient des liens. Les orphelins, air connu, puent la mort, portent la poisse, surtout, dérangent, d'instinctivement refuser l'unique aumône que le monde leur concède, cette pitié qu'ils jugent, en leur jeune sagesse, abjecte. Version Mireille : « Tu donnes un coup de main ou tu fermes ta grande gueule. » « Seuls les actes… *Tout le reste est nuées et poursuite de nuées.* »

Mireille se refusa à chasser cette méchante pensée, certaine que les enfants ont droit à la vérité rien qu'à la vérité… D'ailleurs, selon elle, en cette exigence, gîtait, misérable, le pauvre seul devoir de l'éducateur afin de laisser le champ libre à la fantaisie, l'idiosyncrasie, qu'elle tenait – liberté belle – pour les seules portes de sortie du désespoir subséquent à la condition humaine dans un monde dénaturé. Mandoline et piano toujours. La vie comme un vaste opéra où sonnent, résonnent et dissonent harmoniques et dysharmoniques, exhalées par de misérables pantins éperdument à la recherche de sens.

Rose et moi avons tenté d'enquêter, traînant des nuits entières dans les cafés du port, plaçant dans l'ivresse l'espoir d'un indice échappé. Nous avons encore, inlassables, taché, dérisoire club des deux, de trouver des indices tardifs. Nous avons même essayé de nouer amitié avec Paula, la divorcée de notre principal suspect, le constructeur du grand hôtel de la plage et de son casino, surgi cinq ans plus tard, barrant de son orgueil insigne le front de mer ! Rien à faire. La dame nous avait vues venir, sans être le moins du monde impressionnée par nos mines de Cosette et nos gros sabots. Son secret ? S'en foutait, pourvu qu'elle touchât sa pension. Ici, chacun demeurait un poseur de bombe en puissance, un Méditerranéen au sang chaud, dans un temps où l'argent, chaque jour plus nécessaire, exigeait que l'on fermât le bec de tous les opposants à la maléfique prostitution et œuvre de mort du tourisme de masse.

Désormais la croissance, en dépit de l'exemple, comme à rebours du bon sens, prétendait venir de la seule industrie du Loisir, pléthore de nouveaux jobs de basse main-d'œuvre sous-payée. Les pauvres, comme à l'accoutumée, servent les riches, qui, à présent œuvrent à leurs loisirs, tandis que municipalités, muséographes, ludologues, voyagistes et urbanistes arrachent à l'amateur toute possibilité d'approche subjective, interdisant, de toutes les manières possibles, l'exact inverse du tourisme, que longtemps constitua la dérive.

De l'étiquetage général à l'instauration de lieux de commerce, de la vente de cartes postales, diaporamas et autres images factices au balisage des chemins, sans oublier le cher, très cher virtuel et ses banlieues, tous les coups seront permis, jusqu'à l'extinction du domaine de l'imaginaire.

À cette heure, je ne cherche que l'assassin de mes parents, homicide volontaire avec préméditation pour l'un, homicide involontaire pour l'autre, et Rose, l'assassin de son père et l'auteur accidentel du déclin et de la destruction de sa famille. Naïves. Mireille sait que je cherche et ce que je cherche mais n'ose me prier d'arrêter, se contentant de répéter qu'il ne faut pas laisser aux affreux la possibilité de vous blesser davantage. Survivre. Elle ne connaît d'autre credo, d'autre évangile. Tant mieux pour ceux que ça dérange !

Mieux vaut ruser ou tourner le dos. L'idée que la vengeance rétablirait l'ordre du monde tiendrait, selon elle, de la pensée magique, comme cette certitude mille fois répétée que savoir l'assassin sous les verrous ou six pieds sous terre atténuerait la peine. Mon destin, devenu celui d'être orpheline, comme le sien d'avoir perdu sa fille et de se voir soudain, humaine, interdite de séjour parmi les humains, étant ce qu'il est, il me faut impérativement trouver le moyen de faire vivre mes morts. Là, mon unique vengeance, ma seule victoire. Elle avait raison. Il devint chaque jour plus impossible d'isoler « un » complice. Tous donnaient la main.

Chacun, jusqu'aux innocents bûcherons, œuvrait à l'entreprise de démolition, à la conjuration contre la vie. Les uns construisent des radeaux de bois afin de permettre aux vieillards et aux enfants d'atteindre les îles inaccessibles et de troubler la quiétude des oiseaux. D'autres enferment désormais les chèvres pour produire davantage de fromage. Les pêcheurs, avec la bénédiction de la Ville, organisent des battues à la lanterne, ne laissant plus de répit aux poissons. Certains autochtones louent leurs maisons, le soir de la fête votive de Saint-Érasme, désormais pur folklore. Bientôt plus personne ne vivrait à Piazzino, convertie en zone Airbnb et de loisirs obligatoires, un des villages du *Prisonnier*, la meilleure série britannique des Sixties avec, ajoutait toujours Mireille, les costumes de son cher Louis Féraud ! Plus tard, le projet d'un aéroport, consécutif à l'ouverture d'un second port, se vit soumis au conseil municipal et accepté à l'unanimité…

Mireille résumait d'un mot unique cette conjuration des innocents et des salauds, des destructeurs et des collabos : un néologisme, qu'elle avait forgé et dont elle n'était pas peu fière, *désâmage.* Toute sa sapience consistait à cultiver l'âme de toute chose, la plus humble et la plus ordinaire soit-elle.

Rose, à son tour, m'abandonna, choisit de ficher son camp, s'en aller sur le Continent, rejoindre Jacob, s'y marier et établir une lignée nouvelle, loin de l'île traîtresse, ses cadavres et ses chagrins.

L'abominable toujours plus supportable à l'étranger.

TROIS

Un jour, moi aussi, j'ai eu 20 ans et Mireille, quatre fois mon âge. L'heure des adieux, à pas de velours, approchait. Mireille n'était pas malade. En cas contraire, comment l'aurait-elle, comment l'aurions-nous su ? Elle se refusait à passer le moindre examen, prétendant vivre comme avaient vécu ses aïeux, sans radio, scanner ou IRM, prises de sang et contrôles : apaisant seulement les douleurs subséquentes à la chronologie à l'aide des plus basiques et désuets remèdes, tisanes, exercice, pratique constante du jeûne intermittent, chants, ris, danse et ivresse de la nage.

À moi, l'héritage avec droit d'inventaire. Particulièrement le droit de refuser. « C'est l'héritier qui fait l'héritage », se plaisait à répéter Mireille. Libre à moi ? Facile à dire. De toute façon, j'étais, me voulais, à toute force, une des cordes de sa mandoline. Tout ce que je pressentais, savais, voyais, me rendait à l'avance, Valentine disparue, légataire, de plein droit et de pleine volonté, du merveilleux matrimoine de ma bienfaitrice.

Mireille et Paul me conduisirent aux Saintes. *Voyage voyage*... La voix de Desireless chevrote dans la radio pourrie d'une antique Quatre-Chevaux. Piazzino-Nice, Nice-Les Saintes, quatre cent soixante-quatre kilomètres ! À l'insulaire qui n'a jamais dépassé Ajaccio, chaque vague, mille, mètre et kilomètre de terre et d'eau paraît fête. Fête aussi le simple fait de poser le pied sur le Continent dont l'effondrement nous avait, malgré lui, malgré nous, séparés et de rencontrer l'Histoire... À défaut de l'homme de ma vie, le sens de ma vie !

De longtemps livrée à l'envahisseur, étrusque, romain, anglais, génois, pisan, carolingien, français, qu'importe à la plus Belle et le nom et les charmes de ses maîtres divers, à tous, elle refuse – J'embrasse pas ! – l'entier partage de sa couche et par là mérite son nom de Miranda, enchanteresse inventeresse du beau nom de *maquis*.

À mon tour de jouer. Envers la différence marquer la différence, faire révérence. Ici, la faute à l'insularité, la rude puissance du paysage, pas de Corso-Romains véritables. Sans se la jouer Voragine, légende des saints et autres hypostases, le détour du côté du passé ne provoquait en moi ni honte ni regret et, sans prétendre au titre fastueux d'île des Justes, ma patrie méritait ferveur, aussi protection. Faute de preuves, l'amour – air connu – dépérit et meurt.

Dans l'ensemble, l'héritage m'agréait et cette capacité de demeurer soi-même – n'adhérer qu'à demi à son temps – en ouvrant ses frontières à chacun, comme elle venait de le faire, une fois encore, aux vieillards surnuméraires, requérait admiration. *Pourvou qué ça doure !*

Inculte, comme il convient de l'être à cet âge, du Continent ou de la Métropole, je ne savais que la vulgate, les légendes noires et roses, rouges et or, Pompiliani, Fieschi, Colonna d'Istria, Paoli, Buonaparte… Mireille et Paul, et surtout les nombreux prédateurs, qui, chaque année à dates fixes, Huns, Vandales et Cimbres en socquettes et sandalettes, baskets et chaussures de marche, bermudas et marcels, empruntaient, sacs au dos, gourdes pleines et crème solaire au canon, en ordre de marche, le GR20 ; encombraient nos cafés et nos grèves de leurs voix impératives et de leurs odeurs d'huiles à bronzer ou à ne pas bronzer, de barbecues sauvages ou domestiques ; et saturaient le silence et l'air communs de leurs braiements et de leurs onomatopées sans signification. Je les haïssais de ne désirer en aucun cas nous rencontrer, de ne s'émerveiller devant rien, seulement courir d'animation en animation, de restaurant low-cost en pizzeria, sur un territoire sacré dont j'envisageais, avant toute chose, de découvrir et de comprendre l'histoire, de l'origine jusqu'au bel aujourd'hui : du Néolithique au tourisme de masse ; du Chalcolithique et âge du bronze jusqu'à l'âge des plastic(que)s ; de l'Antiquité classique à la Révolution et à l'Empire ; comme la business story de l'invention factice d'une identité culturelle à seule destination des agences de voyages, des organisateurs de loisirs et des navigateurs de plaisance.

Fromages et charcuteries, soleils et colombas, à la hâte gribouillées en tous lieux, du fronton de l'office du tourisme au plus reculé des villages du centre, ne suffisaient, pas plus que mer et monts, polyphonies et costumes régionaux, à isoler le génie de l'île, la manière particulière qu'elle avait eue de subir, plier et résister ensemble, d'assimiler les nations exilées en son rude sein, les brunir, les assécher et les polir comme pierres sur son chemin de guerres. Île-roseau, qu'Aquilon tord et ne rompt point. Orme aux branchages argentés qui jamais ne tombent et souvenir béni d'une autre Ormée, sédition-sécession, qui lui ressemble tant. La Belle, désormais en passe de connaître, la faute à sa réputation, la terrible déchéance, que sa puissance impose au chêne de la fable, implorait, infante dont la beauté se fera tombeau, secours, de retour à la maison paternelle. Qu'elle s'y pende ou qu'elle s'y réfugie.

Pour elle ou ses amants, qu'importe ! Comme une malédiction à chaque âge renouvelée, un secret gîtait là, qu'il m'incombait de déceler pour mieux le receler, tandis que mon frère s'apprêtait à poursuivre, inlassable, en une jolie guerre asymétrique, les pêcheurs imprudents, comme le capitaine Wingate, il y a près d'un siècle déjà que cela passe vite, traquait au Soudan les trafiquants d'or blanc ou de « dents sanglantes », déjà occupés à génocider les éléphants avant de s'en aller, par-delà les frontières, en territoires ennemis, pour qu'un instant la douceur d'être libre de disposer de soi étreigne un peuple l'autre, avant le retour du cauchemar.

Je ne savais alors du monde que ce qu'en sait l'habitante d'un village et l'élève ordinaire qui, à ses professeurs, accorde, dédaigneuse, une écoute flottante, tour à tour ennuyée ou condescendante.

Je savais mes *pays*, fils des bandits d'honneur et aussi des bandits d'horreur – dignes répliques des mafieux selon Scorsese et

Coppola, d'authentiques ordures, proies maudites de la soif d'or, prêtes à tout, sadiques et dominateurs, cyniques et profiteurs, sous leurs beaux costumes gris, pour l'engranger –, aussi des fils de résistants silencieux qui, sous le nom d'*omerta* – sublime mot-valise forgé à partir des mots *homme* et *humilité* –, s'étaient refusés, aussi durs à la peine que les salauds à la pitié, à tirer aucune gloire de leurs hauts faits. Je les savais aussi, fils de ces générations de fainéants, habitués à œuvrer dans l'administration. Coloniale ou pénitentiaire, qu'importe ! Pourvu que l'on fuie la misère et touche un bon salaire ! J'avais lu *Biribi* du formidable Darien, la faute à Mireille, et je savais comme cette chiourme avait transformé un adolescent, prêt à aimer et à réparer le monde, en écorché, un chat sauvage en brute, un poignard en massue : en un mot un homme de bonne volonté en désespéré.

Aussi en génie, avait ajouté Mireille. *Never complain never explain.* Être née Corse, sur *le premier morceau libéré* de la France nazie, et fille de Samaritains, exigeait, responsabilité illimitée, que je fis davantage que de vivre ma vie. À moi d'écrire, à mon tour, sur les murs de ma ville l'avertissement délivré par les miens aux Italiens en 1942, le jour de leur entrée dans l'île heureuse : *Vous qui entrez, laissez toute espérance...*

En venant ici que j'ai décidé de ne jamais quitter l'île, la faute au vieux monsieur Kaufman...

Les pensées des vieillards sont devenues des mots ; et ces mots, mes actes ; et ces actes, mes habitudes ; et mes habitudes à leur tour, forge de mon caractère, faisant de lui ce destin auquel je ne pus me soustraire, à mon insu et de par ma propre volonté. Là gît le prestige du maître, le douaire de l'Insubmersible.

Pour l'heure, il s'agissait de porter en terre un vétéran de la nouvelle armée des Ombres. Pas n'importe lequel. Pas n'importe qui. Le pilier, l'aide de camp, l'intendant, la cheville ouvrière de l'antre de Félicie : le docteur Jourde, dont l'art, le talent et le dévouement avaient permis la survie de presque chacun des vieillards que j'allais rencontrer. Lui qui avait dit un mot et les avait, âme par âme, guéris.

Lui qui n'avait tiré aucune gloire de son labeur, seulement coordonné les équipes, trouvé des alliés : chirurgiens, dermatos, cardiologues, phlébologues… le bataillon d'auxiliaires indispensable à la survie de vieillards abîmés par la loi de nature et condamnés, humains, à fuir dans les forêts l'approche des humains.

Pas une spécialité oubliée, en ce vaste réseau souterrain qui, contre l'État assassin, s'était, bénévolement, levé, au cœur battant d'un système dont l'argent était devenu l'unique souverain, métamorphosant les plus cartésiens des êtres en paranoïaques en phase terminale.

Sans se lasser, sur le bateau qui la ramenait au lieu de la fugue mirifique et de sa rencontre avec Paul, la Vaillante répétait son hommage : pas une nuit, pas une aube, le jeune docteur n'avait rechigné à se lever pour accomplir ce qu'il estimait être son devoir, avant, usé de trop d'efforts, de veilles et de charges, cordonnier mal chaussé, le temps d'un soupir, de claquer d'un infarctus foudroyant à la veille de son cinquantième anniversaire.

Il était né, il avait servi – répandu autour de lui la joie et la lumière – et était mort. Une vie d'homme. Sans doute la seule qui puisse mériter le qualificatif de vie réussie.

Là que j'ai décidé, contre tous les esthètes, les cyniques, les dandies et les branchés – dignes représentants du *swag* et du *flow* – de préférer toujours la vertu au vice. Plus glamour contre toute apparence, plus *stylée* d'être nettement moins courue et tellement plus démodée, dénudée et fragile.

Là que Mireille a cessé d'être pour moi seulement la joueuse de mandoline qui éloignait la douleur, la nageuse obstinée qui faisait corps avec l'eau, m'apprenait le secret qui relie les hommes à la vie, en me prouvant être capable de retenir mon souffle des minutes et des minutes durant, sans en être blessée, m'enseignant à célébrer la vie pour devenir la défenderesse d'un ordre révolu, devant impérativement être réinventé dans le flux même du temps nouveau. Pour que rien ne meure tout à fait… Que la vie ne s'arrête pas.

De mon île, je me ferais, en détermination et en loyauté, le chevalier. Comment ? Je l'ignorais.

Pourquoi, je le savais. Sous peine de mort.

Le bonheur – idée neuve de n'avoir que peu servi – n'était pas l'allié des assassins des vieillards, des assassins de tout ce qui est beau et noble, mais son exact contraire. J'ignorais encore de quelle manière transmettre cette joie impalpable que Mireille, Mireille et Paul m'avaient découverte et apportée par intermittence, me contentant de jouir de l'incroyable spectacle et de revisiter mon enfance à son aune.

Dandy et chevalier. J'embrassai les deux masques consubstantiellement interdits aux dames et, par conséquent, demeurerais insoupçonnable, sous le terne uniforme parental et professoral. *Une journée où je ne me serai pas fait un ennemi me sera journée gâtée*, le programme était clair, que je suivrais assidûment jusqu'à mon dernier jour.

Après d'assez longues et copieuses études d'histoire, un master puis un doctorat consacrés au rôle de la géographie, particulièrement celui des montagnes et des maquis dans la guerre asymétrique, je décrocherais la blouse de mon père et poursuivrais, à ma manière, chapitre après chapitre, le récit suspendu du roman assassiné.

Chacune des choses que je vis ce jour-là aux Saintes-Maries-de-la-Mer-qui-êtes-si-belles, comme chacun des mots que j'entendis à cette occasion, raffermit ou plus exactement fit naître en moi la volition de mourir à mon tour, quelque jour, fière et apaisée : entendre d'outre-terre un familier, un inconnu, dire sobrement quelques mots : apologie pour Davia, fille de Corse, comme, en Jourde aujourd'hui, chacun ici célébrait le fidèle au serment d'Hippocrate. Ni plus ni moins. Nul besoin de superlatifs. Il est né, il a servi, il est mort. Aux hommes et non pas aux objets de servir. Là que la *futilité grave* de Mireille, la notion évangélique de *service inutile* ont éclairé ma route. Trouver cette volupté que procure l'union incongrue de l'inutile et du profond, du juste et de l'artifice. Restait à trouver la méthode, le chemin. *Casser la voix* / trouver ma voie. Devenir l'enfant de ma fantaisie, le personnage le plus digne de ma propre estime, faisant de ma vie une œuvre, cantate, un spectacle, sonnet ou tableautin. Rien de précis en ce programme du Je/Jeu à faire et à défaire. Impair et passe, rien ne va plus, où le monde renversé se fait monde réel.

Un instant avant sa mort, monsieur de Lapalisse, toujours vivant, Jourde avait disparu comme ne meurent pas les fleurs de la petite Ida. Ce n'était pas injuste, seulement prévisible. La carence des uns crée l'abondance des autres. Ici, l'incurie condamne à un surcroît d'efforts comme la fécondité du mal fait naître un afflux de bonté. Je devrais choisir. Trop peu de justes sur la terre, air connu.

Jourde était mort mais le réseau subsistait. Jourde était mort mais le long du canal du Midi – *navire night* –, à toute heure, quelqu'un répondait et le secours, sans sirènes ni klaxons, arrivait. Là, son œuvre et partant sa survie.

Jourde était mort et pourtant, sur les murs des bourgades, des villages et des villes, d'Aigues-Mortes à Pampérigouste, son visage, traits hardiment tracés et vivement reproduits au pochoir, avait surgi, intriguant les populations qui quiètement vivaient, certaines que l'État avait fait le bon choix en ôtant aux aînés l'incertitude, la douleur et la peur. Ceux qui savaient se réjouissaient. Volupté sans orgueil d'en être. Une d'entre eux, liée par le secret à la beauté et à l'exactitude des choses.

Le monde, ce jour-là, pour moi, a changé de consistance. Ce fut comme si encore vivants, à l'instar des morts, les vieillards et moi, séparés du reste des mortels, résidions déjà en deux mondes inégalement répartis entre Enfer et champs Élyséens, et qu'âge de la majorité atteint je ne pouvais plus me résoudre à vivre dans les limbes, livrée à la seule force des choses, tandis qu'alentour la folie dominait et l'honneur disparaissait. Il ne suffisait pas de souffrir et de parler. Il fallait servir. De contre-exemple, par exemple. Illustrer, non pas une doctrine mais ce nécessaire pas de côté, qui ferait sortir, au moins mon village, du XXIe siècle. Si je n'y prenais pas garde, rien n'en subsisterait.

J'étais la garde, née pour veiller, un des fantassins des milliers d'armées invisibles qui, contre les forces de la négation, pacifiques et ardentes, œuvrent en discrétion, chacune à la place par le sort assignée. Ni plus ni moins.

Ce jour-là, j'ai véritablement accepté le legs, renoncé à me suffire de la vie quotidienne et suis entrée, sans avoir encore rien fait, en clandestinité. Ce jour-là, mes misérables morts se sont métamorphosés en héros.

Mon père cessa de m'être ce pâle et terne professeur de province, lâchement et ignominieusement assassiné au cours d'une paisible réunion, et ma mère, cette austère institutrice, à qui la sottise et le bruit étaient intolérables, devenus des achilles, des patrocles et des hectors, des andromaques et des clytemnestres, refusant de survivre à leurs iphigénies, comme de trahir leurs époux, leurs fils et leurs frères et préférant les larmes à toute conduite inique.

Ce jour-là, mes parents tant aimés ont cessé d'être des victimes pour se muer en combattants, et moi, cessé d'être une orpheline.

Simplement la relève. Ils étaient le début, les éclaireurs, et moi, la vigie et le soldat de l'avenir. Le gardien de phare de l'arche dans la tempête. Ce n'était pas à Némésis, fille d'Érèbe, que je devais allégeance mais, à l'instar de Mireille, au doux et terrible Apollon, son cortège et son oiseau fétiche, le corbeau blanc, diseur d'oracles, patient observateur du ciel et de la terre, des vents, des territoires et des saisons.

Là, dans l'église fortifiée où une femme chasse l'autre, sans en dissoudre, entière, la mémoire, sous la très haute protection des mère, sœur, servante et débitrice du Crucifié, particulièrement *Magdelaine dont les pleurs, sur tout amour de femme, comme un vent de neige, jetteront la blancheur*, que la dureté des choses et l'injustice du monde ont changé de nature, quand le mystère de la bonté m'a, pour la seconde fois, été révélé dans l'éblouissante lumière de la sainte agonie.

Mireille, ce spécimen d'humanité, constituait le maillon d'une chaîne, sertie de milliers de diamants bruts qui, sur les traces de la Mireille de la légende, était venue porter la parole des objecteurs à la mort bienheureuse et chanter la cantate de la douloureuse agonie. Comment d'une vie si belle, si dense et si riche, en dépit des méchants, se séparer sans révolte et colère ? La belle mort n'est qu'un conte pour enfants déficients. À l'instar d'Achille, la vieille Mireille prétendait affirmer : Que ne suis-je encore, *homme libre*, assise sur la grève à chérir la mer ?

Dans l'église Notre-Dame-de-la-Barque où gitans et fidèles du dieu parricide bénissent le fragile esquif qui, au gré des vents et des écueils, sut, à si bon port, conduire les saintes, de Judée en Provence, les vieillards pullulent, à la margelle de la fontaine miraculeuse, qui, depuis l'arrivée des belles marinières, ne cesse de couler.

Leurs yeux d'éternels enfants éclairent des faces, d'ornières, de boue et de sillons, creusées, me révélant le secret de la beauté, contraste, écart et non plus harmonie des parties. Leurs visages, pour moi, se font récits et poèmes, et la vie revient comme chiendent, souveraine, dans sa plus crue et plus admirable laideur.

Difformes, hideux, mutilés, martyrisés, ces visages ont résisté aux tentations d'un monde factice. Quasimodos, tous célébrent Esmeralda la vivante, sainte Sara, d'Égypte, venue, la maudite, l'interdite, l'exclue, en sa crypte emmurée, dessous les pieds de plâtre de Marie-de-la-Mer, patronne des endeuillées et de la mer protectrice, qui, de sa haute stature, surplombe ces créatures vaudoues en passe de résurrection, et moi, suspendue entre ciel et terre, je me sais en carnaval, cette nuit ou jamais où tous les coups sont permis, ravie par le charme incongru de ces voix éraillées ou déjà éteintes, décontenancée, tour à tour, par le bégaiement et l'assurance outrancière où la dureté du monde les a plongées.

Entre raison et délires, le chant du monde m'a traversée.

Feuille au vent, je redeviens celle que je ne cesserai d'être : une enfant Andersen, Ida au bal des fleurs, la complice du vilain petit canard, l'amie de l'arbre de Noël, dépouillé de ses apprêts et atours, et chacun de ces vieillards, venus clopin-clopant saluer le bon docteur Jourde, du ci-devant signor Carlo Balzani, protecteur des faibles et porte-joie. Mièvre et sotte, parfaite incarnation de l'antimoderne, la ringarde, l'obsolète, au seuil même de la vie. Fille adoptive de Mireille la fugueuse, j'accepte le legs du meilleur cœur. À quoi bon sans amour et pitié vivre sa vie ?

Figurante et actrice d'un immense tableau panthéiste, cette foule de trognes et de handicaps chante le triomphe de la vie et celui de la volonté. Son chant, aria des exclus, des déchets, bouches inutiles et affameurs prétendus des jeunes gens en santé, me paraît le seul qui soit digne d'être entendu, venu du fond des âges, arraché au ventre même de la nécessité. Le Capital et sa cohorte de corps sains et lisses, magma d'images insta et de portraits photoshopés, semblent vaincus par cette joie quasi obscène, insupportable, du survivant qui semble vous faire honte de votre faiblesse.

Déjà Mireille, affrontant ses rides et ses plis, m'avait fascinée, qui avouait se vêtir par courtoisie pour que l'œil s'arrête sur les couleurs, les volumes, les fronces et les guipures, plutôt que sur cette très vieille chose inconnue qui, chaque matin, la contemplait en pleurant, si moche en son miroir, et pourtant je la trouvais belle.

Le vêtement n'est qu'une des pièces du puzzle de la nature, l'artifice dérisoire et splendide par lequel l'homme nu, sans pelage, écailles ou plumage, tente non pas – opération impossible – d'égaler la splendeur des règnes concurrents, mais de faire corps avec eux pour n'en pas troubler l'harmonie. Entre hypercivilisation et barbarie, trouver un modus vivendi, la leçon était claire qui, en toutes circonstances, guiderait mes pas. Toute mon existence, je tenterais de retenir l'éclat de vie comme une flamme – Esmeralda toujours ondoyante au fond de ses prunelles – qu'aux yeux de Mireille j'avais capté : ce feu grégeois qui jamais ne s'éteint, menaçant l'immobilité et la passivité quasi générale. Le hideux train-train de l'habitude et du rite me serait bouclier. Derrière lui, désormais, je cacherais ma révolte et ma fureur.

Les enfants toujours sont devins avant de grandir, se laisser pour un sourire, un flirt, un désir de reproduction modéliser, déformer, appauvrir, avilir.

Que Mireille ait été une mère, de surcroît Madone des Sept Douleurs, et cette femme-là, forte et futile, immarcescible, fut le coup d'archet du tsigane qui a changé ma vie.

Apologie pour l'âge dernier. Leurs rides comme écorces et rhizomes d'arbres multi-centenaires faisaient, du même geste, de ces hideux vieillards, les marins et le navire, miraculeusement rentré au port, après avoir triomphé d'innombrables tempêtes et naufrages. Chacun d'eux, en sa gaucherie ridicule et sa laideur splendide, me parut cette épave démâtée, voiles déchirées, dont, un à un, comme en catimini, sortent des marins hagards et affamés, tandis que les regards des badauds, tournés, entiers, vers le petit navire qui, paré de mille feux, fièrement s'en va, au son neuf d'une fanfare, les ignorent. *Ils ont des yeux et ils ne voient pas, des oreilles…*

Que de simagrées pour un nouveau-né ! Que de mépris pour le vieillard ! Que d'intérêt pour la pâte molle qui se fera sérielle et quel affront fait à la singularité ! Toujours la même histoire du garçon, né loin des marches du palais, au caniveau ou dans l'étable, en route pour le calvaire et la crucifixion. L'histoire du taureau brave, en l'honneur duquel Sévillanes, gitanes et Provençales, à l'ouverture de la Semaine sainte, couvrent leurs crinières sombres d'une mantille blanche pour voir mourir le Christ en bête, comme elles les couvrent de noir pour le voir ressusciter en dieu, au matin de Pâques. Les anticorridas, comme les partisans de la mirifique euthanasie démocratique, souvent ce sont les mêmes, veulent faire l'ange qui ne font que la bête.

Je comprenais que Mireille eût choisi la Camargue comme dernier refuge et que ce fût là, en ce temple jadis consacré à Artémis, déesse des forêts, que ce peuple d'errants, qui loin des hommes avait dû se terrer, célèbre, dernier carré comme à Waterloo, *garde qui meurt et ne se rend pas*, en Jourde le dernier spécimen d'humanité.

J'aimais que ce fût en cette terre de taureaux sauvages que Mireille, misérable carne, percée de mille banderilles, Marie-Sept-Épées, Madone des Douleurs, abandonnée par sa fille, son Unique, ait choisi de fuir le Programme.

Une autre sans doute, faute d'enfant et de petits-enfants qui la puissent pleurer, aurait cédé la place mais elle avait dû, à toute force, donner un sens à sa douleur et peut-être à l'avance se mettre en chasse d'un héritier à qui transmettre le flambeau. Ce fut moi. Rien n'arrive jamais par hasard. L'assassin de mes parents, à son corps défendant, avait donné son poids de réalité au rêve de Mireille.

Pour moi, plus de peur, de détresse, d'angoisse ni de souffrance. Je n'étais là, sur cette terre, que pour jouer la partition qu'un autre, supérieur inconnu, à l'avance, avait composée à mon usage. Mon unique devoir résidait en ce fait très simple de rester à l'écoute et d'interpréter, avec le plus de cœur et de grâce, cette partition, ce rôle dont je ne recevais qu'à mesure les portées et le texte, qui, juxtaposés les uns aux autres, à la fin du conte, dessinerait un parcours et deviendrait, après coup, déchiffrable et lisible. Je devais gagner en confiance et en humilité.

Voir réuni ce peuple de chairs et de bois donnait à la vieille église l'aspect d'une jungle et cet ensauvagement soudain de la pierre et des branches rehaussait l'olivier de la Croix, faisait de chacun d'eux l'acteur d'une crucifixion sauvage comme un tableau du Caravage et de moi une simple figurante en passe de devenir témoin.

Un récit pour tenir se doit toujours d'avoir un commencement, un milieu et une fin, quand tout aujourd'hui concourt à faire du point de suspension, et non plus de la virgule et du point-virgule, les marqueurs du récit jusqu'à l'irruption prescrite – inévitable, inexorable – du point final.

La forêt et l'église, l'une justifiant l'autre, réconciliés le tordu et le droit, le laid et le sublime, le terrible et le pacifié, en un même lieu-métaphore, me conduisait à désirer faire l'éloge des tavelures de leurs corps efflanqués comme pelages de hyènes, tandis que les amas de graisse et de lymphes, boursouflés ou flapis, le bleu des veines et le noir des artères, comme toutes ces couleurs putrides, de l'ivoire au rubicond, à foison, jetées là par un sorcier malicieux, m'apparaissaient mues de serpents prodigieux, merveilleuses couennes d'éléphants ou d'hippopotames, évoquant ces continents où aucun d'eux n'irait, comme leurs visages affreusement ravagés me semblaient des parchemins que nul désormais ne déchiffrerait plus. Chaque homme me devint ce jour-là pays et roman, pourvu qu'il eût déjà vécu. Poil au cul, *Ecce homo*.

Devenir vieille – ongles durs comme cornes de rhinocéros ; membres desséchés comme branches destinées à allumer, brandons sacrés, un feu nouveau ; ventre de baleine distendu par les cadavres de tous les misérables jobs avalés et recrachés ; visage couperosé rouge écrevisse ou blanc fantôme – avait cessé de m'effrayer, devenu à l'acte V nécessaire à la clarté de l'ouvrage : le *body art* du Créateur absent ou de dame Nature. Retour à Artémis la terrible.

La force du tableau tenait au miracle que toujours constitue le survivant, comme ruine de Naples, brin d'herbe inattendu qui éclôt du pavé, s'impose entre les pierres des terrasses, comme ronces et orties dans les jardins et les champs trop longtemps demeurés en jachère. C'était comme une ville soudain rétrocédée aux chacals et aux loups, une grande cité silencieuse, un vaste zoo qui, s'étant imposé aux lieux de l'ordinaire, aurait chassé toute l'hubris humaine, rendant le bitume et l'asphalte à la prairie, au vallon et au mont, les diktats et les lois à vent et à pluie qui effacent les mots et dispersent les sons.

Leur avant-mort hurlait la vie. A contrario, la ville désormais aseptisée, ordonnée, livrée sans merci ni répit au commerce-roi appelait, bon muezzin, à la mort avant terme, au désert de l'amour et aux puits asséchés des cœurs qu'aucune larme n'irrigue. Ce n'étaient pas seulement des vies que le sot Programme avait prétendu arrêter mais le mouvement même du cosmos, qui, furieux, se retournerait contre les créatures qu'il avait, de longtemps, hébergées dans son rude et large sein.

À trop dénaturer la vie, l'ange devenu bête en était arrivé à engendrer une race nouvelle, inadaptée et inadaptable à l'ordre des choses, créant des monstres qui ne sauraient vieillir en bêtes comme étaient morts le Christ et chaque homme avant et après lui, jusqu'à la grande mutation qu'il m'était, la faute à la chronologie, donnée de combattre : celle de l'*Homo sapiens* en *Homo sterilis*, en homme qui avait renoncé à la croissance, puis à la génération naturelle, transférant son inouï pouvoir natif à la science seule, et par là même signant, en pleine possession de ses moyens et de sa raison, notre arrêt de mort.

À l'arrêt de mort général, répondre par le feu sur le quartier général ! Guerre totale, révolution invisible…

À moi de rétablir, comment je l'ignorais encore, une oasis, si étroite serait-elle, dans ce désert nouveau, à l'instar de Mireille et de ses compagnons de fortune.

Le curé des Saintes, le père Constant Gratel de mémoire bénie, minuscule presque vieillard à l'allure d'un elfe aux yeux clairs, si frêle et fort sous sa soutane blanche, avait, sachant Jourde agnostique, ouvert *son* église – l'église des Hommes de bonne volonté – à la parole des endeuillés, se contentant d'une courte homélie où il rappelait – l'habit fait la fonction ! – combien cet incrédule avait vécu en chrétien et que c'était là, selon la Torah et l'Évangile, l'exacte manière dont il convenait de vivre pour honorer la création du Seigneur, et laissé à Josefa et à Mireille le soin d'organiser, à leur gré, la cérémonie : célébrer la mort de l'homme pour rendre le pouvoir à Sapiens, défier les grands architectes, planificateurs, urbanistes du chaos général, et rendre dignité aux *petits, aux obscurs, aux sans-grade*...

Que chacun se lève et témoigne.

QUATRE

L'église, de prairie, se fit cène, scène libre où chacun, à sa guise et selon ses moyens, improvisa, tentant, avec plus ou moins de succès, en un minimum de temps, de faire éclore son personnage, saluer l'assemblée, avant de se fondre dans le chœur. Pas le temps de développer. Personne n'aura l'outrecuidance d'exposer les cinq actes de sa tragédie, pas même les premiers chapitres de son roman. Une note suspendue. En quelques minutes : apparaître, s'imposer, disparaître, passer muscade et le relais. L'exercice est redoutable où chacun joue sa peau. La qualité du spectacle ou cérémonie tient au miracle de la présence.

Pour Mireille, en grand deuil dans son costume de soie, la chose allait d'elle-même. L'instinct avait parlé : femme du non, de la force qui va sans le recours d'aucune dynamique impulsée par un quelconque élément extérieur.

Beaucoup de dames parmi les refusants. Les messieurs, sans doute fatigués d'avoir trimé, joui et vécu quand elles, secrètement, avaient attendu l'instant, le kairos où, enfants devenus grands, galants et maris au repos ou aux champs, elles pourraient, *gentils coquelicots, descendre en leurs jardins pour y cueillir du romarin* : la plante de l'éternelle jeunesse, qui éloigne des cadavres le spectre de la putréfaction et, sous le nom d'eau de la reine de Hongrie, rend beauté et santé à toutes.

Toujours la même chanson de la petite dame qui ne se croyait pas grand-chose mais n'a pas voulu rejoindre le Programme parce qu'elle ne se sentait absolument pas fatiguée. Au contraire, avide de vivre, sans songer à toute heure travail, ménage, enfants, toutes ces choses qui exigent le respect des horaires, intendance prévisionnelle obligatoire, que l'on oublie son propre rythme pour vivre selon une cadence exogène jusqu'à évaporation du domaine de l'intime.

Retour d'âge, envie de paresser. Dormir ou ne pas dormir, faire toute chose à son heure, se sentir libre d'agir ou de ne pas agir, libre enfin de s'attarder à la fenêtre, attendant la caresse de la brise ou du soleil, les assauts de la pluie ou de l'orage comme jadis ceux de l'amant, du mari, des enfants. Pourquoi ne pas à nouveau, comme à l'adolescence, s'offrir des bains de lune dessous la Voie lactée, y déclamer des odes à Bételgeuse ou à Circé et ne plus omettre de déchausser ses pieds fourbus à la moindre occasion, flaque d'eau ou rivière, se prélasser sous la pluie et se nourrir de rapines aux vergers et aux vignes du bon Dieu-qui-n'existe-pas ? Vacances bien méritées que cet *otium* en solitaire au vallon des Refus.

En elles toutes, cette volition d'être enfin libres, après ces années passées au domicile conjugal dans les cris des marmots et les discours du Maître… d'hôtel, de maison ou bien chef d'entreprise, de service, ou même second de cordée. Elles ne voulaient plus entendre parler de rien de concret, d'ordinaire ou de matériel. Elles voulaient, à leur guise, manger ou ne pas manger ce qu'elles souhaitaient, et non ce qu'un autre, diététicien, attaché à la cantine, médecin de famille ou prescripteur anonyme des journaux à usage des dames qu'elles se forçaient à lire pour paraître conformes, avait décidé. Là, pour la première fois, elles se sentaient non pas utiles comme elles l'avaient été à leurs maris, leurs enfants, leurs amis, leurs collègues, leurs patrons ou l'État, mais tout bonnement fées, paisibles araignées tisserandes d'un fragment de toile invisible où les méchants se trouveraient prisonniers et des inconnus sauvés. Là que la vie, enfin pour les plus prosaïques d'entre elles, se faisait roman et elles, toutes des Bovary, enfin héroïques.

L'enfance, son élan retrouvé, telle leur paraissait l'éternité. Jamais elles ne s'étaient senties aussi heureuses, en dépit des inconforts de l'âge, découvrant le plaisir sans égal de l'invisibilité et, pour un peu, en seraient devenues orgueilleuses.

Statistiquement les « femmes viriles », celles qui avaient fait ce qu'il est convenu d'appeler de « belles carrières », suivirent le monôme, lasses de trop d'obéissance et épuisées d'agitation, elles coururent aux Jeux, voulant profiter pleinement d'une année de sport et détente aux frais du prince, comme elles s'étaient, à chaque congé, évadées, en train ou en avion, le plus loin et surtout au plus vite des demeures, des travaux et des jours. Il le leur devait bien à elles qui le valaient bien !

Revanche des ratés. Le refus du Programme, pour celles qui n'avaient que peu compté, leur offrait le plus beau rôle, celui de Cendrillon au bal ; de Peau d'âne dissimulant un anneau d'or dans un cake d'amour mais, en lieu et place du prince, c'était avec la vie qu'elles avaient enfin rendez-vous ; quand les autres n'avaient, de la crèche au tombeau, suivi qu'un Programme et, jouets d'une illusion, se trouvaient prisonnières du voile sans avoir connu la joie pure de la lucidité : *Anarchy in the world* où tout, surtout l'impossible, devient possible. Leur refus changeait le monde. Les lendemains en seraient différents, même si, en apparence, l'accident paraît incident et l'onde de choc, une simple minivague.

Leur refus changerait le monde, puisqu'il avait déjà permis l'isolement de mon île et continuerait à créer, en tout point du globe, d'autres îles ou îlots où contrer les forces de mort. Fragilisées, fracturées, leurs existences comme brandons d'incendies à venir.

Enfin ce fut là la sensation qui m'avait saisie devant cet Ehpad à ciel ouvert, cette antichambre de saint Pierre où, au lieu de faire la queue pour figurer sur une liste l'autre, des vivants s'échinaient, tordus, cannes anglaises ou françaises, déambulateur à la main, à vivre, nouveaux Johnny Rotten et Sid Vicious, remplissant d'horreur les yeux des jolies demoiselles, ces « Karen » qui se préparaient déjà à 20 ans à aller se faire refaire le visage, les genoux et les seins, avant d'aller se faire piquer à l'endroit indiqué par *la* convocation, après une vie de suractivité stérile entre salles de sport et servilité salariale.

Pour tout présent, il fallait remercier, voilà tout l'Évangile. Comme ils avaient célébré la vie, coulant avec peine dans leurs veines durcies et leurs os décalcifiés, prononçant l'éloge de Jourde, les survivants ne faisaient que l'éloge du magicien, qui avait permis à la dure et belle aventure de se poursuivre encore et encore.

À chacun d'eux, chacune d'elles, mon cœur criait : Vous êtes beau ! Vous êtes belle !

Le chauve avait le visage d'un bébé surnaturel : réfléchi et posé ; le chenu chevelu, la force tranquille d'une panthère des neiges ; le vieux cow-boy décharné, le charme d'un aviateur tombé du ciel ; la maigre dégageait l'énergie d'un oiseau, huppe fasciée, casoar ou chimère à long bec ; et la ronde, l'opulence paresseuse et royale d'une chatte angora, parfois le charme singulier d'un doux cochon chinois. Mon œil, sans doute, de 16 ans, exercé à la contemplation de la dive Mireille, savait-il des critères incongrus.

Mireille déjà me paraissait, à mon insu, belle, malgré son visage déjà livide et ses multiples rides d'expression et de douleur, ses mains noueuses et maigres de rhumatisante impénitente, ses pieds déformés en passe de se faire sabots, achevant un corps encore ferme de chimère mi-bête mi-infante, surmonté d'une crinière de vieille lionne, encadrant un minuscule visage où la malice et l'acuité de l'enfance, en son regard bleu magnétique tirant vers le violet des fonds marins, dansaient, formant le plus singulier et le plus baroque des tableaux, le portrait d'une créature désormais visitée et habitée par l'ange du Bizarre.

Aussi n'eus-je aucune peine à admirer chacun de ces monstres, échappés de je ne savais quel antre, à voir en eux des statues ayant trop longtemps séjourné dans le sel ou l'eau, à moins que, sous la morsure du soleil, quelques saintes reliques, sauvées d'un cabinet des antiques disparu, fussent réunies ici par quelque collectionneur facétieux pour être offertes, présent surnaturel, à ma juvénile curiosité.

Mort et vie, maladie et santé, comme jour et nuit, hiver et été, condensés en un lieu, un instant unique, m'apparut en majesté le visage humain, la figure qui, après la Seconde Guerre mondiale – allez savoir pourquoi –, avait disparu, remplacé sur la scène du monde par de lisses et inconsistants faciès, en route pour la numérisation, et sur la toile des peintres, par des traits incomplets et asymétriques, des taches et des figures géométriques. Secret dévoilé, comme à la corrida dont j'allais devenir, le lendemain sur le coup de 5 heures de l'après-midi – *tarde de toros* – à Nîmes, une aficionada, grâces rendues à Joselito tant admiré avant qu'un *toro* de Domingo Hernandez ne lui brise le fémur. Nul spectacle ne saurait égaler cet étrange pas de deux entre la lourde bête en robe sombre et son frère humain en habit de lumière, ce rite où sans paroles et sur l'air des flonflons se dévoile aux yeux de tous, pauvres et riches, nature et culture, civilisation et barbarie, la tragédie de l'homme. À celui qui va mourir, la puissance et la force, et à celui qui triomphe, vieil Ulysse sans cesse renaissant, la technique et la ruse.

Dans l'arène de la vie, la boucherie et la leçon de danse, parfois visitée par le *duende*, cette rare notion, intraduisible, qui fait du chanteur, du danseur ou de tout artiste, poète ou plasticien, un instant, le maître absolu de sa discipline, celui qui la domine et la dominant, envoûte et charme l'auditeur, le spectateur ou le lecteur, le transbordant, un bref instant, au pays du sens refusé qu'on dit pays des Merveilles et lui offrant le désir d'y retourner un jour peut-être…

Banderillée, abîmée, agonisante, je serai le taureau ivre de liberté en sa jeune manade, la sauvage saisie d'angoisse à l'entrée dans l'arène ; rêveuse impénitente, le matador en collants et cape rose et or et être de raison, l'alguazil, en uniforme noir et collerette blanche, à la mode de Philippe II, qui tient entre ses mains, libre de l'ouvrir ou de ne pas l'ouvrir, les clefs du toril et, à la fin du conte, ce corps supplicié, traîné, *cornado*, sanglant encore, sur le sable de la piste et dans ce sang comme un haruspice, un inconnu lira – *que sera sera* – ma petite storia.

Je les contemple dans leurs vêtements sales et atrocement chiffonnés, parfois même des haillons, si semblables en leur dysharmonie et leur abandon aux clochards qu'on évite et dont on n'écoute le chant profond, ce chant gitan venu du fond des âges, que sur scène, leur texte réécrit – *Oh ! les beaux jours*, *Fin de partie* – par Samuel Beckett ; leurs allures d'ivrogne divaguant – singes en hiver – à la sortie des pubs dont, avec dégoût, chacun s'écarte, excepté quand il suit un certain Leopold Bloom dans les rues de Dublin ou une presque démente *Hier dans la nuit de Zelda, souvenir de la maison des morts, dans les rues de Calcutta désertes.* L'église a des allures de cabaret, d'asile de nuit, de parloir et d'hôpital psychiatrique mais, par une révolution copernicienne, le sordide et le tragique se transmuent, moteurs de survie, en une sorte d'opéra punk, hurlant l'abjection de l'autre monde : celui où je devrai résider.

Évidemment, je ne me figerais pas, jeune fille, dans l'habituelle posture des cocottes TikTok, pas plus que je ne m'installerais du côté de chez Monsieur Sing Sing – l'étrange nom que Mireille donne à Le Corbusier, l'architecte dont le lycée m'avait fait l'éloge. Le poil de Mireille se hérissait toujours à l'évocation et au nom de *cité radieuse.* Selon elle ? La pire expérience d'autoritarisme de logements sociaux, *des ghettos verticaux-vertigo* ; des gratte-ciel-morgues, bons ancêtres des « Jeux », ce lieu où la machine à mourir, en bonne logique, succédait aux machines à vivre.

J'ai mis longtemps à comprendre la radicalité de Mireille et son refus viscéral du monde sur lequel je devrais poser les justes mots, les mots de la critique historique et pas n'importe laquelle. Pour cela que j'avais été choisie.

Il ne fallait pas croire destinal le monde comme il allait mal mais savoir de qui, le critique, le réfutant, le refusant, cette masse de pauvres gens réduits à la mendicité et à l'errance, étaient les héritiers et les disciples, et de quel monde nouveau ils deviendraient, par la grâce d'un non, à leurs corps défendant, les hérauts et demain les pères fondateurs, saintes reliques dont les os déjà attendaient la boîte de plomb et d'airain, sous le regard d'une vierge absente et de quelques jeunes gens : Josefa, les médecins du réseau Jourde, et moi, Davia de Piazzino, la jeune fille, prête à monter, vivante, sur la barque des morts pour revivifier la vie.

Un très vieil homme, plus qu'octogénaire, a soudain pris la parole. Il s'est simplement présenté comme un éternel *enfant caché*, enfant sauvé.

La première fois, ce fut en Corse où son père avait emmené la famille avant de rejoindre Londres, le diplodocus et le vieux lion à tête de bouledogue. Il avait 3 ans quand l'interdiction de jouer dans les squares de Lyon et de sortir sans son étoile de shérif était tombée comme bourrasque sur cette famille non pratiquante et agnostique depuis déjà deux bonnes générations. Le vieillard se souvenait des volets verts du petit village d'Asco dans les montagnes corses, aussi du geste tant de fois repris par ses parents, le geste du passeur à l'arrivée du bateau : main levée, le pouce sur l'auriculaire – le fort protège le faible et les trois doigts levés : *loyauté, devoir et service*, le serment scout de Baden-Powell. Sa décision de se soustraire à l'ordre, de refuser que *les Jeux*, dans le dos de la mort, se fissent, venait, entière, de sa confiance illimitée dans la possible bonté humaine.

Ce qui a été une fois demeure dans l'éternité.

Les larmes coulaient le long des ravines de son visage d'éternel enfant caché sauvé tandis que, de sa voix usée, le vieux juif entonna l'hymne corse qui n'est autre que le *Salve Regina* :

Dìu vi salvi, Regina
È Matre universale,
Per qual favor si sallì
À u paradisu.
Per qual favor si sale
À u paradisu.

Sa femme avait accepté de se rendre aux Jeux. Frileuse et gâtée, habituée à la vie facile, elle n'imaginait pas, elle qui n'avait jamais supporté la moindre nuit de camping, sans même parler de dormir à la Grande Ourse, courir à son âge l'aventure. Il en avait été ravagé, ne souhaitant que l'aimer encore et encore *tous les jours, pour toujours, mon amour* mais pas au point d'abandonner l'illumination première d'enfant, heureux enfant caché sauvé ! Il avait bataillé et il avait perdu. Et pourtant, il avait retrouvé la joie, grâce en soit rendue au docteur Jourde, rencontré quelques années plus tard, tandis qu'il végétait sur un banc de la belle ville de Nîmes, se nourrissant dans les poubelles, dormant le jour, marchant pour plus de sécurité la nuit.

Jourde lui avait demandé ce qu'il savait faire : des costumes pardi ! Comme ses pères, ses oncles et grands-pères. Et hop, le voilà lui aussi au vestiaire souterrain descendu, occupé à vêtir ceux qui sont nus.

Par deux fois, le doigt de la bonté s'était posé sur lui.

En l'absence de tous dieux, parier sur l'homme !

Plus fort que Dieu, l'homme.

Plus fort que l'index qui montre le ciel et le Livre et la Loi, le pouce qui protège l'auriculaire.

Des bravos en cascades ont monté des poitrines débiles et tous, tapant des pieds, des mains, ont scandé Hourrah, hourrah pour Jourde, hourrah ! et les larmes, sur mon visage, ont ruisselé, tandis que ces voix éraillées évoquaient le pire – pas peu dire – des Sex Pistols.

Tous ici allaient crever dans l'inconfort, sans frigo, TV, téléphone, draps de coton du Nil ou oreillers de soie, sans feu ni lieu, oubliés des leurs et pourtant, *Anarchy in the world*, ils faisaient revivre et la Cité du Soleil et les jours brefs de l'Haçienda, 11-13, Whitworth Street, Manchester, en écorchant la *Cansoun de la coupo*, l'hymne national de leur terre dernière, composé en 1905 par le Virgile de la Provence, de qui Mireille tenait son prénom démodé.

Refuser les Jeux avait, pour chacun d'eux, tout simplement installé le merveilleux, l'inhabituel, le surnaturel dans leurs existences sans importance. Condamnés à plus que l'exclusion et le bannissement, leur survie tenait du miracle comme elle s'avérait martyre, épreuve en sept stations, jusqu'à leur radiation de toute mémoire, en l'absence de tombeau, exigeant le retour du temps des catacombes.

Là, dans le jardin du docteur Jourde, en lieu et place de l'aube d'été, j'ai embrassé l'aube de la clandestinité.

Mireille a parlé. Elle a conté la solitude et le délaissement, lien rompu, sans espoir d'aucun fil le plus ténu fût-il avec le passé ; la peur qui l'avait saisie dans le train qui la menait à Aigues-Mortes et la frayeur de l'aube à l'arrivée, et la sordidité du mobil-home puant, qu'on lui louait pour bien plus que quelques euros, et sa certitude de ne pas pouvoir survivre longtemps en dépit des bains de mer et de la couleur des ciels, sa faiblesse extrême et la difficulté de ces journées passées à ne parler qu'à son bonnet, jusqu'au surgissement de Paul, s'offrant à la reconduire à Aigues-Mortes, et de son impression de retomber, sénescente, en adolescence, tandis qu'elle retombait ou tombait, pour la première fois, sans magie, cintres et rideau rouge, amoureuse, sans honte ni arrière-pensée, puisque rien n'arriverait – elle était trop vieille ! – jusqu'à ce jour où il l'avait emmenée aux Fumades, l'avait fait danser et l'avait embrassée aussi ardemment et chastement que puceau sa pucelle.

Paul m'avait confié être sans doute tombé amoureux de Mireille d'avoir, un jour qu'il passait à moto sur la route des Saintes, aperçu ce corps, différent et unique, au milieu des corps lisses des baigneuses et des corps de baleines, repues de ces merveilleuses nourritures terrestres qui, à foison, prodiguent cholestérol et diabète, maladies cardio-vasculaires et cancers en mutilant les pauvres.

Mireille, donc, en ce plateau de télé-réalité, figurait la Madone des Douleurs, surgie sur cette plage, pour lester d'un semblant de raison la déraison estivale : rappeler à la grève un fragment de sa légende. Pour sauver une chimère, il s'était porté volontaire.

À la question s'étaient-ils aimés d'amitié ou d'amour, j'avais ma réponse. Il l'avait aimée, ses lèvres affinées par le temps, ses rides et ses plis, cette peau qui avait perdu son élasticité : toutes ces choses monstrueuses l'avaient – *excuse-moi, Davia* – fait bander. Paul, ô mon cher Paul, je vous excuse, bien volontiers !

Longtemps, Mireille, par pudeur et sentiment de dignité, lui avait résisté mais Paul avait eu gain de cause.

Cet aveu avait bouleversé mes dernières maigres certitudes. Paul me fut le plus patient et le plus discret des instructeurs. Il aimait pour la première fois et l'amour toujours est comédie des erreurs. Avant elle, il n'avait connu que des amourettes de chair, des coups d'un soir, quelques mois au plus, sans distinction. L'âme ici s'était faite chair, chair-âme, de chérir la personne, d'admirer le caractère. Pas de Cupidon aveugle et facétieux, au contraire le sage Tirésias découvrant le mystère de l'altérité. Enfin, c'était là l'emballage théorique habilement façonné par Mireille à son usage d'abord, au mien ensuite. Moi, je me disais qu'il s'agissait peut-être avant tout de la réponse du berger à la bergère. L'infâme jeunisme avait mis en mouvement la machine désirante de Paul.

Je ne deviendrais pas une psychologue des passions… avant sans amour de m'en aller sur la mer et de rencontrer qui viendrait me rejoindre dans la cabane de mon frère Ghjuvanni, une autre histoire, mon âme sœur, au seuil de ma propre vieillesse.

Paul et Mireille s'étaient aimés de n'avoir rien, rejoignant en cela les mystiques de Port-Royal ; la dame d'Avila ; Claire au puits ; Héloïse violemment séparée d'Abélard, toutes également dépouillées de tout attachement terrestre et, pour cela, conduites à adorer le corps martyr d'un très jeune homme, par l'intercession d'un mortel, Jean ou François, chevalier du Christ et de dame Pauvreté ou dévot savoyard.

La nuit est tombée sur les Saintes.

Gueules cassées, bossus et éclopés se sont rendus en procession jusqu'à la demeure de Jourde : une petite maison basse aux volets bleus, semblable en sa simplicité à tous les havres des bords de mer. Franchi la barrière blanche qui en défend mollement l'entrée, nous nous sommes massés dans le modeste jardin planté de lauriers-roses, de fuchsias et de flamboyants.

Paul, Josefa et moi, en compagnie des plus valides, nous sommes relayés pour jouer, bons Yorick, les fossoyeurs – *ce crâne avait une langue* et cette langue guérissait – avant d'aller dormir dans le dortoir improvisé.

La maison désormais appartient à l'Antre, asile de jour et de nuit, lieu de répit pour les convalescents, salle de triage pour les malades : un authentique hôpital de campagne au beau milieu de nulle part, entre Bureau Vallée et le môle d'Intermarché.

L'État peut jouer les gros bras, la résistance toujours aura le dernier mot.

CINQ

Trop d'images, de mots, d'émotions. Le sommeil se refuse à venir. Je retrouve Mireille et Paul au jardin. J'interroge Mireille : comment avait-elle pu survivre, quinze longs mois, plus d'une année, en solitude absolue.

Elle nageait.

Trois parfois quatre fois par jour, elle descendait sur la plage, chaussait ses lunettes de plastique et s'allongeait, tête sous l'eau, droguée de silence, le corps en lutte contre la résistance de l'eau, jusqu'à l'heure de la défaite où elle se contentait de fixer le ciel, bras en croix, stupide, à faire la planche. En confiance. La nage n'est peut-être que du sommeil en mouvement. Parfois aussi, elle s'éloignait du bord et la nage devenait un moyen de locomotion comme un autre mais, au lieu que le paysage change, c'était le ciel qui se modifiait. Parfois elle avait un peu peur, surtout d'avoir une crampe et de ne pas parvenir à « rentrer ». Elle se demandait où ?

Et en pensant à son mobil-home crasseux et à sa solitude, elle haussait, enfin c'est là une métaphore, les épaules et la peur, faute d'objet, s'éloignait. Là était le point. Nager était depuis longtemps la grande affaire de sa vie, les chiffons et l'eau, par où les femmes se font sirènes. Une des raisons qui, outre les odeurs, la chaleur, la végétation, les mythes locaux, les flamants et les *toros* braves, lui avait fait élire, entre tous les déserts, la Camargue tenait au simple fait de pouvoir s'y baigner, chaque jour de l'année, et croire, à chaque aube et à chaque crépuscule, ramasser le soleil, nimbé de cette gélatine rose, qu'on ne trouve qu'à Venice, aux rives du Pacifique. Cette occupation ne constituait ni un sport ni un loisir mais une activité, comme le fait de couper un tissu, le teindre et le sortir, métamorphosé, de la machine à laver ; une faculté comme lire, écrire, penser, prier, chanter, marcher, aimer, rêver, qui les contenait toutes.

D'abord, cette sensation de froid, désagréable, répulsive même, comme blessure, outrage fait au corps au commencement de l'amour quand la jouissance peine à démarrer mais dont elle savait par habitude que, d'ici quelques secondes, elle surgirait, mobile et certaine. De la nage comme image de sa faculté à saisir et à accepter la fugacité des douleurs et des joies, l'oubli des amours folles, des haines irraisonnées et des jours monotones. Tout passe, tout lasse, s'efface, coule comme sable et vie. Du fait de nager comme métaphore ou reflet exact de sa propre existence, Mireille ne discourt ni ne raisonne, l'éprouve seulement d'avoir vécu, en dépit de la tristesse immarcescible où l'avait plongée le ravissement volontaire de Valentine. Ici, elle était sans mémoire, sans désir et sans connaissance – écoute flottante – où le corps se fait plume, et l'eau, la matière, qu'il convient de contraindre sans violence afin de se propulser. Vers l'infini et au-delà. Extase de la répétition. Reprise/déprise, récidive des mêmes gestes, que la densité de l'eau, toujours mouvante, rend, comme les corps successifs des amants, l'acte de chair, semblables et différents. Le bras s'élève, le poignet se tord à peine et le bras à demi déplié rejette l'eau vers l'arrière, tandis que l'autre bras, à son tour, hors de l'eau, s'apprête à faire son entrée triomphale, dynamique, le poignet et cetera. De l'air à l'eau, comme du ciel à la mer, jusqu'à ce que la Terrienne ait changé de nature, tête vide de mots comme de sensations, toutes passées dans le souffle, le rythme, le mouvement dans l'extase de la glisse. Seule la tension des muscles à laquelle elle demeure insensible et le plaisir de l'immersion l'habitent, interrompus en cadence par la nécessité de reprendre son souffle, à trois, à six, à huit, selon les jours. Ensuite elle revient sur le dos, gonfle le ventre, emplit ses poumons d'air, s'essaie à placer son corps le plus en surface possible : inspire, expire à l'air libre, tandis que ses jambes, souples et régulières comme métronome, cadencent son lent et paisible retour. Parfois, elle part, non pas en papillon, à son âge elle n'y pensait plus, mais en ondulations, déliant, vieille novice, sa tête, son cou, ses hanches et son bassin, raidis d'âge et de maux, tandis que ses pieds impatients rejettent l'eau vers la surface. Bain de silence autant que d'eau, une heure de crawl en piscine l'arrachait autrefois à la pesanteur des choses et la rendait disponible au monde et à ses obligations. Depuis quarante ans, à heure fixe, Mireille avait coutume de sortir de ses rêves pour s'y plonger à nouveau, poursuivre, éveillée, sa nuit, de la douceur du lit au lit d'eau chlorée qu'elle aime entre toutes les sensations bonnes.

Au début, elle avait craint – violence de l'habitude – de ne pas parvenir à se faire à la mer.

Une tout autre discipline. Parviendrait-elle à l'intégrer, à y trouver un plaisir de même intensité ? La question était sotte. Inutile fétu sur la plage du temps, le sable qui enlise et assourdit, le monde l'avait rejetée. Là où elle était, gîtaient la consolation et peut-être la joie. Nulle part ailleurs. Elle devait apprendre la nouvelle eau, plus lourde, plus dense, l'apprivoiser et pour cela oublier la clarté et la température de l'eau chlorée, ses carreaux de céramique couleur des mers du Sud, Caraïbes et Tropiques où elle n'irait jamais, et le dessin des lignes noires au fond du bassin qui vous indiquent le temps presque venu – pirouette cacahuète – de vous retourner. À la situation, elle devait se plier, tordant le sort comme un vulgaire papier. Natation et nage constituaient le miracle du baptême chaque jour renouvelé.

Une question lancinante lui avait permis de ne pas s'interroger sur ses chances de survie, au fil des quatre heures trente-deux qui l'éloignaient pour jamais de Paris et de sa vieille rue du Pont-aux-Choux : parviendrait-elle encore à aimer l'eau, en éprouver les métamorphoses – morte ou vive, dure ou molle ? Ridicule n'est-ce pas ?

Elle quittait les mânes de Cartouche, le souvenir de la guillotine, longtemps restée entreposée au 11-13 de la rue, dans la maison natale du bandit, le parquet sur lequel avait reposé le berceau de Valentine, le lit où elle avait tant rêvé son retour, l'atelier, ses voix, ses peines et joies, ses circuits de promenade, la grâce et le réconfort des visages familiers, et son esprit ne se focalisait que sur une seule et unique question : la nage en mer lui offrirait-elle l'apaisement et l'oubli de ses chagrins ? En réalité, aurait-elle la force de s'y noyer, le moment venu, quand la peine et l'isolement lui seraient trop lourds ? Circumnavigation ? Elle parlait ! Elle se rendait, pour la première fois, capitulait, *Jeux faits*, au rivage dernier.

Dès le premier bain, Mireille sut être provisoirement sauvée tant la mer lui offrit de joies nouvelles : la douce brûlure du sel et du soleil, le lent déroulé de l'admirable paysage quand elle longeait, des kilomètres durant, les plages, ou l'incroyable sensation que procurent d'ordinaire les décollages des avions – expérience dont elle était assez peu familière. Ces heures-là, son corps de vieille, ce corps que les hommes ne regardaient plus avec les yeux du désir, redevenait un corps d'amante, souple, fluide, reptilien, se refusant et suivant, vague après vague, le rythme de l'adversaire, dominé et en même temps occupé à la maîtrise. La pulsion de mort – peur et désir adorablement mêlés – l'avait quittée. Pas un vague à l'âme, soupçon d'angoisse, qu'un bain de mer, sur l'heure, ne dissipa.

J'ignorais tout ceci et ne voyais dans cette forme brune que la simple expression d'une liberté, à moi refusée, comme j'enviais le vent dans les cheveux de l'inconnue, ignorant que Mireille, chaque matin, regardait le car scolaire, qui m'emmenait vers ma prison, avec la furieuse envie de rejouer la partie : avoir 5, 10 ans.

18 ans, le matin des résultats du bac : la vie devant elle, ignorer encore devoir souffrir et n'avoir comme unique occupation que de traquer, isoler la petite fille en elle, pour retrouver, intacte, la joie que les épreuves lui arracheraient, chaque jour et chaque nuit. Là que l'homme se faisait et Sisyphe et Hercule, nettoyant sans fin ses écuries et roulant son rocher jusqu'à l'heure de l'ignoble délivrance, qu'il serait fou de souhaiter.

Paul avait ajouté que son amie dansait comme on nage, abandonnée et tonique, entre ses bras.

Mieux que le yoga en groupe…

Ah, le rire de Mireille ! Ce rire d'éternelle et très étrange enfant !

Encore trois petits tours et nous rentrerions.

Mireille allait inexorablement vieillir, se ratatiner, perdre de sa vitalité et moi me détacher de la maison, le temps de mes études, d'un long séjour en Angleterre, sur les traces de Kim et de son inventeur ou aède, Kipling, à refaire le Grand Jeu, étudier les campagnes impériales dans les maquis d'Afghanistan, l'inutile délivrance de l'Éthiopie, l'invention de Tsahal par un parfait capitaine britannique…

Le temps de terminer ma thèse, il ne resterait plus à Mireille que quatre longues brèves années à vivre.

PARTIE III

DÉPARTS ET RETOURS

UN

Demona à Robaglia

Robaglia, cher ex… coéquipier et néanmoins ami,

Vingt ans après…

Lestée – pas un mal, je sais ! – de quelques kilos supplémentaires, d'un bon peu de cheveux blancs et de moult heures d'enquêtes et de vols, me voici de retour à Piazzino, gonflée à bloc et bien décidée à en avoir le cœur net, savoir le fin mot de l'affaire.

Le dessin au pochoir étant réapparu et avec lui un bon peu de nuisances sur le chantier de construction de l'aéroport, jusqu'ici sans dégâts humains, Pasquali m'a convoquée : « Angelini, vous y retournez et cette fois-ci… »

J'ai opiné du bonnet : « Vous voulez des résultats ! » Toujours le même canevas, présidant à la même série bidon qui repasse en boucle à l'heure où les vieillards piquent du nez après le déjeuner.

Si tu m'avais accompagnée, tu n'aurais rien reconnu. Fou ce qu'en trente ans un village, *ce* village, a changé. Commando Normalisation, monsieur, à vos ordres ! Imagine l'affluence des vacanciers nécessiter un aéroport dans ce trou oublié des siècles durant des dieux et des hommes. Ferme les yeux, figure-toi le port originel, étendu à l'infini comme si un enfant avait poursuivi une ligne imaginaire sur une carte ou un plan, et sur la lagune dessalée, asséchée, une marina, un port de plaisance, réservé aux yachts, ceint, en lieu et place des tours génoises d'antan et des églises de rites divers grecs ou latins, de résidences *intelligentes* et évidemment de prestige, à usage de nantis, de fêtards et d'oisifs du monde entier.

Imagine-toi, Robaglia, un casino de métal et de verre, néons et flonflons, à toute heure du jour et de la nuit. Figure-toi un Saint-Tropez miniature, ses boîtes de nuit, ses boutiques de luxe, concentré sur un si petit territoire : bienfaits ou maux, selon le point de vue, l'âge et l'état de fortune des résidents, toutes choses augmentées, l'an passé, par le débarquement en fanfare d'un célèbre DJ, sur les ruines de l'ancien village, devenu une station balnéaire en vogue avec ses conséquences adjacentes, la flambée du prix de l'immobilier, l'installation d'étrangers indifférents, qui, dans ce cadre enchanteur, ne voient qu'un moyen d'enrichissement et le percement d'une île aux plaisirs sans cesse renouvelés.

Parmi ces plaisirs raffinés : la balade guidée en mer – humour et bonne humeur du commandant de bord et de son équipe de joyeux mariniers – à la découverte du patrimoine-que-de-crimes-on-commet-en-ton-nom. À qui n'a pas le pied marin, liberté dévolue de choisir une autre formule : pédestre, équestre, asinesque ; en roulotte et à vélo, en solo, en duo, en famille, même en groupe : location du casque audio soumise à une caution de cinquante euros, tandis que d'autres s'égaieront dans l'eau claire en la bonne compagnie des dauphins et autres veaux marins.

Viennent ensuite, délice des délices, les évasions nautiques. Sus aux hors-bord ou aux jet-skis, en route pour l'inconnu ! À moins que le Terrien ne préfère découvrir une forme radicalement nouvelle de plongée sous-marine dite snorkeling : randonnée nautique, exploration à palmes ou rando subaquatique PMT (palmes, masque et tuba), jeune loisir d'observation des fonds marins, suivi de brèves conférences – briefings serait plus juste – et de distribution de brochures pédagogiques pompeusement titrées « Initiation responsable à la biologie marine », sans oublier – clou de l'ensemble et acmé du plaisir – l'incontournable station à la boutique de l'aquarium, afin de rapporter aux malchanceux qui n'ont pu mettre les bouts au joli mois d'août quelque gadget made in China destiné aux oubliettes à peine le paquet ouvert.

Quelques boîtes proposent les services de GO déguisés en animaux – Disneyland un jour, Disneyland toujours – afin de sensibiliser, WWF sur tous les fronts, jeunes et moins jeunes au douloureux sujet de la disparition programmée des espèces.

Pour les plus audacieux et les moins concernés, la chasse sous-marine exige un équipement nettement plus sophistiqué – mais où il y a du plaisir y a pas de gêne, n'est-ce pas ? – et un budget subséquent : gants, chaussettes, combinaison ou gilet thermique en néoprène, sans oublier ni le sac imperméable – la gibecière où entasser ses glorieuses proies –, ni la lampe torche waterproof, ni les palmes, les coutelas ou arbalètes, sans lesquels un chasseur ne saurait être nommé tel, ni l'ordinateur Nepto : une montre connectée, qui prémunira l'amateur contre la possible advenue d'un syndrome de Taravana – le mal qui affecte souvent les misérables chasseuses de perles, condamnées à descendre chaque jour à plus de profondeur et plus longtemps pour subsister.

Une d'elles, Sophia Loren, princesse de la rue, comtesse de Hong Kong, dans le premier chef-d'œuvre jamais consacré à la question immigrée et à la dérive des clandestins. Un de mes films préférés que cet ultime opus de Chaplin, tourné en 1967, avec Marlon Brando dans le rôle d'un ambassadeur, qui découvre une passagère clandestine dans sa cabine, en tombe éperdument amoureux mais rejoint sa légitime, tandis que la comtesse russe en exil s'en va rejoindre le chœur anonyme des pêcheuses de perles du Pacifique.

Bref, le syndrome de Taravana est un mal affreux. En cas de chute trop importante du taux d'azote dans le sang, la décompensation peut aller du simple malaise à la cécité, aux troubles de la parole, jusqu'à la démence précoce ! Pour un shot d'adrénaline, risquer sa vie ! Le challenge, longuement détaillé, par mesure de prudence, sur les brochures, vaut au vacancier – *go the Navy go !* – embarquement immédiat pour la Corée, le Vietnam ! la Yougoslavie ou l'Irak ! Testostérone et dopamine, le cocktail vaut ecstasy et coke des nuits de chemsex !

Notre cher Piazzino s'est offert un beau commissariat flambant neuf, gris et propre comme orphelines au matin de l'adoption. Qui dit tourisme dit pickpockets, alcoolisme de la jeunesse, circulation de dope, tapage nocturne, proxénétisme, prostitution *libre*, parfois viols… incivilités en tous genres.

Quant au Café de la Plage, restauration non-stop de 11 heures à 1 heure du matin, nous ne pourrions plus y installer paisiblement notre QG au milieu des antiques tapeurs de carton ni y apporter notre manger. On ne rigole pas avec la fortune. Les vieux savetiers se sont faits financiers. Que sont nos joueurs de rami et de poker devenus ? Et Angelo, le roi des dominos ? Disparus, évaporés… Le vent d'Ouest – Capital est son nom pour parler la langue des « terroristes », jusqu'ici non violents, que je suis chargée de traquer – est rude magicien qui, d'un mot, a fait disparaître ici aussi les croulants, par des moyens qui, pour sembler moins létaux que ceux du Continent, n'en sont pas moins assez coercitifs.

Plus de chaises devant les portes, de Parques, de noir vêtues, pour commenter les allées et venues de chacun, médire ou éclairer de leur paix amusée l'agitation des passants. Peu de pétanquistes, excepté quelques résistants, au sortir de la station, les seniors désormais à l'Ehpad ou devant leurs télés, paisiblement occupés à crever d'ennui et de désespoir.

Ci n'entrent plus les aveugles et les paralytiques, considéré l'expansion des terrasses et le débordement des queues de mangeurs de fast-food, de tous les coins et recoins du monde venus. Ici, tout s'achète et tout se vend, le sommeil, la jeunesse, le plaisir, l'accès au bord de mer, le pittoresque, la culture pour tous et le dépaysement. Piazzino n'est plus dans Piazzino, seulement là où nous sommes ! En mémoire, dans nos cerveaux encombrés *de vierge et de vivace* ! Pardonne mon lyrisme. Dans un instant, tu en sauras – découvrant la nature de l'ennemi public qui *s'ennuie dans la ville où manquent les temples du soleil* – la cause.

Je ralentis, je ne m'énerve pas, Robaglia, j'explique aux gens, j'explique le sens du mot *Haçienda* avec cédille, qui désormais orne, accompagné ou pas de la mention *Plaisirs inconnus*, les murs de la cité dévastée.

Hacienda, ce nom donné en Amérique latine à la demeure du maître, que diable vient-il faire en cette affaire de sabotage, en cette terre jadis sauvage et paisible ? Et ces mots *Plaisirs inconnus*, échappés du dernier riff de Ian Curtis, disparu à l'aube des années 80 ? Je ne le découvrirai que d'ici quelques jours, fascinée, médusée : *L'haçienda où les racines pensent à l'enfant et où le vin s'achève en fables de calendrier. Maintenant c'est joué. L'haçienda, tu ne la verras pas. Elle n'existe pas.*

Les orphelins de Joy Division – ce groupe de post-punk, rock gothique, cold wave… fondé en 1976 en la sinistre ville de Manchester-qui-êtes-en-Angleterre – la bâtirent ou du moins s'en persuadèrent, ajoutant une cédille au mot originel. L'Haçienda fut ce club qui transforma la vie nocturne de l'Angleterre, *le berceau de l'explosion de l'acid house, l'œil du cyclone* : un fiasco magnifique qui n'enrichit aucun de ses promoteurs mais demeure légendaire dans l'histoire du punk, du rock et de toute la contestation mancunienne. Par ce nom, réunis les boomers, des garçons et des filles, qui, sur l'Empire défunt et le monde, firent souffler un vent de révolte comme nul n'en attend plus mais qui ne cesse, souterrain, d'irriguer les cœurs des élèves d'une certaine Davia Colonna.

Nous avions raison, Robaglia, il s'agissait bien de « politique »…

Accorde-moi quelques minutes, quelques lignes encore et je te découvrirai l'étrange réseau, rhizome de mots et de pensées, à l'origine des actes délictueux que nous sommes, étroits petits fonctionnaires, auxiliaires pathétiques du Bien public, chargés de traquer !

En quelque sorte chacun habitera sa cathédrale personnelle. Il y aura des pièces qui feront rêver mieux que des drogues, et des maisons où l'on ne pourra qu'aimer. D'autres attireront invinciblement les voyageurs.

On peut comparer ce projet aux jardins chinois et japonais en trompe-l'œil – à la différence que ces jardins ne sont pas faits pour y vivre entièrement – ou au labyrinthe ridicule du Jardin des Plantes à l'entrée duquel on peut lire, comble de la bêtise, Ariane au chômage : les jeux sont interdits dans le labyrinthe.

L'auteur – c'est là son strict droit – exagère.

Au sommet du labyrinthe du Jardin des Plantes à Paris, l'œil peut lire *Tantum memento beata momenta* : *Je ne me souviens que des moments heureux.* Déjà l'Arcadie… *L'Haçienda* n'en serait que la version présente et ce nom espagnol, en réalité un avatar mexicain où *le principe de l'innocence dans la cruauté considérée comme motif central de l'humaine condition* domine. En *l'Haçienda*, la ville du futur, *le tourisme* serait *toléré et contrôlé*, la ville désormais et à nouveau vouée à l'art de la dérive et de lui seul : *dérive psychogéographique*, *du Bizarre* à *l'Utile*, de *l'Historique au Sentimental*, selon les humeurs.

Du désir comme système et machine effraie mais c'est là le réel que je traque.

Ici, la volonté de reconstruction de la cité perdue déroute l'esprit, accommodé aux strates et en même temps, considéré la destruction, systématique elle aussi, des espaces vitaux par le mercantilisme et les nouvelles formes de travail, j'ai adhéré au projet de *l'Haçienda* : le projet d'un certain Ivan Vladimir Chtcheglov – ne me demande pas comment ça se prononce ! –, connu sous le pseudonyme de Gilles Ivain – c'est plus simple –, théoricien et poète lettriste puis situationniste, qui a passé vingt-six ans sur cinquante-six sous insuline en HP, défoncé, plongé dans le coma afin d'y rêver, délirer à loisir, réveillé, resucré, à nouveau endormi, jusqu'à ce que son pancréas et son cœur ne lâchent, pauvre poète, sens systématiquement déréglés par l'infâme et inutile – *cruauté et innocence* toujours – traitement.

En deux jours à Piazzino, tu le vois, j'ai quitté le rivage paisible de l'observation, la question, la traque et la résolution, le monde rationnel de Guignol, où, anciens enfants, nous tenons le mauvais rôle, pour entrer en Poésie, devant, à toute force, sous peine de perdre ma plaque et mon gagne-pain – cette activité à laquelle je tiens autant sinon plus qu'à la vie ! –, mettre les coupables en prison et rendre Piazzino à ses nuisances et ses profits.

Dommages collatéraux du métier, je le savais, nous le savions, avant d'entrer dans la police. La chose m'allait, surtout j'étais certaine que ceux que nous tenions, ceux que je tiens encore pour des « branleurs » finiraient par commettre quelque acte susceptible d'entraîner la mort.

Reprenons le fil chronologique.

Je ne vais pas t'apprendre à toi, briscard à la retraite, l'importance du facteur chance dans une enquête. Or, il semble que la suite de *Fiasco à Piazzino*, le four dont nous fûmes, toi et moi, mon camarade, les héros involontaires, dindons ou pigeons, prenne une forme nouvelle.

À défaut de t'en garantir le happy end, écoutes-en, je t'en prie, avec attention, l'étrange histoire, *questa la storia di una di noi*… l'histoire d'un crime, demeuré impuni, et d'un réseau de contaminations, sur contaminations…

Mrs Chance ?

Je sortais à peine du commissariat, la tête farcie d'inondations, de robinets laissés ouverts par inadvertance, de boulons dévissés, de câbles ou de chenilles étrangement amochés, de pannes de tractopelles ou de marteaux-piqueurs, de poutrelles soudain trop longues ou trop courtes, de débuts d'incendies accidentels, jusqu'ici vite repérés et éteints à temps, hésitant entre les qualifications de

« sabotage » ou de « boycott », quand une affichette « Vide-maison au 3, rue des Bergers » a attiré mon attention.

Sans intention particulière, par désœuvrement, je suis entrée dans une vaste mais modeste demeure de pierre grise, la maison de l'ex-directrice du lycée Paoli, une certaine Davia Colonna. « Décédée ? Retraitée ? » me suis-je enquise auprès du charmant et ombrageux jeune homme qui aidait au portage et à l'emballage, le genre d'éternel adolescent qu'on imagine accoudé en confiance à sa fenêtre, certain – la vie devant lui – que demain sera un autre jour, un jour où il fera toujours jour : « Partie ? Ah bon, elle a déménagé ? » Il m'a regardée de cet air de quoi j'me mêle dont notre carte de police d'ordinaire nous prive et je lui ai souri, arborant, maladroite, mon plus bel air de matrone en vacances, de jacassière oisive, sans obtenir de réponse à ma question.

Sur le moment, j'ai cru ou feint de croire – ce petit Jiminy Cricket, l'instinct, dont nous apprenons à nous défier à l'école de police et qui pourtant souvent mérite d'être écouté, m'a tout de suite alertée – qu'il était seulement taiseux, quand mes pas, machinaux, m'ayant entraînée vers la bibliothèque abandonnée, j'ai vu, trônant fièrement sur une pile de livres, en attente d'une vie nouvelle, *notre* silhouette, l'objet d'une de nos incessantes querelles, sur la couverture azuréenne du 1263e Livre de poche, dépôt légal n° 7525, à la date du 3e trimestre 1968…

Sur un plateau d'argent, le hasard m'avait conduite, vingt ans après… à la « signature ». Peut-être au coupable ?

L'image de couverture, dépliée sur ses deux volets, arborait un paysage d'hiver par grand beau temps. Sur fond de ciel limpide, seul le blanc du carton laisse deviner l'ombre claire de quelques nuages et les contours d'une montagne enneigée. Au centre droit, un personnage, *notre* personnage, *ton* personnage celui qu'en vain tu avais tant cherché, trône, majestueux en son ignominie, sous les lettres noires en capitales grasses du titre du roman : TARTARIN, sur une seule ligne, et en dessous, sur trois lignes : SUR LES ALPES, suivi du nom de l'auteur dans le bleu du ciel, à hauteur de la cuisse du personnage, au-dessous de la poche gauche de son immonde veste à carreaux beiges et noirs…

Ce n'était qu'ALPHONSE DAUDET…

Quand je pense au nombre de pages Google que tu avais fait défiler pour tomber à califourchon sur le dos de la mule du pape, nez à nez, bon maître Cornille, avec le curé de Cucugnan et se retrouver à courser la petite chèvre de monsieur Seguin !

Tartarin m'était, faute sans doute d'être née à Tarascon, à Aix ou à Salon, inconnu…

Ma soirée était faite.

En cette délicieuse fin d'automne, j'allais dîner sur la terrasse de l'hôtel des Trois-Chemins en la bonne compagnie de Daudet et de Tartarin afin de découvrir et d'établir un possible lien entre une paisible directrice de lycée, des poseurs de bombes, un golf fusillé, des saboteurs et des tagueurs compulsifs.

La soirée fut exquise.

J'ignorai que Daudet eut du génie, je ne lui avais jusqu'ici cru et prêté que du talent. *Fiasco à Piazzino* comme sa suite *Retour à Piazzino* gîtaient, entiers, dans ce fichu roman, une sorte de jeu de la guerre, de *Kriegspiel*, dont seule Davia Colonna pouvait être l'auteur, le commanditaire, la *dea ex machina*, par un tour de passe-passe qui m'échappe encore.

Jamais un tel brûlot contre le tourisme n'a été composé. Encore moins égalé. Daudet met en scène, dès 1885, le mécanisme de falsification du paysage à usage du touriste. Comment faire un héros d'un parasite et d'un vandale ? Dans ce même roman, Daudet déjà inscrit en arrière-plan la question terroriste puisque deux des participants à l'ascension du Mont-Blanc sont des anarchistes russes en exil…

L'égotisme du touriste y est mis à nu jusqu'à la possibilité du meurtre et pourtant que j'ai ri en lisant ce livre ! Tartarin n'ayant participé à cette fausse ascension du Mont-Blanc, équipé comme s'équipent aujourd'hui les moindres cyclistes et marcheurs – grâces soient rendues aux enseignes Go Sport et Decathlon ! – que pour conserver sa place de président du Club alpin tarasconnais. Oui, le tourisme est un écocide comme les autres, une dénaturation du patrimoine devenu marchandise et l'occasion offerte aux sots de se croire intelligents ; aux ignares, cultivés ; aux faibles, sportifs ; aux pleutres… et cetera.

Enfin, moi, je suis flic et je protège les honnêtes gens. Cas de conscience de l'officier. Pour le moment personne n'est mort.

Aux Trois-Chemins aussi, charme dissipé, tout a changé. Sur le papier peint des chambres, les hortensias bleus ou roses que tu détestais tant et qui me faisaient tellement sourire se sont vus remplacés par d'austères rayures grises ou lie de vin – ça fait plus chic – mais les prix restent abordables pour l'Administration et moi, il me plaît de demeurer loin du port et de l'agitation, sur le chemin du cimetière, où l'œil surplombe le village, qui, de loin, vue imprenable sur le petit clocher de Saint-Érasme, semble, particulièrement la nuit, inchangé.

Bref, j'ai enfilé un poncho et me suis installée devant une théière de thé sombre, sur la terrasse déserte, bien décidée à passer la soirée à lire sous les loupiotes avant de terminer à la lampe torche, quand, sur le coup de 2 heures du mat, une silhouette, de noir vêtue et cagoulée comme se doit, a surgi, furtive comme serval, dans mon champ de vision. J'ai fait ce que font toujours les flics, éteint ma lumière, remercié le hasard qui me porte, en toutes saisons, à préférer moi aussi me vêtir, *cavalier qui surgit hors de la nuit*, de noir plutôt que de blanc et l'ai suivie…

Il est 5 heures, le réveil va tintinnabuler dans deux heures : la suite demain…

Amical salut de ta Demona, fière de son cliffhanger !

Demona à Robaglia

Tout a été si vite, si facile. Trop.

Le jeune homme du 3, rue des Bergers, le serval des nuits de Piazzino, le mystérieux tagueur sériel de tartarins et d'*haçiendas*, se prénomme Gilles.

Né sur l'île, de parents et grands-parents arrivés au moment de la Sécession, père ingénieur et mère galeriste, des gens bien, le genre à s'être encombrés de leurs géniteurs, les avoir couvés, protégés et nourris, avant de se voir légalement secourus par notre fichue Sécession.

Je l'ai surpris, une bombe de peinture rouge à la main, occupé à écrire ET DEMAIN SERA L'HAÇIENDA sur les murs de la station et me suis approchée, cette fois-ci sans cacher ma plaque. Ah, que cet air de souverain mépris dont use la jeunesse contre la police milice-flicaille-racaille, un jour de grève à Nantes ou dans la nuit de Piazzino, sous les pins de Corte, irrite qui, de l'aube à minuit, arpente les bas-fonds et vide les poubelles, tandis qu'alentour sonnent, joyeuses, les cloches de la cité paisible !

Heureuse jeunesse qui ignore la vilenie et les secrets des hommes ! Après l'avoir un peu brusqué, échangé sa liberté contre sa parole, j'ai cru voir le jour se lever. Du train où vont les choses, à moins de coller en prison tous les jeunes gens de Piazzino, je ne réglerai pas l'affaire. Même si je les coffrais tous, la noria se poursuivrait.

Un très étrange bazar, ennuyeux au suprême degré en ceci que les « terroristes » sont, pour la plupart, les fils et les filles des victimes : les enfants gâtés des acteurs du changement, architectes et bâtisseurs du nouveau monde ! Je n'imagine pas Gilles – en stage dans un cabinet d'avocats – suer sur le chantier ou entretenir quelque lien que ce soit avec les miséreux qui s'y épuisent. Enfin, s'il existe, ce lien m'échappe…

Peut-être n'existe-il pas ?

Davia Colonna pourrait, si je mettais la main sur elle, se voir inculpée. Ne manque que le chef d'accusation. Avoir fait lire *Tartarin sur les Alpes* et avoir parlé de Guy Debord, des Internationales lettriste et situationniste à ses élèves ne seraient retenus par aucun tribunal ! Gilles en outre est bien trop jeune pour avoir trempé dans notre misérable *cold case*. Et puis, ça, je le saurai plus tard, ce sont Gilles et son amie Zoé qui ont découvert à Davia ce beau nom d'*Haçienda*, qu'ils savaient par Ian Curtis, New Order, Tony Wilson, l'école de Manchester et non pas celle du Quartier latin.

Elle, ensuite, aura relié Wilson à Rumney et à Chtcheglov et enfin à Debord, inscrivant et installant ce paisible village, sa marina et ses touristes germains, bataves et latins, aux titres d'ennemis sur le plateau de son *Kriegspiel* portatif, un chapitre parmi d'autres de la guerre secrète du XXe siècle. *Angry Young Men,*

Fictions cannibales, Comité invisible, Révolution qui vient… une nébuleuse sans Bételgeuse.

Gilles et Davia appartiennent-ils à la famille des Enragés ? Le genre à poser une bombe devant ma porte de sale flic ou à faire l'éloge du 11-Septembre, considéré comme œuvre d'art totale ? Sont-ils de cette race qu'on dit des black blocs qui se plaisent, épouvantés par le terrible devenir de la planète Terre, à épeurer les honnêtes gens les jours de manifs ?

Difficile à imaginer tant Davia semble lisse, appréciée des parents d'élèves et de ses collègues, et Gilles, parfait surgeon de la bourgeoisie, si clair et lumineux – *un jeune démon est toujours beau* –, solfiait un académicien souvent incompris, tellement à l'aise, prêt à conquérir le monde, s'y lover à l'exacte place, à lui de toute éternité réservée.

L'imaginaire s'abreuve de stéréotypes. Ici, celui du révolutionnaire mal nourri, mal aimé, bolossé, nabot, bouboule ou maboule depuis la maternelle, de l'enragé, pressé de prendre sa revanche : mythe aussi répandu que celui de la nécessaire métamorphose d'une mal-baisée en féministe, que démentent et Beauvoir et Seyrig et Saint Phalle…

Je ne suis pas venue ici pour consacrer un master ou une thèse aux rhizomes situationnistes dans la jeunesse-monde mais pour identifier et arrêter les auteurs de sabotage et prier les tagueurs de cesser d'abîmer les murailles multi-centenaires d'un village touristique ! Me voici empêtrée, condamnée à comprendre, pour agir, un bon nombre de théories fumeuses autant que lumineuses !

La situation est difficile à évaluer. Entre 1968 et 1972, des jeunes Anglais se réclamant de Debord, Durruti, Robespierre, Hébert, le père Duchesne, Gracchus Babeuf et sa Conjuration des Égaux… ont tout de même perpétré cent vingt-cinq attentats sur le territoire britannique. Comment, je me répète, évaluer la dangerosité du beau Gilles et de sa charmante fiancée, Zoé, étudiante en médecine, de leur mentor, absente, comme celle de leurs amis et disciples dont j'ignore jusqu'aux nombre et identités ?

Cette nuit, dérivant sur la toile, j'ai lu un vieux tract : *Vous ne nous arrêterez pas, nous n'existons pas.* Le moyen de traquer des *invisibles* : étudiants, professeurs, médecins, ouvriers, marins, se rendant au travail, des bombes dans leurs cartables, leurs sacoches, leurs besaces et leurs sacs ?

Je ne peux pas me disperser. Pasquali attend des résultats. Pourtant, Davia absente et le rhizome mystérieux en place, je ne peux, moi aussi, psychogéographie obligée du flic, que dériver, suivre, pas à pas, le mouvement du coupable, un tango devant être dansé au rythme du cavalier. Pour l'heure, seul Gilles en tient lieu et il me sera difficile de vanter sa souplesse. Sa grâce, en revanche, est certaine, ce qui ne facilite pas le job.

Je reprends, point par point, le maigre dossier : Gilles n'a pas trempé dans l'affaire du golf. Comment l'aurait-il fait s'il n'était pas né ! Davia Colonna, étudiante à l'époque, rentrée du

Continent, selon sa déposition, pour *raison personnelle*, ne peut, en aucune manière, avoir participé à l'incendie et à la nuit des tags.

Raison personnelle! On aurait pu essayer d'en savoir davantage mais quelles raisons aurions-nous eues de nous méfier d'une insignifiante jeune personne? Nous ne lui avons même pas demandé sur quel intéressant sujet portaient ses études! Ce matin, je suis descendue aux archives rechercher le trombinoscope que – tu t'en souviens, nous nous étions disputés, tu m'avais même dit qu'au lieu de l'école de police j'aurais dû faire celle du cinéma? – j'avais tenu à mettre en place. Je suis restée longtemps à interroger le visage de Davia Colonna, brune, le teint pâle, les traits réguliers, impénétrable, neutre. Rien à signaler. Rien en elle d'une passionaria, une très jeune femme en devenir, plutôt timide. J'ai vainement tenté de me souvenir de sa voix. Pour le reste, aucune trace de Davia Colonna, aucune arrestation – pas le genre à conduire en état d'ivresse ni à troubler de ses humeurs l'ordre public. Gilles ne m'a pas tout dit. Il prétend seulement tartariner, *haçiender* – sa manière pacifique de manifester contre la mort annoncée du village qui avait accueilli, à bras ouverts, ses parents et ses grands-parents.

Il revient sur cette affaire de « grands-parents », s'humanise, évoquant la soudaine solitude de ses darons, contemplant leurs amis sortir leurs grands mouchoirs pour se débarrasser de la corvée et des frais de fin de vie des leurs, surtout la bonhomie et la légèreté avec lesquelles chacun se réjouissait d'être soulagé de la charge mentale et financière. Pour eux, plus d'invitations à dîner, de vacances entre amis, d'illusion de sociabilité. Aimer leurs parents faisait d'eux des parias, leur donnant la sensation inédite et soudaine de vivre sur Mars ou dans une léproserie, à moins qu'ils ne figurent dans *Le Rhinocéros* de Ionesco.

« Pièce que vous avez étudiée avec Davia ? »

Le chef-d'œuvre légitimement au programme des secondes depuis quarante ans ! Comment pouvais-je être tombée si bas ? Est-ce que j'avais réfléchi, moi, aux substrats philosophiques des Jeux sont faits ? Pas une seconde. Ma mère venait de mourir dans la force de l'âge et je n'avais jamais rencontré mon père, évaporé à l'aube même de ma conception. De lui, je ne savais qu'un prénom, Juan, celui d'un Sud-Américain aux yeux verts, que ma mère avait aimé le temps d'une soirée et d'une nuit, choisissant librement de garder l'enfant et de n'interroger aucune des personnes présentes quant à l'identité du merveilleux garçon. Ça ne m'avait jamais gênée.

Enfin, c'est là ce que, ventre et bras tailladés, scarifiée de toutes parts, l'estomac rempli de thé vert, les yeux sans cesse sur la balance, j'affirmais. Sans doute ce blanc dans l'identité, ce trou dans mon arbre généalogique, m'a convaincue, avec la passion du genre polar, de tenter l'école de police. Et puis, j'étais tellement sportive avant ce que les médecins appelaient mes « crises d'anorexie » – ni souffrante ni empêchée de rien à quarante et un kilos pour un mètre soixante-huit – que j'ai tenté l'examen. Faire taire les soupçons et les questions, prouver avoir raison : me porter à la perfection.

D'abord, trois années d'université. Les vacances à potasser le droit pénal. Curieusement, ça m'a plu de me découvrir faussement déviante, et puis ma mère détestait les flics et s'inquiétait de me pressentir sans avenir. J'ai adoré lui donner tort.

Une à une, j'ai franchi les étapes : dissertation de culture générale, tests psychologiques, épreuve de langue. Pour la question pratique, je suis tombée sur « procédure à suivre en cas de prise d'otage, et cetera »; sans oublier la petite marche forcée, vingt-cinq kilos de pierres sur le dos, les pompes, en nombre réduit pour les filles, la poutre, le saut de haies… J'ai aimé les dix-huit mois de formation, surtout vivement apprécié avoir été choisie, payée, indépendante. Ça changeait de l'anonymat de la fac, des baby-sittings et des fins de semaine à larbiner dans les bars. Tu sais combien j'aime ce métier !

La rencontre avec Gilles m'a ébranlée. Je me suis demandé à quoi ressemblait mon père. S'il aurait été heureux de découvrir mon existence et de me rencontrer ? Si je lui aurais plu ? S'il s'en était retourné chez lui, je ne sais où, Argentine, Venezuela, Pérou ? Était-ce un garçon qui venait du Brésil ? Un Mexicain basané, sombrero sur le nez, *innocent et cruel*, né dans une hacienda ou une modeste maison de ville aux plis sinueux d'une vieille capitale ? Quelles études faisait-il à Paris ? Quel métier avait-il exercé ? Si j'avais quelque part des frères et des sœurs, qui m'attendaient ou ne m'attendaient pas ? Était-il resté en France et avait adhéré – de guerre lasse ou de plein gré – au Programme ? Est-il mort ou vif ? Loin d'ici ? Près de moi ?

Gilles, ressuscitant ses grands-parents, a tout d'une belle personne. Il se prépare au barreau et me supplie de ne pas interroger maître Garelli, son patron de stage. Il y va de son avenir et jure ses grands dieux m'avoir dit tout ce qu'il sait.

Je demeure sceptique. Enjôleur et brillant, ce jeune crétin illustre son stéréotype : il s'apprête à devenir menteur professionnel et possède toutes les qualités du rôle. S'il ne tenait qu'à moi, je lui accorderais la dignité sans attendre qu'il ne termine son cursus.

Je vais le cuisiner. Ce soir, je l'ai invité à dîner : à boire, pariant sur la fragilité de sa silhouette et mon esprit de finesse ! Pour le moment, je conserve la main. Condamné, il devrait renoncer à faire carrière dans la basoche… et se ferait militant professionnel. Pour rien au monde, je ne voudrais, de ce ravage, être la cause mais je n'ai que lui sous la main.

Mon chantage ne tiendra pas longtemps. Mon jeu n'est pas des meilleurs – deux cartes. Maigre, très maigre. Gilles est de tout cœur avec les saboteurs mais il n'a pas posé un orteil sur le chantier et n'y connaît absolument personne.

Il y a bien quelque chose, un « incident », si l'on peut qualifier un crime d'incident, qui pourrait lier Davia Colonna à cette chienlit : son père a péri dans un attentat dont j'ignore les mobiles, méfait ayant été classé sans suite, le ou les coupables toujours à l'air libre.

Il va me falloir ressortir le dossier, trouver des témoins prêts à parler d'un crime plus que trentenaire. Avec la prescription, je pourrais y arriver, mais l'équipe est réduite, je manque de bras, de matière grise. Je manque de Toi, vieux camarade ! Tout ramène à Davia Colonna.

Gilles feint de ne pas savoir où elle se trouve. Peut-être l'ignore-t-il ? Pas assez d'éléments pour confisquer son ordinateur. Personne au commissariat n'estimant, à mon instar autrefois, ce portrait de Tartarin indice probant.

Hier, j'ai rencontré Jurieu, l'ancien commissaire chargé de l'enquête. Jurieu illustre, une habitude, avec une grâce infinie lui aussi le stéréotype du « flic corse ». Paresseux, nonchalant, plus prompt à s'envoyer un pastis qu'à provoquer le trouble chez ses *pays*… « globalement de braves gens ». Peut-être même était-il, est-il encore, corrompu jusqu'à la moelle ? Mouillé jusqu'au cou. Jusqu'ici je n'ai rien obtenu d'autre que :

« Le coup était bien préparé. L'assassin n'avait laissé aucun indice. Pas une empreinte sur le sable. Malin, il ou ils portait(ent) des sur-chaussures de plastique bleu comme les mères dans les crèches ou les visiteurs en bordure des bassins de piscine. La bombe était artisanale, aucun de ses composants qu'on ne puisse trouver en quincaillerie… Et puis monsieur Jean avait tant d'ennemis avec sa volonté de laisser “crever le village”, ne rien toucher. L'écologie, vous comprenez ?… »

Je comprenais et même trop bien.

« L'écologie n'était pas à la mode. En ce temps-là, de l'avis général, il fallait développer l'industrie et l'agriculture dans les territoires. On a interrogé pas mal de monde mais personne n'avait ni vu ni remarqué personne, qui que ce soit ni quoi que ce soit d'incongru.

– Pourtant l'attentat a eu lieu à 19 heures au début de l'été ?

– Je sais mais on n'a rien trouvé. »

Le pire ? Ça avait l'air de drôlement l'arranger, presque de lui faire plaisir...

La mort demeurée impunie de son père fait de Davia, selon moi, cette possible égérie de la révolution invisible.

Manque toujours le chaînon !

Je dois dormir...
Je vais dormir.
À suivre...

Angèle, ta Demona

Demona à Robaglia

Cher Robaglia,

Le dîner. Gilles a tenu à marquer son ennui en arrivant avec un bon quart d'heure de retard. Sur toute sa personne, cet air morose qui sied si bien aux adolescents mais il a vite compris que, sur cet air, je ne chanterais ni ne danserais. Enfin, ceci n'est pas tout à fait exact ! Mon invité ne tenait pas à boire mais le vin d'Alzipratu a eu gain de cause. Il a changé de stratégie, accepté de parler, se « livrer », ayant saisi que je n'avais entre les mains rien qui puisse le conduire devant un tribunal, et il m'a crue – sans doute a-t-il raison – curieuse de cette nouvelle conspiration : ce projet de Comité invisible et de révolution qui ne viendra pas.

Il a admis qu'en cette posture je vois la marque d'un dandysme attardé, démodé. A souri de ce sourire qui fait renaître le monde et même évoqué le livre d'un certain Paul Nizan, que, selon Davia, chaque génération rejouerait : la douleur d'avoir 20 ans, la terreur de vieillir en ayant oublié et la nécessité d'oublier : deux sentiments contradictoires, une double injonction à vous rendre schizophrène ! J'avais presque envie de lui confier mes troubles alimentaires d'autrefois, lui montrer les traces de scarification sur mon ventre mais un flic, même si l'enquête n'a aucune chance d'aboutir, ne se confie pas. Surtout au prévenu ou présumé coupable ! Excepté pour mentir, s'inventer un passé similaire à celui de l'accusé. Ils l'ont tant aimée, la révolution… Je crois qu'aucun être sur cette Terre ne fut plus aimé que ne l'a été et ne demeure ce désir forcené de faire de demain un autre jour, un jour soudain heureux ! Pourtant, elles ont un sacré goût de mort ces fichues révolutions ! Des vases communicants transfèrent le pouvoir d'une classe à l'autre, restaurant la pyramide sociale. Je n'ai rien dit. J'ai écouté, sans regretter de n'avoir pas eu d'enfants à qui expliquer que demain ne serait pas un autre jour, simplement un jour neuf et semblable au précédent et que toute sa colère, tout son amour ne changeraient pas un iota à l'ordre des choses… Sans doute ce qu'il y a de plus dur avec le blabla consolateur : un jour, tu verras, ce goût de la mort te passera…

Toi seul, mon camarade, sais l'instant où ce goût m'a passé, cher Robaglia, à qui j'ai vraiment mené la vie dure avant que nous devenions, après notre fiasco à Piazzino, de véritables et indestructibles coéquipiers. À la vie et à la mort ! Ce jour où la balle qui me visait t'a touché, toi qui t'étais interposé, me passant enfin cet affreux goût. Aussi être flic, ramasser les cadavres. Aller annoncer à des parents, confortablement installés devant leur télé, que leur ado qu'ils croyaient endormi ou en train de se bousiller les tympans avec sa musique de merde gisait sur le trottoir derrière leurs volets ou leurs stores clos. Les corps des gamins, morts d'overdose, aussi celui des Bovary suicidées pour un article de *Elle* ou de *Marie Claire*, celui de ce professeur entre deux âges qu'une garce de 15 ans a accusé à tort, celui de cette lycéenne dénudée par ses condisciples, sans oublier les femmes abusées, torturées, jusqu'à ce que mort s'ensuive par un ancien enfant martyr, les SDF, les vieillards et les simples d'esprit, battus jusqu'à extinction dans la touffeur de la nuit. Tout ceci rend à la vie bancale, injuste et mal fichue de sacrées lettres de noblesse.

Gilles m'a émue, m'a fait me sentir irrémédiablement vieille. Et Davia ? Il me fallait son profil : pour lui, ce gosse qui me faisait, pour la première fois, me demander quelle mère j'aurais pu – irréel du passé et du futur – être ! Davia ? Une énigme. Pas simple. Un oxymore sur pied…

Gilles a rencontré Davia l'année de la seconde. Le genre de professeur dont chacun craint, à la voir surveiller les récrés et passer dans les couloirs, de l'avoir l'an prochain pour maître mais que tous ou presque apprécient et regrettent en fin d'année. Austère, sévère, vacharde et drôle. Avec elle, la chose littéraire devenait un artisanat – exactitude des mots, respect de la grammaire et règles :

« On avait l'impression quand on décortiquait un poème que le poète était un genre de danseur aux pieds ensanglantés. L'inspiration ? Elle n'en parlait jamais – chacun de vous se sent inspiré, c'est de votre âge, mais aucun de vous n'est Marceline Desbordes-Valmore, Verlaine, Racine ou Mallarmé. Honteux, nous baissions les yeux. Seul le combat ou le jeu avec et contre les règles, la grammaire, la syntaxe et le vocabulaire, faisait l'écrivain. Un art de la guerre dont nous devions impérativement apprendre les règles pour être à même de juger et peut-être un jour de composer. Avec elle, les stéréotypes en prenaient un sacré coup : le Roi-Soleil, protecteur des arts et des lettres ? De la pure propagande, colportée un siècle plus tard par l'abominable Voltaire. En enseignant les lettres, Davia enseignait la contre-histoire des siècles, piétinait, bousculait leurs légendes. Par exemple, l'importance de la Fronde, textes à l'appui : *La Conjuration de Fiesque*, racontée par le cardinal de Retz, ce frondeur extravagant, empêché de prendre la tête des émeutiers pour s'être tordu la cheville en fuguant de sa prison de Vincennes ; elle faisait l'apologie des "Précieuses", des lionnes du Salon bleu et partageait sa passion pour d'Urfé, l'immortel auteur de *L'Astrée*, d'ordinaire inconnu au bataillon des profs de lettres, considéré par elle comme le précurseur de Marivaux, de Laclos, de Fromentin… et de Rohmer dont elle nous avait montré *Ma nuit chez Maud* pour nous découvrir l'actualité jamais démentie du jansénisme, ajoutant, plus tard, quand vous serez en terminale, regardez *Conte de printemps* pour comprendre ce qu'est la philosophie transcendantale et l'autoconstitution du sujet à se penser… Ses cours à rebours émerveillaient chaque année quelques élèves – *la crème de la crème* – qui naturellement s'inscrivaient aux clubs qu'elle animait le soir après les cours : le club de lecture et le club de théâtre, vingt heures par semaine, que la vie était belle ! Voilà tout… Tartarin… Corneille et surtout *Port-Royal*, la pièce de Montherlant, et chacun d'entre nous, sans s'en apercevoir, inéluctablement, se faisait dissident. Ce monde ne tournait pas rond et nous prenions, insulaires, le chemin du Continent. Le tourisme servait de fer de lance à l'exécrable métamorphose politique, philosophique, sociétale… À nous de voir !

« Avec elle, on a découvert l'histoire de l'agit-prop, plus agitation que propagande. Davia détestait les slogans mais adorait le principe de la mise en situation. Exemple : une conversation anodine dans un bus : “Vous ne trouvez pas que ça pue, il y a trop de Noirs en France” ou “Les Juifs dominent les médias” et évidemment “l'éloge des vertus du tourisme”...

« Nous devrions devenir, autant que faire se pourrait, les acteurs de nos vies. Vaste programme ! Nous écoutions, fascinés, sans toujours tout comprendre, nous avions le temps mais l'idée nous plaisait. Le club de théâtre représentait, outre un espace d'expression libre, un lieu de formation sauvage de l'acteur potentiel dormant en chacun de nous, dans le respect strict des lois de l'emploi. Davia insistait sur le fait que Tartarin devait être gras et Cyrano maigre, en cas contraire, l'écart entre le texte et la cible se trouverait corrompu, comme si le pigeon voyageur s'était soulagé sur le message, le rendant illisible. Un maître redoutable, qui traitait les amateurs comme souvent les professionnels ne le font pas. Quoi que nous fassions, il fallait le faire bien : entrer en scène, poser sa voix, marcher, s'asseoir. Rien n'allait de soi. Nous devions construire notre personnage, celui qu'il nous plairait de voir vivre en société, en privé, pas un masque ni une caricature. Rien ne l'irritait plus que le forçage et les artifices. »

Gilles la jouait sincère. Il avait deviné – la force de trois années passées à improviser ! – que c'était là la seule manière de m'amadouer. J'ai succombé.

En sortant de table, j'aurais aimé être ou avoir été l'élève de Davia Colonna au lycée Paoli de Piazzino, la principale et improbable suspecte de mon enquête. J'aimais déjà Davia avant de la rencontrer.

Gilles m'a avoué avoir adoré Davia, plus qu'un élève doit apprécier son professeur. À ses yeux, elle était Antigone, sainte Jeanne des Abattoirs, la cavalière Elsa, au point que sa *novia* en avait souffert. Pourtant, Zoé, à son insu, s'était mise à ressembler à Davia, qui avait tenu à les guider l'un vers l'autre en leur faisant jouer *On ne badine pas avec l'amour*…

Davia ne prenait selon Gilles jamais avantage d'aucune situation.

Je devais rencontrer Davia.

Malgré cette sensation diffuse d'être prise en otage, j'ai tenté de renouer le fil de l'enquête.

« Le pochoir, c'est une chose mais le sabotage du chantier ? »

Sur ce point, Gilles demeurait muet. Il ne savait pas, se refusait à me donner la liste des « clubistes », *il n'était pas une balance* et puis, il ne voyait plus aucun d'eux, dispersés, partis étudier ou vivre loin de Piazzino qui n'offrait plus qu'un avenir de domestique. Chef de rang ou plongeur, où est la différence : nettoyer après le passage du riche, courber l'échine sans cesser de sourire comme l'Auguste qui se prend des coups de pied pour faire rire les enfants. De toute façon, ses copains ne constituaient pas plus une menace pour l'ordre public que lui.

Personne n'arrêterait la destruction systématique de la beauté par le tourisme. Avec ses affichettes, il exprimait seulement son désespoir et tentait de faire naître une conscience a minima. Rien d'autre. Sa posture relevait « de la liberté d'expression garantie par la loi ». Au lieu d'écrire des livres, il se servait des murs de la cité comme d'autres hier de papyrus ou de papier, écologie oblige !

Je n'ai pu, je l'avoue, m'empêcher de sourire à son insolence. Je n'ai trouvé nulle part cette liste des clubistes dans les archives du lycée. En l'absence de notes, aucune obligation de faire l'appel. J'ai demandé à voir les photos des spectacles de fin d'année. Peine perdue, Davia les avait emportées. Le Club, c'était elle. Pas d'avant ni d'après : aucun prof ne s'en sentait.

« Ici, les élèves ne pensent qu'à aller à la plage après les cours. »

Gilles ne savait pas davantage où était Davia. Je voulais bien le croire. Fidèle au commandement numéro deux de la PJ, « Suivez l'argent », j'ai écrit au rectorat pour savoir où arrivait sa pension.

Pour en revenir au dîner, j'écoutais, abasourdie, Gilles me révéler l'étendue de l'orgueil intellectuel de Davia ! Le monde, j'en conviens, allait mal mais moi, qui n'avais lu ni l'intégrale de Mallarmé ni Retz ni Montherlant, je n'avais jamais réfléchi à l'intrinsèque « splendeur de la féodalité » et au crime qu'avait constitué « l'abandon du pacte » ! Je m'efforçais de faire de mon mieux, en mettant les méchants avérés hors d'état de nuire, quelques semaines, mois ou années, ne me prétendant ni la Sainte Vierge ni le lieutenant du Père. Me sentais plus utile que ce tagueur mystérieux qui se prenait tellement au sérieux. J'avais tort. En ce mystère ou secret du sérieux gît l'âme de la Conjuration, le bon vieux Tartarin devenu, en ce curieux tableau, le poisson des premiers chrétiens : le signe des catacombes, des initiés, témoins et futurs martyrs de la révolution invisible.

Dans deux ans, Gilles serait avocat, ses copains, notaires, professeurs, acteurs… Qu'en savais-je ? Ils vieilliraient, s'accommoderaient. J'étais triste pour eux, pour la petite Demona qui n'existait plus, pour les gosses que je n'aurais pas, pour les révolutions dont je ne rêvais plus, ces métempsycoses, qui ne viendraient pas et mon enquête qui n'avançait pas.

Le plus que j'en savais avant de m'endormir ne me menait pas loin. D'ailleurs, je n'ai pas dormi longtemps, le feu s'était propagé sur le chantier de l'aéroport à si vive allure que non seulement le maître-chien et sa bête, mais les dix familles de l'immeuble le moins éloigné étaient morts ou en passe de mourir : quarante-six victimes au nombre !

J'allais être dessaisie de l'enquête, mise en repos forcé et à pied, condamnée à rendre ma plaque, mon flingue et mes observations aux hommes sérieux de la brigade antiterroriste. Là que j'ai décidé de rencontrer Davia et de résoudre au moins l'affaire du golf et découvrir par quel sortilège, en un temps bien autrement politisé que les années 60 et 70, Davia avait pu faire revivre tant de spectres oubliés, auprès d'un si jeune public. D'où tenait-elle ses certitudes, sa force de conviction, sa culture étonnante pour une prof de lycée et sa volonté de transmission ? Quels démons la hantaient, hormis le fantôme d'un père assassiné ?

Bien à toi,

Ta Demona

Cher Robaglia,

Merci de ta sollicitude et de ton invitation à venir vous voir toi et les tiens à Cargèse. Je vais bien, tout va bien, le coupable est sous les verrous. L'incendie a été reconnu pleinement accidentel. Un misérable sans-papiers, épuisé de veilles, s'est endormi sur la passerelle de bois, une cigarette mal éteinte entre ses doigts, le vent et la chaleur ont fait le job – homicide involontaire. Le reste ? Les inscriptions, manifestes de la révolution qui vient, les saccades du Comité invisible comptent pour rien ou si peu face à la mort de quarante-six personnes dont douze enfants.

Me voici hors jeu, dehors devant la porte, le cul rouge d'avoir été botté ; expulsée, congédiée comme domestique indélicate. Nul ici ne me demande plus mon avis. Pasquali m'a à peine saluée quand j'ai joué la scène du carton, récupéré mes stylos et mes carnets, mon mug avec son système de passoire, ma provision de thé et la photo d'un jeune Sud-Américain, que je présente comme celle de mon père, précocement ravi à l'affection des siens.

C'est fini.

Les jeux sont faits, rien ne va plus. Pour moi aussi, *falling in sky*, tombé sur ma tête en passe de blanchir. L'inspecteur Angelini n'existe plus. *Qu'est-ce que je peux faire ? J'sais pas quoi faire*. Quinze ans avant de faire valoir mes droits à la retraite, il me faudra bien me trouver une occupation, à moins…

Porte-toi bien et oublie-moi…

Demona

DEUX

Reprise de la narration de Davia.

Ma surprise a été moindre que je ne me l'étais imaginée de voir surgir dans ma retraite l'inspectrice Angelini. J'avais su par Gilles l'existence de l'intruse, la menace et la situation en passe de devenir limite, mais aussi l'incendie, la mise en accusation de Jamal F., et conséquemment la fin de toute enquête me concernant.

Jamal, en dépit de son nom, n'avait rien d'un fiché S, d'un proto-terroriste islamique, passé à l'acte, seulement un clandestin ordinaire, épuisé – cadences infernales, soupe de brouet noir et logement insalubre –, l'éternelle complainte des bâtisseurs de pyramides, de cathédrales, de voies ferrées et aujourd'hui de villes du futur, de stades, de villages olympiques et d'aéroports. Un sous-prolétaire sans droit ni espérance.

J'étais presque déçue de cesser si vite de compter, d'exister, au pays natal. J'en avais bel et bien fini avec mes compatriotes, condamnée à une étrange solitude qui, pour avoir été choisie, ne me satisfaisait qu'à demi. J'étais sur le point de regretter ma décision, ce voyage au si long cours et mon installation en semblables confins. Surtout, Électre, en dépit du testament de mon frère bien-aimé, je me reprochais de ne pas avoir vengé nos parents.

Il me faut remonter le fil de ma mémoire.

Il y a de cela trois ans exactement, j'ai rêvé, chose rare, à vrai dire unique, de Ghjuvanni, ce frère que je n'avais revu depuis le jour de son entrée solennelle dans la Marine, si pâle et fier, dans son uniforme sombre. Ce frère qui ne m'avait, avant cette nuit, donné d'autre signe de vie ou de mort, qu'un mot, au dos d'une même image, la médiocre reproduction photographique d'une vague qui pouvait tout aussi bien être française, corse, que taïwanaise, m'appelait. Je devais impérativement me mettre en chemin.

Je me suis mise en chemin.

Depuis quand avais-je l'esprit mystique, l'âme crédule et foi dans mes rêves ? Je l'ignore, n'ayant jamais, ni avant ni après cette nuit particulière, fait l'expérience d'aucun rêve prémonitoire ni songe présentant le moindre caractère impérieux : ce qui explique aisément, enfin m'explique à moi-même, à défaut de connaître le jugement d'autrui, que j'ai si vite succombé à l'appel incongru.

Dans ce rêve, mon frère me suppliait de venir le rejoindre. Je ne reconnaissais pas son visage, seulement sa voix : « Il faut que tu viennes. À Lanyu. » En un lieu dont le nom m'était totalement inconnu. Lanyu ? Est-ce qu'une ville, un village de ce nom existait même ?

Wikipédia, providence des imbéciles qui veulent tout savoir sans n'avoir rien appris, me renseigna : *Lanyu, également appelée l'île des Orchidées, est une île volcanique de quarante-cinq kilomètres carrés (soit la moitié de Belle-Île-en-Mer) au large de la côte sud-est de l'île de Taïwan et est séparée de la province des Batanes des Philippines par le canal de Bashi du détroit de Luçon. Elle est administrée par le canton de Lanyu, qui appartient au comté de Taitung à Taiwan.*

En un mot une petite île, la petite île où mon frère avait choisi de vivre sa vie civile. Lanyu, île austronésienne, peuplée d'Austronésiens, occupée cinq siècles durant, un demi millénaire, par la Chine, puis, entre 1895 et 1945, par les Japonais, à nouveau satellite malgré elle de Taïwan et sinisée une nouvelle fois, à son corps défendant, de manière toute « pacifique », brûlée par l'éclat de ce miroir aux alouettes, dont j'avais presque en vain supplié mes élèves de ne pas s'approcher.

N'importe ! Je me suis mise en marche, impatiente de revoir mon frère. Partie sur un furieux coup de tête, après une lettre de démission au rectorat et à mes chers collègues. Seuls mes morts me manqueraient.

En cinquante ans, je ne m'étais pas fait un véritable ami. À peine quelques relations. Bien entendu, il y avait les élèves mais les élèves comme les enfants sont destinés à grandir, vieillir, disparaître dans le bleu du ciel, laissant les parents sur le quai abandonné. Il me restait que ce frère étrange et familier, ce frère, que je n'aurais sans doute pas reconnu si je l'avais croisé parmi la foule sur une terre étrangère, mais j'avais toujours su que quand il m'appellerait, je viendrais. J'étais prête.

Mireille, naguère, m'avait fait promettre de ne jamais oublier que j'avais un frère et moi, cruelle, avais songé : Toi, tu ferais bien d'oublier que tu avais une fille.

Mireille va mourir, Mireille se meurt, Mireille est morte.

Elle est tellement désolée de devoir me laisser. Elle parle avec une inouïe douceur du moment terrible où une mère sait devoir abandonner son enfant, comme en s'excusant d'avoir tenu tant de place dans ma vie. *This is the end, Let the sky fall…* Je serre les dents, refoule mes larmes : je ne dois pas l'attrister. Il faudra tant de courage pour s'en aller à celle qui si fort et tant aime la vie, à l'instant même où le corps se refuse à poursuivre le combat.

Une dernière fois, Paul la conduira à la mer. Dans ses bras, elle est entrée pour la dernière fois, vieille, très vieille Calypso, dans l'eau claire. Il aurait pu la laisser mais il sait que Valentine et moi avons nécessité d'une tombe où nous recueillir, quand le besoin s'en fera sentir et si les enfants de Valentine, à supposer qu'elle en ait eu, connaissaient un jour l'impérieux besoin de savoir leur lignage, éprouvaient la nécessité d'une pierre où s'asseoir, converser avec la disparue. La vivante ne peut s'offrir en repas aux poissons. La loi des hommes est la loi des hommes et Mireille, la dissidente, la respecte comme peu de ses laquais la révèrent.

Le dernier soir, respiration altérée, Mireille ne peut qu'avec peine esquisser un sourire. Paul et moi la veillons. À minuit, Paul m'expédie au lit : « Cendrillon travaille demain », et moi, éternelle enfant sage, je quitte la chambre parentale, m'éloigne du lit où mon père est né, du lit où est morte ma grand-mère, ce lit où Mireille agonise, pour courir enfouir mon visage et mes larmes dans l'oreiller, prier Dieu-qui-n'existe-pas : « Faites que ceci – à 91 ans ! – soit une fausse alerte ! Faites que nous puissions, tous les trois, une fois encore, boire un gorgeon de ce délicieux vin de pêche dont Paul a rapporté la recette de Camargue. Permettez-moi d'entendre encore une fois sa voix ! »

Le vin est tiré, il faut le boire. Les jeux sont faits. *This is the end, Let the sky fall…* Le jour s'est levé et Mireille, sous morphine, peine à respirer. Désormais inspirer est supplice à celle qui tant aimait la vie qu'elle paraissait l'incarnation du souffle divin, un presque esprit, génie, elfe ou fée. Celle qui m'a tenu lieu de mère et de mentor ne semble pas sentir le contact de ma main qui serre la sienne, pas davantage le dernier baiser que, sur sa joue tiède encore, je dépose, ni les larmes dont j'inonde malgré moi son visage tant aimé. Paul me prend par les épaules : « Petite, il est l'heure d'aller au lycée. »

Élève ou professeur, c'est toujours le même chemin, la même route en à-pic à descendre et à remonter au point et à la fin du jour : tourner à gauche, à la sortie du village, longer la plage où je vois toujours la silhouette de Mireille si droite dans son maillot sombre, puis encore à gauche, rue Paoli, au 7, le lycée, ses murs couleur cuisses de nymphe effarouchée (c'est Mireille qui donne ce nom à ce rose translucide, cet ocre rose pâli qui saisit si bien le soleil). Ce soir, je le sais, sa voix se sera éteinte, son sourire aura disparu… *This is the end.*

Il ne me reste que Paul et ce frère du bout du monde, longtemps en mission çà et là, j'ignore où, puis basé en un lieu de moi seule inconnu. Paul a toujours su où se trouvait mon frère. J'apprendrais que c'était là la condition fixée, il y a quarante ans, à son départ au Prytanée. En échange de son absence et de son silence, Mireille, Paul et lui demeureraient en contact.

Lui, que je vais retrouver.

Le tempo est parfait.

Paul aussi s'est en allé, tout doucement sans faire de bruit, deux ans après Mireille. Plus goût à rien. Pour lui aussi les jeux étaient faits, rien n'allait plus. Deux ans durant, père valeureux, bon petit soldat, Paul s'est escrimé à me convaincre de sortir : chercher un amoureux ou à défaut un ami, un compagnon, un père pour des enfants putatifs, et quand il a enfin, avec difficulté, compris, admis que je n'y tenais pas, que je ne parviendrais pas, infirme, à aimer, il a décliné jusqu'à tourner le coin.

Avant de partir, il m'a découvert la face cachée du monde : l'entrée de deux vieux amants dans une forme d'action directe – de conspiration perpétuelle, de guerre de position et surtout d'anathèmes – contre le désordre du monde, particulièrement la mise en coupe d'un urbanisme atomisé et séparé au service du Capital et non plus de la vie. Avec le goût de la vie, reviendrait l'acceptation de la mort naturelle. Avec le plaisir, la soumission aux épreuves.

Mireille et Paul ne dansaient pas seulement le tango. Ils s'aimaient, se lovaient sous l'arbre à palabres et leurs mots avaient fini par devenir des actes. Ils s'aimaient dans l'amour de la Cité, fragment d'un Tout qui n'avait rien de païen. Ils s'aimaient, refusant de *s'ennuyer dans la ville où manquent les temples du soleil.* Pas leur genre de se contenter d'*une chaumière et de deux cœurs.* Pour eux, *la liberté d'autrui étendait la leur à l'infini* et ils avaient souci, grand souci de la métamorphose de Piazzino en banlieue du Continent, à leurs yeux *une nouvelle Troie, qu'il convenait de défendre à moins de l'abandonner à l'incendie.*

TROIS

Ce qui était arrivé là-bas, à Paris, puis dans chaque ville de la Métropole, dans l'Europe entière, puis sur l'ensemble des cinq continents, advenait ici, en dépit de la glorieuse Sécession, au territoire qui avait donné au monde le doux nom de *maquis*, sans doute le mot de la langue française que, avec l'adjectif *coruscant*, Mireille préférait entre tous, leur était insupportable. Ils voulaient que mes enfants – avortons de limbes si splendides – naissent sur une île qui mérite encore ce nom d'île et pas dans une marina aux loisirs mercantiles vouée. Il était temps pour Paul, après la disparition de Mireille, de me transmettre le flambeau.

Des parents, on ne sait rien. Mireille n'avait pas toujours été cette femme excentrique, paraissant si sûre d'elle, cette grande gueule qui, avec autorité, jette un paisible non franc et massif à tout ce qu'elle hait de juger indigne de l'idée que de l'humanité – après tant d'autres, Eschyle, Sophocle, Virgile, Shakespeare, Corneille, Grabbe, Beckett – elle se fait.

Comme chacun, elle avait été une enfant sauvage et effacée, écrasée par le poids de l'autorité et de la doxa, prête à se rebeller mais ignorant, la nuit et le moment, la méthode, comme la forme et les contours que, de cette liberté belle, elle donnerait à ses sentiments, quand, un jour de demi-brume à Paris, comme elle gravissait la montagne Sainte-Geneviève, elle entra dans un café modeste où officiait une jeune femme blonde aux cheveux coupés court et aux yeux verts.

Le café, sans doute un café-concert, considéré le micro, était vide encore. La jeune femme demanda à Mireille ce qu'elle faisait, provinciale apeurée, oisillon tombé du nid, à la capitale. Quelques minutes plus tard, Mireille essuyait les verres à La Méthode, 2, rue Descartes, ignorant tout du lettrisme, de la volonté révolutionnaire de mise en situation de chaque instant et forme de vie, comme du nom et des œuvres de la plupart des auteurs et des figures dont les vers et la prose figuraient sur les tracts ou cartons qu'elle serait chargée de distribuer aux terrasses des cafés voisins. Particulièrement celui-ci :

Le vieux Paris n'est plus, la forme d'une ville
Change plus vite, hélas ! que le cœur d'un mortel…

Le poème de Baudelaire, que je ferais plus tard étudier, à chaque rentrée des classes, à mes élèves de seconde, constituerait le test de sélection des futurs inscrits aux clubs !

La lecture assidue et amusée des pubs détournées, composées par un certain Guy Debord et sa compagne et future épouse, Michèle Bernstein, la ravissante jeune femme blonde aux yeux verts qui l'avait « engagée », constitua toute l'éducation politique de Mireille. À l'image de son cœur, une éducation esthétique et sensible, une invitation à la remembrance et à la revivification d'un passé où la tragédie de l'homme se voyait adoucie par le commerce de la beauté, la convivialité, l'échange, le contrat amical, l'exactitude de la promesse tenue. Des presque rien qui donnaient à rire aux maos-spontex ou pas du Quartier latin, et aux intellectuels organiques, qui se préparaient des retraites dorées dans les universités et les maisons d'édition, après avoir chanté la Kolyma et les camps de rééducation de Mao Zedong, les mêmes…

Mireille aimait la chaleur, celle du Sud mais aussi celle de la vieille Montagne où les artistes, sur des airs d'autrefois, chantaient la révolte, antidote nécessaire aux maux d'hier et d'aujourd'hui, les mêmes toujours, la conscription, les amours mortes, la jeunesse évanouie et tutti quanti, la fin de la distinction, l'abandon progressif des valeurs de la féodalité, la mise en carte des langages, la volonté de supprimer l'invendable, le non-rentable, l'adieu à la beauté, à la grâce, au *duende,* la domestication sournoise ou forcée.

Aux côtés de Guy et de Michèle, Mireille découvrit, non pas « le bal du siècle » ou les dernières nuits du Palace, mais *la dernière fête de l'aristocratie,* au vieux quartier parisien du Marais. Elle connut la Fronde, apprit le nom de Gondi, le pseudonyme élu par Debord, lors de sa participation au bref « Conseil pour le maintien des occupations », les 18 et 19 mai 1968.

Sur un cahier d'enfant sage, de son écriture d'écolière appliquée, Mireille avait copié :

Florentie, l'idole de la Nouvelle Vague, après avoir coulé trois boîtes en 18 mois, Le Moineau-bistrot, Le Manouche et Le Mont-Blanc, s'installe maintenant à La Méthode, 2, rue Descartes, venez boire un coup avant que ça ferme définitivement.

Ou encore :

Le soir après 10 heures, si vous ne relisez pas Schopenhauer, vous êtes à La Méthode.

N'essayez pas d'entrer à Polytechnique mais en face, à La Méthode. Venez écouter Florentie, le guitariste de l'intelligentsia…

Souvent je l'avais entendue, sans en connaître l'origine, fredonner la chanson d'Alain Clavier, *Le roi blanc est parti à la guerre, sur l'échiquier disposant ses pions blancs, le roi noir l'a rejoint et à la fin d'aucun il n'était rien resté*, prélude au *Kriegspiel* qui hanterait Debord.

De ses dix-sept mois passés à La Méthode, il y a pire école, Mireille garderait le goût des murs de la ville devant être considérés comme tableaux d'affichage de manifestes, ce goût de la ville comme cabaret et foyer artistique, précurseur de changements nécessaires ou impératifs. Ayant, de longtemps, renoncé à la guerre de position, Mireille choisirait la guerre d'anathèmes.

J'ai repris le flambeau de l'avoir trouvé beau : exact. Et puis, à chaque fois que j'ouvrais la bouche, Mireille, la vieille, que l'Infâme avait estimé indigne de vivre, se tenait à mes côtés, droite et fière, son chapeau sur la tête, plus vivante que les zombies alentour, allant toujours sur les chemins tracés, à la file, si bien qu'on ne voyait jamais d'eux qu'une seule tête, la même toujours : attachée à bâtir bientôt un monde nouveau non plus sous mais sur les étoiles, masque à oxygène sur la face, oreillettes bien en place et doigt levé sur l'écran de leurs ordinateurs, comme leurs pères l'avaient tenu sur la couture de leurs pantalons. Foire aux cons, toujours la même chanson que seuls le poème et l'amour adoucissent sans jamais l'interrompre.

Atomisation, séparation m'apparaissent – *Rien de nouveau sous le soleil* – constituer les maîtres mots du processus d'une société qui modèle son décor, à chacun selon ses mérites, à son image. J'ai vu cette image et je l'ai trouvée laide. Aussi ai-je souhaité, à défaut de pouvoir l'effacer, faire apparaître en pleine lumière son abjection et son ignominie. Notre société mérite sa hideur mais je ne veux cesser de croire qu'en chaque enfant sommeille, *vita nova, mundus novus*, un acteur du changement; aussi mes cours, en discrétion – j'avais lu l'intégrale de « Champ libre », particulièrement Gracián et son éloge de la dissimulation, aussi Leo Strauss et tous les classiques de la subversion, Edward Sexby, l'Oiseau-Tempête, *Tuer n'est pas assassiner*; *De la guerre* de Clausewitz –, mes cours donc s'évertueraient à faire de chaque élève un acteur potentiel de ce changement si chèrement désiré et à défaut de métamorphoses visibles, je savais, si le grain ne meurt, semer au moins des germes de corruption au cœur d'un unanimisme chaque jour plus prégnant. Répugnant.

À chacun sa lubie, son *otium*! Leur combat devint mien. Le tourisme m'apparut comme le plus habile moyen de vider les villages et les villes de leurs peuples. *Soft power!* Plus fort que les camps de redressement et l'incarcération des intellectuels aux champs ! La nécessité de bousculer la monoculture touristico-hôtelière m'apparut chaque jour plus impérieuse. Mes élèves n'allaient pas tous finir larbins, hôtesses d'accueil, dames ou messieurs Pipi et tous n'allaient pas vivre aux abords de Bastia, Ajaccio, Piazzino comme Vénitiens et Parisiens, chassés des centres historiques, refoulés aux limen de l'Histoire, en ces cités nouvelles qui tiennent davantage du *Truman Show* que de l'urbanisme à visage urbain, de véritables no man's land, à moins qu'il ne s'agisse de villes nouvelles, ces villes d'artifice, nées d'hier, sans mémoire et sans profondeur, où toute dérive est désormais – balisage oblige – interdite au flâneur.

Il me fallait offrir à mes élèves la capacité de penser l'union du *capital symbolique* et du *capital civique*, leur restituer ce *droit à la ville*, unique et minimale liberté pouvant être exigée. Leur faire comprendre que la place Saint-Marc ou la Plaza Mayor valaient plus que le prix du terrain où monter ces horreurs prétendument nécessaires au développement naturel des sociétés. Il fallait sous peine de mort en finir avec cette furia d'innovation et d'adaptation de la ville aux nouveaux besoins artificiellement imposés à ses habitants. Incommensurable richesse du passé, offerte aux fils des hommes, dont les États modernes devaient avoir la charge de maintenir, pour que sapience et légitimité ne sortent pas des dictionnaires, à mesure où les multiples synonymes de profit et de vitesse les remplaçaient. Ma tâche consistait à faire de chacun de mes élèves des aborigènes, devant nécessairement tenir leur rôle, sur la scène du monde, en ces temps de menace planétaire.

L'écologie me fut la plus utile des armes, soutenue par le discours de chef Seattle, ci-devant chef de la tribu des Duwamish.

Libérés de la Métropole, nous étions à nouveau des colonisés mais des colonisés heureux, cons béats ou cocus magnifiques, dépouillés par l'argent même qui entrait dans les caisses de la municipalité et condamnés à n'être plus que les gardiens involontaires d'un parc de loisirs, dont nous ne touchions aucun bénéfice et qui obligeait ceux d'entre nous qui se refuseraient à la domesticité à prendre nos cliques et nos claques et à céder le terrain.

Je ne leur disais pas mais nous étions tous des mireilles en puissance, chassés un triste matin du minuscule paradis que chacun de nous s'était, bon an mal an, bâti. *Ego sum in Arcadia*, voilà ce que chacun de nous, *dehors devant la porte*, découvrait un jour ou l'autre mais eux – génération maudite – le découvraient à 20 ans.

Sans avoir commis aucun crime, chacun de nous se voyait, ANPR, expulsé et, avec nous, notre histoire, la mémoire des siècles : balayé comme vile poussière l'avenir de nos fils, et toute organisation politique devenue le seul bréviaire des guides, rubriques « temps passés » ou encore une simple notule, aperçue, *fast reading*, au détour d'une publicité pour un restaurant, sur deux lignes le nom d'une bataille, le décompte des morts…

L'histoire et le monde, devenus coquilles vides, hiers sans reliefs. Cela a un beau nom, *tabula rasa,* passé du vocabulaire des révolutionnaires à celui des publicitaires, des managers et autres misérables pauvres ères aux ordres des pouvoirs bancaires, lalalère…

La mer, espace à rêver, contempler en silence et en solitude, devenue, à l'instar des montagnes et des centres historiques, un site stratégique en vue de l'accumulation de richesses, nous était déjà confisquée, comme déjà nos sentes et nos routes, par les circuits de grandes randonnées, les chemins forestiers et les pistes cyclables.

Le pire ? Ces métamorphoses faisaient l'unanimité, recevaient l'approbation quasi générale de braves gens, qui ne voyaient nulle malice à partager leur merveilleux cadre de vie avec les pauvres citadins, sans comprendre que les prix des loyers et des terrains augmentant, ils deviendraient vite de misérables sous-cloches (clochards sans philosophie), parqués dans du béton, aux abords des cadres de vie que leurs parents ou eux s'étaient choisis, en amitié élective, et où désormais ils ne pouvaient plus, en dignité, survivre… Survivre signifie toujours vivre en compagnie de ses morts, eux aussi à présent réduits en cendres au mépris de notre tradition judéo-chrétienne et oubliés à l'instant même de leur départ. En l'absence d'ADN, personne demain ne saura plus que vous avez vécu.

Rompu le lien sacré entre les vivants et les morts, le ciel et la terre, le soleil et la lune, le réel et l'espace mythique, ne demeurerait que le profit immédiat sans contrepartie. Ni masque ni filtre. L'inconvénient d'être né soudain mis à nu, chair à vif. Le travail inauguré par le marxisme – planification et organisation – appliqué au capitalisme et à son plus puissant allié, le divertissement.

Que Mireille et Paul, Michèle et Guy et leurs camarades ne meurent pas tout à fait ! Que, Jeux faits, demeure toujours sur la piste sanglante une cocarde rouge attendant le cœur pur qui la ramassera, l'exhibera fièrement dans la grisaille du jour au creux de sa chemise… Ni plus ni moins. *Contra spem in spem.*

Les plus sots de mes élèves se refuseraient à rien entendre à mes discours, persuadés qu'il n'existait qu'une manière d'*être de son temps, aller de l'avant*, surtout n'imaginaient pas leurs étés sans la cargaison sans cesse renaissante de *meufs et de keums à pécho*, de fêtes, de concerts et de jeux. De la société du loisir et d'elle seule, ils se voulaient les fils et prétendaient ainsi, eux, les ploucs nés dans un si petit village, appartenir au Monde.

Et puis le tourisme avait apporté le McDo, le casino, les boîtes de nuit : la vie à Piazzino. Demain avec l'aéroport : l'ouverture ! Et pourtant, chers élèves, les McDo sont les mêmes à Bangkok et à Piazzino, comme le jet-ski et la pêche sous-marine, comme les musées d'art contemporain. Peine perdue. Je notais leurs copies entre 11 et 12 quand ils comprenaient le sens général du texte, surveillant l'orthographe, et les menais, avec conscience et tristesse, aux postes managériaux tant convoités : directeur d'hôtel, responsable marketing ou commercial. Les plus habiles finiraient directeurs des ressources humaines. Les autres inventeraient des logiciels toujours plus performants, maintiendraient, le temps qu'ils changent, les programmes en place et veilleraient à leur sécurité, avant de se faire éjecter du circuit, à l'âge canonique de 40 ans. Le dernier tiers renouvellerait la haute tradition française du porte-coton.

À voir leurs mises, tatouages et maquillages et les accessoires aussi indispensables que pain et eau dont ils se chargeaient en permanence : leurs téléphones portables et leurs casques d'isolement sensoriel, j'entendais le bruit de leurs chaînes tintinnabuler désespérément à mes oreilles et résistais mal à l'envie de leur hurler : *Moins que zéro, vous n'êtes que des moins que zéro, si vous disparaissiez, personne ne s'en apercevrait*. Ilotes, réveillez-vous !

À défaut, j'écrivais la nuit sur les murs de la cité perdue.

La star de mon écurie – hasard ou nécessité ? – s'appellera Gilles, du nom de ce troubadour, compagnon du diable, que Debord aimait tant, interprété, sous *une* occupation, par Alain Cuny, dans un admirable film du non moins admirable Marcel Carné dont Mireille m'avait tant rebattu les oreilles qu'à l'aube des années 2000 j'imposai encore au ciné-club – pour ceux d'entre les élèves qui voulaient bien s'y rendre – de visionner des films en noir et blanc. Je leur contai sans me lasser jamais le fiasco du plus beau film de Carné, *La Fleur de l'âge*. Ce film dont les bobines ont disparu narrait la véridique chasse à l'enfant, qui avait eu pour cadre l'île enchanteresse de Belle-Île-en-Mer, où des internés de 10 à 21 ans, las d'injures et de sévices, s'étaient enfui fin août 1934 avant d'être tous retrouvés. Vingt francs par tête de pipe, à l'époque n'était pas rien.

Moi qui goûtais d'ordinaire assez peu Jacques Prévert, je leur apprenais chaque année la chanson – ou poème, la même chose –, composée pour le film. Ici, pas de litote. À bon entendeur nul salut et les mots *gendarme*, *touriste*, *rentier* et *artiste* accolés à cette chasse à l'enfant, pour moi, avaient la couleur de la chasse au vieillard.

J'imaginai Mireille en compagnie d'un de ces petits vagabonds, toujours le même, le Rémi de *Sans famille*, empêchés de se cacher dans la maigre végétation de l'île, rattrapés par la meute hurlante des Heureux du monde. Elle, ma mère, mon égérie, mon amour, molestée d'un vigoureux coup de pied au visage, achevée à coups dans les reins et les côtes, et l'enfant, traîné par les cheveux, battu, enchaîné au cachot, je voyais leurs admirable visages couverts de sang et de crachats et, à mes élèves, je transmettais chaque année le dégoût d'une humanité capable d'un tel forfait, aussi la certitude que leur addiction aux biens matériels conduisait immanquablement un jour ou l'autre à la chasse à l'enfant, au massacre du vieillard, comme un idéal-type souterrain et pourtant destinal :

Bandit ! Voyou ! Voleur ! Chenapan !
Au-dessus de l'île
On voit des oiseaux
Tout autour de l'île
Il y a de l'eau

Bandit ! Voyou ! Voleur ! Chenapan !
Qu'est-ce que c'est que ces hurlements
Bandit ! Voyou ! Voyou ! Chenapan !
C'est la meute des honnêtes gens
Qui fait la chasse à l'enfant
...

Le réalisme poétique selon Carné avait accompagné Debord vers son destin. D'autres le suivraient. Debord s'était rêvé Lacenaire, le dandy assassin qui fit pâlir le boulevard du Crime; Gilles, l'émissaire du diable; François, l'ouvrier du *Jour se lève*; Pierre, encore enlaçant Renée, devant l'Hôtel du Nord, avant de fuir, loin du canal, la misère et la peine. L'injustice toujours intolérable, je ne saurais moi non plus la tolérer.

L'écart entre la possible beauté du monde – les fleurs de la petite Ida – et la violence effective causée au citoyen – *classes laborieuses, classes dangereuses* –, au dissident, au pauvre fou sous électrochocs, insuline et camisoles diverses, et enfin à chacun, citoyen-consommateur, touriste culturel, beauf campineur, jeune sportif éclatant de santé et de bonheur, vaincus béats de la *start-up nation*, me lèverait le cœur, sans que je n'eusse jamais la force de m'en détourner, fermer la petite barrière de mon jardin pour écouter couler le robinet d'eau tiède du monde-qui-va-mieux.

En 1934, au bagne ou « colonie » de Belle-Île, étaient principalement internés des enfants vagabonds, des malchanceux dont les parents n'avaient, pour eux, jamais de pain d'avance, parfois des gosses de 3 ans considérés comme « difficiles » par des mères trop jeunes ou trop occupées – souvent isolées –, des petits voleurs à la tire, des chats bottés si maigres que de leurs peaux déjà tannées on n'aurait pu tirer qu'un manchon, des petits poucets livrés à une mort précoce et certaine, mineurs traités comme bandits d'Alcatraz dans une île aux plaisirs et au fric vouée. Sans doute pour cela que je n'ai pas supporté la mise à mort de Piazzino comme beaucoup supportent, continuant de s'y rendre, la mise à mort de Venise, des îles grecques ou catalanes, de Majorque et j'en passe. Heureusement qu'à Zabriskie Point la température excède les quarante degrés en été.

Le tourisme est ce *Visiteur du soir*, ce diable sublimement interprété par Jules Berry, qui fond un soir d'automne sur le plus beau des lieux, pour l'asservir à sa folie, le feu éternel dûment remplacé par la furie de l'or jusqu'à ce que des riches heures du château rien ne demeure. Tant que je vivrai, je me voudrai le cœur battant de Piazzino…

J'en étais là quand mon frère s'est manifesté.

Mon frère m'appelait.

Ghjuvanni vivait dans une île encore peu connue des guides touristiques, quoique l'avion déjà y conduisît. Là que j'ai souhaité fuir, à dix mille kilomètres, mon paradis martyrisé, mutilé et perdu.

Je suis arrivée trop tard. À temps seulement pour recevoir ses cendres.

Je suis entrée dans la petite et douillette maison de bois et sans prendre le temps de délacer mon manteau, apercevant l'enveloppe à mon nom, je l'ai saisie, l'ai décachetée.

J'ai lu et su :

Ghjuvani à Davia

Chère Davia,

Je sais que tu viendras…

Tu m'en veux, je comprends et souscris à ta tristesse. Il m'était simplement impossible d'agir autrement. Je sais depuis quarante ans qui a tué nos parents mais il y avait Maman, notre pauvre et tendre mère, complètement dépassée, hâve et folle de tristesse, n'arrivant plus ni à se nourrir ni à parler, bien décidée à descendre du train, et toi, si lumineuse, merveilleuse jeune femme en devenir, aux côtés de la chère toquée dont la rencontre t'avait métamorphosée, et l'extraordinaire monsieur Paul, cet homme taiseux, sans mémoire et récit, qui m'aura, sans qu'aucun de vous n'y prît garde, servi de modèle. En dépit du respect et de la vive tendresse que j'éprouvais envers notre père, son absence de fantaisie, sa volonté contractuelle en quelque sorte, sa posture résolue d'honnête fonctionnaire m'empêchait de l'admirer pleinement. L'arroseur arrosé, sa tiédeur aura été vaincue par la chaleur de l'Adversaire… Enfin voilà ce que l'enfant que j'étais ressentait confusément.

L'auteur du crime ? La raison de ma fuite ? Sa nécessité ?

Je sortais de l'école, courant vers la lagune comme chaque soir, pressé de m'isoler, jouir, après une journée de vacarme et de paroles, du murmure du ressac et des cris des oiseaux, dans le bleu du ciel, quand j'ai vu, de mes yeux vu, le commissaire Jurieu – le chef de la police – en grande conversation, devant un hangar à bateaux, avec Nico, ce pauvre employé municipal, occupé de cent tâches diverses toutes plus honorifiques les unes que les autres : du ramassage des ordures à la collecte des cadavres, lui qui aidait les fossoyeurs quand la concession arrivait en fin de droit et qu'on jetait les sans-famille ou ceux des familles qui s'en foutaient à la commune. Parfois, le laissé-pour-compte surveillait les cantines les jours de grève ou l'étude du soir, quand quelqu'un manquait, aidait encore aux cuisines, bref, illustrait le nom d'*homme à tout faire* ou d'*homme de peine*, masculin de *boniche*, payé et considéré comme tel.

Une figure intéressante ce Nico. D'origine russe, il avait les pommettes et la dégaine princière des premiers arrivants, ces chauffeurs de taxis dont l'énigmatique beauté bouleversait les dames du monde, dans le Paris de 1917. Avant qu'il ne se mît systématiquement à boire, il avait dû être sacrément canon, parvenant encore à paraître élégant dans la mystérieuse hideur des uniformes municipaux. Certains prétendaient qu'il avait été mannequin dans sa jeunesse et lui prêtaient des liaisons passées avec des stars oubliées. Nous ne lui avons connu que ce visage d'épave grandiose, d'ange déchu et de serviteur zélé.

À la vue de Jurieu et de Nico, accroupis dans un hangar à bateaux, je ne sais pas ce qui m'a pris, une terreur irraisonnée s'est emparée de moi. La sueur s'est mise à ruisseler de mon cou, m'inonder le dos. Mes mains tremblaient, mon cœur tonnait sous mes côtes. Deux jours plus tard, notre père et ses camarades étaient assassinés.

Jurieu !

« L'assassin mène l'enquête. » Pour être connu, l'air n'en est pas moins des plus efficace. Jurieu ! Moi qui étais fille, je n'avais, contrairement à mon frère, pas eu la moindre intuition. Avec honte, je me souviens d'avoir accepté de bonne grâce ses *condoléances attristées*, ses sourires compassionnels et ses mots doucereux : « Mon petit, si tu as besoin de quoi que ce soit… », tout ce verbiage obscène, ce tralala propitiatoire, qu'aux orphelins les repus toujours prodiguent sans compter.

La lettre continuait.

Je ne pouvais en aucune façon, moi, Ghjuvanni Colonna, 10 ans, incriminer Jurieu, vingt ans de maison !

Craintes, sueur et tremblements d'un gamin imaginatif et traumatisé – on le serait à moins – ne prouveraient rien. Nul, excepté Mireille et Paul, ne m'aurait entendu. Je t'aurais mise en danger, Mireille sur l'heure, partie sur le champ de bataille. Inutile de faire la guerre, certain de la perdre.

Considéré la situation, le plus simple était de faire ce que je fis : partir, te laisser grandir en paix, en sagesse et en joie, malgré tout, auprès de ceux qui te tiendraient lieu et de mère et de père. Pour moi la messe était dite. En une nuit, la douceur et la beauté du monde s'étaient échappées pour jamais, faisant de moi l'homme que je deviendrais.

Ne crois pas, chère Davia, que je ne t'ai jamais abandonnée. Paul m'avait demandé, en échange de son soutien actif à convaincre Mireille de m'envoyer au Prytanée, de lui donner, chaque semaine, des années durant, des nouvelles et tu trouveras dans le tiroir de droite du bureau où tu te tiens, je le sais, attablée, lettres et photos de Piazzino. Toutes me parlaient de toi, de tes succès scolaires – j'ai même lu ton doctorat, sacrément brillant ! J'ai suivi tes changements de coiffure et de look, les espoirs de Paul de te voir t'amouracher de Marcello ou de Benoît, tes mots d'enfant, d'adolescente, de femme. De Piazzino, j'ai tout su. Sa déchéance, vos combats. C'est moi qui, de nuit, suis venu donner la main à l'incendie du golf. En mission en mer, j'ai nagé jusqu'à l'embarcadère avec deux camarades de ma section.

Je te savais protégée, arrimée à la plus merveilleuse des familles, et je ne voulais pas t'arracher à toi aussi la promesse de l'aube. J'ai longtemps songé à assassiner Jurieu mais Paul m'a convaincu de ne pas gâcher le peu de vie et de joie qui m'étaient demeurées pour un moins-que-rien. Nous devions patienter. Un jour, pour un trafic, une enveloppe, une saloperie l'autre, il se ferait coincer.

Pour cela que j'ai accueilli Angèle comme le Messie soudain descendu ou revenu. Comme l'ange de la Justice.

Je lui montrerai la lettre de mon frère, les lettres de Paul, qui toute sa vie, en patience, avait noté les allées et venues de Jurieu. Il était vieux mais la justice est un plat qui se mange froid, et je me réjouis fort de l'imaginer mourir seul, loin des siens, dans une infirmerie de prison ou même assassiné, sale flic-police-milice-flicaille-racaille, par un de ses codétenus, sans qu'aucun des miens n'ait, pour une pareille ordure, enfreint le sixième commandement ! Sotte, sur le moment, j'avais oublié la loi de prescription, trente ans seulement pour un crime de sang. Trente ans seulement pour des dizaines de vies gâtées.

Ma fuite à Lanyu avait donc un sens !

Gilles, se sachant surveillé et m'ayant averti par WhatsApp de la possible arrivée de l'inspectrice, il me sembla que Dieu-qui-n'existe-pas ou quelque ange bienveillant se soit, après de si longues années, décidé à se manifester. En effet, Gilles n'était pour rien dans le sabotage du chantier. Le moyen, pour un intrus, d'entrer dans ces forteresses sécurisées où un badge est exigé à l'entrée du portique, et le chantier, équipé de caméras prêtes à déclencher les sirènes à tue-tête en cas d'intrusion étrangère, mais ce sabotage et ses terribles conséquences, quarante-six morts, nous arrangeaient, évinçant de l'enquête la seule personne qui jamais eût soupçon de nos innocentes activités.

Quand le monde devient froid, il faut bien le réchauffer, au bois de *l'Haçienda*, au rire du vieux Daudet.

En possession des lettres de mon frère, Angelini pourrait confondre Jurieu. Du moins s'y risquer. Jurieu, désormais à la retraite, n'effrayait plus personne et ses victimes – ceux qu'il avait intimidés, rançonnés, fait chanter – devaient être légion. L'heure marquée du festin de la vengeance raisonnée approchait en toute légalité et j'imaginais qu'après tant de fiascos la gendarmerie de Piazzino ne serait pas mécontente de redorer son blason.

Aussi attendais-je l'inspectrice Angelini de pied ferme, le cœur à nouveau rempli d'espérance.

C'est demain, cher Oreste, demain qu'Électre achève le cycle infernal, demain qu'Iphigénie et Agamemnon seront vengés et ta sœur libérée ! Demain, je pourrai vivre ! Aimer peut-être ?

Tu sais tout ou presque, ma chère, très chère sœur.

Rien à signaler, enfin rien de notable. À l'image du ressac, celle de ces vagues, perpétuellement en mouvement sur ce cliché que j'ai tenu à t'envoyer chaque année, à date fixe, la date de la mort de notre père, une succession d'images d'Épinal, imposées par les circonstances et les lieux. Au Prytanée, j'ai rêvé de service et d'aventure. À l'armée, j'ai servi et me suis aventuré en terres lointaines. De ces quinze années de maintien de l'ordre au-dessus des volcans, ne subsistent que le sentiment d'avoir trahi chacun des harkis de toutes les guerres civiles, abandonnés à la raison politique, et l'impression désarmante d'uniformité des paysages et des jours. Non que je n'ai pas été çà et là saisi par la splendeur de la nature, de visions de déserts renversantes ou de tempêtes plus-cinématographiques-tu-meurs mais, des cités et des guerres traversées, ne m'est demeuré qu'un goût d'inachevé, une sensation de déjà-vu.

L'armée n'a pas entièrement répondu à mes attentes. J'ai fait ma vie, pris un plaisir extrême dans la compagnie de mes camarades et résisté à la tentation de m'attacher jamais, sachant devoir partir, haï de tous, au nom des intérêts supérieurs de la Corse, comme hier de Birmanie, d'Inde, les SOS et les SAS, d'Algérie et d'Afrique, au nom des intérêts supérieurs de la France, de l'Angleterre, des USA. Rien de nouveau sous le soleil, l'homme balancé par le ressac… à l'infini.

Tout homme, à son tour, entonne un nouveau couplet de la chanson des Anciens : prescription d'Évangile, Fais ce que dois sans rien exiger en retour, telle est la loi de tout amour, mon amour.

J'ai ramassé ma maigre solde et suis parti naviguer, suivant l'étoile, chaque jour plus pâle. Au voyageur, tout est spectacle et seulement spectacle, qu'il ne saisit qu'à demi. J'ai aimé ou cru aimer, ce qui revient au même. J'ai été trompé, j'ai trompé. Et de tous ces frottement de chair, de ces mille étincelles de désir, rien n'est demeuré où aucune créature de chair et de sang n'a surgi. Figuier stérile, je mourrai, sans avoir gravé aucun visage de sable à ma ressemblance sur aucune plage. Fin du coup, toi non plus. Les Colonna vont mourir que nos ancêtres avaient crus éternels. Rien d'autre. Ma vie s'était bel et bien achevée, un soir d'avril, devant un hangar à bateaux.

Je te lègue, Davia, ma tant aimée, ma fragile maison de bois du bout du monde, mon amour indéfectible de frangin inutile, quelques bijoux artisanaux achetés pour toi que je n'ai jamais osé t'envoyer. Je les réservais pour ton mariage, la naissance de chacun de tes enfants. À Mireille, je destinais une couronne d'argent et de perles des îles, que je n'ai pas davantage expédiée. Je m'imaginais vous les porter un jour mais ce jour n'est jamais venu. La vie s'est écoulée, étale, sans occasion, ni fête. Morne, lente et rapide à la fois. Une seule satisfaction, avoir été avant de disparaître, à défaut d'être singulier, utile.

Pardonne-moi, ma sœur, ma très chère sœur, d'être un homme d'un autre temps, moi qui ai fui Piazzino pour que tu vives légère, aux limen de la joie et non dans le tourment et l'écœurement de la vengeance qui tarde.

Tu rencontreras Lamen, ma dernière compagne. Inutile de te demander de lui faire bon accueil. Sa présence, celle d'un chat d'appartement, a adouci mes dernières années. Sans doute est-elle celle que j'ai enfin aimée, la nymphe au cœur fidèle, privée de la capacité d'être mère et pour cela rejetée par sa communauté. Ne me demande pas, je te prie, de quel mal je me meurs. Sache seulement que je me devais de devancer l'appel pour ne pas condamner la douce Lamen à me regarder, impuissante, souffrir et disparaître sous ses yeux.

Tu sais tout. Le reste n'est qu'écume.

Ton frère, par-delà l'absence et à présent la mort,

Ghjuvanni

QUATRE

Enfin Angèle vint.

Moins de deux semaines après l'arrestation de Jamal, elle sonnait à ma porte après être passée au DoDoWu hôtel, le moins cher de l'île, déposer ses bagages. Je la priais d'entrer et fus surprise de la trouver moins ordinaire et moins obtuse que ne l'avait jugée, avec toute l'arrogance de la jeunesse, Gilles. Blonde, déjà à demi poivre et sel, les cheveux coupés court, de taille moyenne, mince et musclée, le regard vif et pourtant gris, un peu garçonne en ses manières, vêtue très simplement, à la façon des voyageuses de notre temps : pantalon cargo kaki et pull à col roulé noir, une banane à la taille et chaussée de baskets montantes, la quarantaine épanouie. Le voyage avait dû lui paraître long. Elle avait les yeux cernés mais, craignant que le jet lag ne l'empêche de dormir, elle avait préféré venir au plus vite. Le jour tombait…

Angelini à Robaglia

Cher Robaglia,

As-tu jamais entendu parler de Lanyu ? Une petite île de l'archipel de Taïwan. Là que réside, non pas la principale suspecte de l'attentat du golf, mais Davia Colonna, l'unique personne susceptible de nous permettre de nous approcher de la résolution de *l*'enquête. Je ne sais pas ce qui m'a pris de ramasser mes économies et de m'offrir un billet pour un vol longue distance : vingt heures avec escales – c'est moins cher –, sans oublier les deux heures Ajaccio-Paris et une heure dix pour, de Taipei, atteindre l'île des Orchidées, admirer son aéroport en forme de pirogue, constater le développement planétaire de la monoculture touristique, si violemment vilipendée par Gilles et son maître à penser. Enfin, j'ai rejoint la côte, trouvé avec peine, mais les Austronésiens sont civils, la demeure de Davia, enfin celle de son frère, feu Ghjuvanni Colonna.

Une journée durant, en plein ciel, j'avais combattu la certitude de m'être comportée comme une folle. Si Davia refusait de m'ouvrir sa porte, de m'adresser le moindre mot ? Quelle idée de n'avoir pas prévenu de mon arrivée ! Pur délire d'entreprendre un semblable périple, sans certitude d'être reçue et de glaner la moindre information ! Puisqu'il s'agissait de vacances forcées, j'aurais mieux fait de me rendre à Buenos Aires, cette ville dont je rêve sans raison précise, certaine qu'elle saurait contenter le furieux désir d'anonymat et de dépaysement qui me taraude depuis ma mise à pied.

Arrivée devant la petite porte bleu des mers du Sud, je n'ai pas eu besoin de frapper. Elle était ouverte et il m'a suffi de pointer mon visage dans l'entrebâillement pour entendre « C'est vous, Angelini ? Entrez. ».

Quelqu'un l'avait prévenue, le téléphone austronésien. Pas eu le temps ni l'envie de la questionner. La Colonna avait la situation en main et ne tenait guère à la lâcher.

« Asseyez-vous et taisez-vous, je déteste qu'on me parle quand je cuisine. Lisez… »

Je sais depuis quarante ans qui a tué nos parents mais il y avait Maman, notre pauvre et tendre mère, complètement dépassée…

« Jurieu !
– Patience ! Voulez-vous boire quelque chose ? Bière ? Whiskey ou limonade ? »

Je voulais bien un whiskey.

Jurieu !

Sa piscine, les robes haute couture de sa trop jeune épouse, la « Karen » de l'ignoble « Kevin » : Jurieu ! Qui d'autre ? L'ordure ! Pas un moment, Robaglia, je n'ai mis en doute la parole de cet enfant.

Jurieu !

Je revoyais l'étrange et désagréable personnage, son collier de barbe propret, ses chaussures jaunes de maquereau rital, ses petits yeux gris sale qui toujours se dérobaient, sa haute taille, ses pantalons grotesques, taille haute eux aussi, et son ventre de batracien, dont aucune de ses interminables séances en salle de gym ne venait à bout, et cet air de contentement de soi, cette faconde infecte, le trop-plein de paroles, tour à tour doucereuses et violentes, toujours insincères, dégoulinant de sa bouche, et j'entendais son ton péremptoire : « Nous avons suivi toutes les pistes possibles, sans succès » de cet air entendu qui sous-entend « L'échec, ça nous connaît, nous, les flics ! ».

Comment toi et moi, Robaglia, pourrions-nous admettre faire partie de ce « nous », en semblable compagnie ?

J'ai prié Davia de m'indiquer l'emplacement des couverts et j'ai dressé la table pour deux, quand elle m'a reprise : « Pour trois, je vous prie. »

Lamen, la compagne de son frère, une femme au teint mat, sans âge et pourtant de ces beautés fanées qui indiquent le deuil librement consenti de l'éclat et de la joie, s'est jointe à nous. Incapable de suivre la conversation en français, elle a mangé, à son rythme, sans s'occuper de nous, le délicieux plat de poisson aux légumes et au riz parfumé de je ne sais quelles épices incroyables, m'a saluée avant de s'en aller, comme le chat qui s'en va tout seul abandonne la main qui l'a nourri, sans autre forme de procès, pour entrer dans la nuit.

Davia ne ressemble pas du tout au portrait que nous avions esquissé, à l'idée que je m'en étais forgée. Je la croyais idéologue. Elle est drôle, très drôle. Je la croyais tranchante, assertive. Elle est pince-sans-rire. Je la croyais sérieuse et guindée. Elle est tour à tour séduisante et odieuse, bien moins froide que dans notre souvenir, il est vrai lointain. Elle aurait dû faire du théâtre !

Je la croyais pur esprit, c'est une femme en chair et en gloire merveilleusement incarnée.

Je comprends mieux la fascination de Gilles et de Zoé, que je n'ai pas eu le temps de rencontrer avant de me faire jeter. Je vais rester ici quelques jours, accepter l'invitation de Davia à demeurer chez elle, écouter la belle histoire de Mireille et de Paul, la vieille fugitive du programme des Jeux sont faits et son amant, ses parents de substitution, découvrir cette île du bout du monde, y marcher et m'y ressourcer, avant de rentrer coincer Jurieu et retrouver mon honneur, ma plaque et mon flingue.

Ta Demona, de retour sur le sentier de la guerre. Forza Piazzino !

CINQ

Je l'aime bien, l'Angèle, une personne, selon mon cœur, roide dans ses baskets, obstinée et de bonne volonté, la juste personne à sa juste place. Elle est curieuse de tout ce qui touche à Piazzino et pressée de dissoudre le mystère qui entoure les attentats successifs, c'est mon homme !

Je m'étonne presque du plaisir que je trouve à sa compagnie. Sans doute l'aura de sa profession, cette impression de vivre avec un auteur de polar ou d'en devenir un en sa présence. Son regard me plaît, l'attention portée aux détails et l'imaginaire toujours en mouvement. Je n'avais jusqu'ici jamais songé qu'être flic exigeait de conserver une âme d'enfant, celle de Claude, la cheffe du Club des cinq, l'esprit de Quichotte, toujours à scruter les moulins et y voir des ennemis, à se figurer princesses des paysannes et à deviner en chacun un meurtrier. Je n'ai pas envie qu'elle s'en aille et découvre n'avoir pas tant goûté cette solitude que je me suis, en souvenir de mon frère, si sottement imposée. Envie d'enseigner à nouveau, pas forcément à Piazzino…

Envie d'action, de vie nouvelle.

Et pourtant, il faut qu'Angèle démasque Jurieu. Il doit savoir que nous savons. Que mon frère savait, a toujours su : se découvrir vulnérable. Il faut que la bête meure.

Robaglia à Demona

Demona !

Ma chère, très chère Angèle !

Tu mérites pleinement tes noms, toi qui sus, d'un regard, déchirer le cœur de la froide Milady Colonna, résoudre le mystère de l'incendie du golf, celui de la nuit bleue de Piazzino ! Hurrahs et vivats ! À toi, ma jeune consœur, les oreilles, la queue et le tour d'honneur à bras d'hommes ! Forza !

La terroriste était une enfant perdue et le petit Ghjuvanni, la cible qu'en vain, dans la nuit de Piazzino, nous avons traquée. Arrivés en barque, lui et ses hommes-requins n'avaient pas accosté, d'où l'absence d'indices, seulement rejoué le plasticage du pont de la rivière Kwaï sous une autre latitude !

Haut les cœurs ! Nous aurons, je t'en fais la promesse, la peau de Jurieu, fiers et heureux a posteriori d'avoir, toi et moi, par manque de rigueur et surtout d'imagination, raté les Colonna, qui ne méritaient ni poursuites ni opprobre.

Tout est grâces.

Toi, mise à pied et ton ami, à la retraite, sommes désormais libres d'exercer notre droit au cas de conscience de l'officier, notre droit de retrait. Libres de nos mouvements. Le mien de mouvement, dès que j'ai reçu ta lettre, a été de m'adresser à mon copain G. des services financiers : au bon Dieu plutôt qu'à ses saints, lequel a immédiatement collé un audit à Jurieu.

Pas Al Capone certes, mais rien ne vaut un bon contrôle fiscal, en guise de prélude à toute enquête, toute action en justice. Jurieu s'est avéré le plus formidable des clients.

Sa fortune, colossale pour un fonctionnaire, comme nous le soupçonnions, ne vient ni de ses émoluments ni de sa famille et encore moins de son horrible femme, ta Karen, née Martine Mochot, une hôtesse ramassée dans un caniveau de Marseille, du temps où il traquait la Brise de mer et ses satellites continentaux. Ici, elle jouera, éternelle victime en dépit de ses mouvements d'humeur et de son caractère de mégère, le rôle d'envoyée du destin, de prêtresse de mort.

Sans pouvoir le prouver encore, il semble que Jurieu fasse partie d'un gang rival de la Brise de mer, une discrète et modeste société, principalement composée de politiques, de flics et de basochards en tous genres, juges et bavards.

Le ver est dans le fruit où le coupable a charge de la cité. Notre beau pays, où le taux de meurtres par habitant dépasse celui de la Sicile, l'antique berceau de la mafia, constitue le plus parfait parangon des exorbitants pouvoirs des pieuvres. Difficile d'admettre détenir le record d'Europe en la matière et pourtant, les chiffres sont les chiffres, et les chiffres – comme la terre, n'est-il pas ? – ne mentent pas. Juges et flics corrompus, la chanson, pour vriller les oreilles, n'en est pas moins connue et de longtemps les mafieux, infiltrés dans les rangs et les ruelles du pouvoir, ont donné la main aux crimes. Qu'ils retardent les mises en examen, égarent des pièces à conviction et des preuves, à moins que, mirifiques prestidigitateurs, ils ne les escamotent tout bonnement.

La mafia a ce don de faire, de chaque place, un pays merveilleux où dans le cas, rarissime, où l'instruction se poursuit, les portes des prisons s'ouvrent et les prévenus s'évanouissent dans la nature, retournant, qui à son bordel marseillais, qui à sa salle de jeu et qui encore dans les rangs lucratifs de la French Connection, sans cesse démantelée/remantelée, agonisante toujours ressuscitée, à moins qu'elle ne se spécialise dans le trafic d'armes et crée confusion générale, quand un nationaliste soudain se voit convaincu d'avoir vendu des armes à un gauchiste ou à un terroriste islamique. Une seule idéologie, le pouvoir de l'argent. La pieuvre sert aussi, a contrario, à condamner sans preuve un innocent, arguant de son appartenance, difficile à prouver, à une mafia, une autre… Plus fort que la calomnie, le pouvoir du secret !

Jurieu est un type étrange et ton amie Davia sera étonnée de savoir qu'il a personnellement émis, le premier, l'idée d'accueillir les vieillards du Continent après la Sécession, et que l'argent sale a servi à loger, nourrir et vêtir ceux qui ont surgi, nus, sur nos rivages.

Le Jurieu, Albert de son p'tit nom, était fils d'un douanier de bonne race, incorruptible, un hapax, et de surcroît résistant de l'aube, abattu, quinze ans plus tard, en 1960, par un joli spécimen de salopard, ex-gestapiste passé in extremis dans la résistance à la libération de l'Île, qui n'a jamais, réfugié au Vietnam où il trafiquait l'opium, été arrêté. Madame Jurieu mère n'a pas plus que la pauvre Ana Colonna fait face et Jurieu a élevé avec courage ses frères et sœurs. Ici, s'origine sans doute l'unique combat, l'unique acte respectable et seul viatique à emporter autre-terre.

Pour le reste, le bilan du psychiatre, appelé après sa mise en examen, fait état d'insensibilité, d'avidité et de volonté de vengeance. Comme chez nombre de psychopathes, l'enfant en lui refuse de céder sa place à l'adulte et ne supporte aucune contradiction. Et puis l'enfant s'étant construit sans père, l'homme use de logorrhées comme pour affermir un discours paternel dont il serait désormais, en absence, dépositaire. Les Jurieu n'ont pas d'enfants. Les risques du métier ! Les anciennes respectueuses, air connu, matrices déglinguées par l'abus d'avortements et de salpingites à répétition, perdent à trop séduire le pouvoir de se reproduire.

Davia, qu'elle me pardonne, sera fort étonnée de découvrir le mobile de l'assassinat de son père et de ses camarades.

Rien de politique !

Parmi les victimes, on dénombra un certain Cesare Renucci, blondin de 20 ans, étudiant en sociologie inconnu des services de police. Joli cœur, il avait eu le malheur, le soir de la Saint-Érasme précédente, de serrer d'un peu trop près la Mochot, surtout il lui avait plu au point que la dame, le plus souvent accaparée par ses séances hebdomadaires de yoga, pilates et magasinage, les avait dédaignées et l'avait invité à venir la rejoindre dans certain cabanon du rivage.

Au lieu de s'en expliquer avec sa chair-épouse, Jurieu, maître de céans et propriétaire exclusif du terrain, a cherché le moyen de se venger de son infortune mais aussi de terroriser la coupable : dissuader l'épouse adultère de jamais remettre le couvert, lui offrant sur un plateau d'argent, non pas seulement *la* tête de Jean-Baptiste mais dix têtes, obligeant la misérable créature à passer chaque matin, se rendant en ville, devant le monument dédié à son péché.

La chose, pour être exceptionnelle – de mémoire de police –, s'était déjà vue. Les Canadiens Gilles Carle et Denys Arcand en avaient fait chacun qui un film, qui une série.

Albert Guay, bijoutier montréalais, avait imaginé de placer une bombe dans un petit avion que devait prendre sa femme, Rita Morel. Ici, le mobile n'était pas un crime d'honneur, le substitut de la lapidation exigée de la femme adultère mais le simple et bien compréhensif désir de se débarrasser d'une régulière devenue encombrante et de toucher l'assurance-vie, prise, le matin même, en son nom – on peut être méchant et con –, afin de convoler en justes noces avec une serveuse de restaurant de 17 ans, déjà installée au domicile de son associé et complice, celui qui persuada Rita de se rendre à Baie-Comeau. Bilan : vingt-trois morts, dont Rita ! Vingt-deux *innocents* québécois et américains ! Il eût été plus cocasse encore, je te le concède, que Rita manquât l'avion… Enfin, le crime était presque parfait, le Montréal-Baie-Comeau, devant, suivant le parfait minutage de l'engin, s'écraser dans le Saint-Laurent, empêchant les enquêteurs de trouver aucune preuve. Justice n'advint que par la grâce d'un retard de cinq minutes au décollage, qui permit aux enquêteurs d'examiner des débris rejetés sur la terre ferme.

L'affaire en 1949 fit grand bruit. Il s'agissait du premier attentat à la bombe de l'histoire de l'aviation civile.

Six ans plus tard, un copieur récidive dans le Colorado, butant de sang-froid quarante-sept personnes pour se débarrasser de sa mère et toucher l'assurance-vie, imprudemment prise sur sa tête « en cas d'accident aérien ». Les malfrats nous prennent vraiment pour des brêles…

Dans le cas de Jurieu, ils avaient raison ! Le commissaire Jurieu avait fait fort avec cet attentat, qui le montre aussi fidèle en amour qu'il l'a été à la mémoire de ses parents !

Comme je parlais de Jurieu avec Josée, la psychologue du commissariat, un détail lui est revenu. Un matin qu'elle était passée le prendre pour aller au tribunal, elle avait dû utiliser la salle de bain. Là, le nombre invraisemblable de pilules roses et bleues qui s'y trouvaient l'avait frappée. Par discrétion, elle avait omis de demander pourquoi une femme, aussi gâtée, en apparence, que Karen Jurieu, pouvait avoir besoin d'autant de béquilles psychiques. Sur le moment, elle l'avait seulement imaginée ex-toxicomane. Le scénario se tenait.

À ma demande officieuse, elle a fait venir Karen au commissariat, la priant de lui expliquer pourquoi une femme aussi chanceuse qu'elle, Karen Jurieu – son pur-sang et ses voitures de courses, son cours de tennis… son train de vie, sa meute de chihuahuas –, avait nécessité d'autant de drogues.

La Karen, devinant le navire en passe de couler, négocia de n'être pas poursuivie pour non-dénonciation de crime, avant de se mettre, de fort bel appétit et de semblable humeur, à table. Elle avait toujours craint Jurieu et la mort de Cesare l'avait effectivement – on le serait à moins – détruite. D'ailleurs, elle n'avait jamais aimé âme qui vive, mari inclus.

Briser le cercle, clore le cycle, notre job, et puis *cold case* pour *cold case*, celui-ci en vaut un autre, qui nous dédouanera de nos échecs successifs à Piazzino. Et puis sait-on jamais, ta Davia finira-t-elle par trouver sinon le bonheur mais la paix ?

Laissant le copain G. et Josée opérer tranquillement, je me suis résolu à revenir à Piazzino.

J'y suis incognito.

Objectif Nico.

Robaglia à Demona

Réjouis-toi, Demona ! Nico vit encore. Pour combien de temps ? Je l'ignore. Sa survie tient du miracle. Reclus dans la maison du thym, ce minuscule et très vieil abri de pierre à la sortie du village, côté montagnes, qui servait autrefois à engranger les épices du maquis, Nico se meurt d'alcoolisme, de solitude et sans doute de faim. J'ai pris mon appareil photo à mon cou et me suis présenté devant sa maison, arguant être un amateur de vieilles âmes, de figures, vivant encore en marge dans un monde où toute marge dépend d'une organisation de charité.

Fier comme Artaban, le pauvre type a gonflé son malingre poitrail de rocker en fin de carrière. Il m'a suffi de quelques bonnes bouteilles, d'un repas chaud dans une auberge à l'écart, pour découvrir que Nico n'avait pas été payé, enfin pas autant qu'on le lui avait promis. Surtout l'étrange nature du crime qui l'avait lié, pieds et poings, à un commissaire-maître chanteur.

Sur-le-champ, j'ai écrit au juge pour demander un statut de témoin protégé au repenti. L'affaire est dans le sac, Jurieu, bientôt dans les lacs de la justice, ceux de la geôle, et ton ami, mort de rire, en dépit du contexte. Nous ne coincerons certes pas Jurieu pour son crime majeur mais l'enverrons, flic et vieillard, en zonzon pour non-déclaration de revenus : ce qui à son âge équivaut à la peine capitale.

Reviens vite, revenez toutes les deux, Colonna et toi, savourer notre victoire commune.

Nico jouira de l'immunité. De toute façon, un homme mort lui aussi, bon pour l'hospice ou l'hôpital, pour le prêtre, les vers et l'oubli des hommes. Il faudra que Davia ne s'irrite pas contre ce misérable haschichin entre deux vins, qui a posé, sans même se demander qui il tuerait, la bombe, fabriquée par Jurieu, à la place indiquée par Jurieu, qui le faisait chanter pour une sordide affaire.

Deux ans avant l'attentat, qui a causé la mort des dix opposants pacifiques à la monoculture touristique de Piazzino, un étrange événement, incident, historiette – le moyen de nommer en langage de police un fragment échappé de vieux contes toscans ? –, était survenu, un exploit dont personne – fichue omerta, toujours elle ! – ne parlait, non jugé et connu, quoique le nom du « prédateur » n'apparaisse pas, des seuls journaux locaux du North Somerset.

Écoute l'histoire, elle est jolie, la version rose de *Virgin Suicides* et de *Picnic at Hanging Rock*, un roman Young Adult, apostille tardive au savoureux et libérateur *Décaméron* du vieux Boccace.

Une classe de jeunes vierges anglaises s'était rendue à Piazzino pour sceller la nouvelle entente cordiale qu'on dit jumelage et, faisant d'une pierre deux coups, permettre aux demoiselles d'exercer leur français, qu'elles acquissent quelques babioles chez les autochtones ou saluassent personnel ou badauds dans la langue de Hugo, l'unique auteur dont elles savaient, grâces rendues à la performance de Wolverine – Hugh Jackman – dans *Les Misérables,* l'existence ; et XXIe siècle oblige, leur offrir de s'adonner, en dehors de quelques heures de classe, à la pratique du sport, en l'occurrence un peu de voile et une séance de plongée.

De mémoire de professeur, jamais *grand tour*, auquel ne manquait que le Baedeker, ne s'était mieux déroulé. Les jeunes personnes, en dépit de leur appartenance collective à l'âge qu'on dit ingrat, firent, en cette occasion, force démonstration de reconnaissance. Nulle n'enfreignit le règlement ni ne se montra désagréable ni même maussade. Au contraire, chacune participa, donna la main sans broncher aux diverses corvées inhérentes à ce genre de séjour.

Sans plainte ni supplique, on rentra. L'escale semblait lointaine, noyé dans la monotonie des jours et la tristesse de Portishead quand, quelques mois plus tard, une des adolescentes se trouva dans un état intéressant.

Sans publier sa honte, la famille fit le nécessaire. Une seconde, une autre et une autre encore, s'étant avérées sujettes à pareille infortune, la contagion convainquit l'unique médecin du secteur de prendre sur lui de convoquer les jeunes filles, une à une, puis en groupe, en l'absence de leurs parents.

Les Miss, riant et se mordant les lèvres, confessèrent, après quelques hésitations, avoir cédé, les unes après les autres, quinze au nombre tout de même, au « satyre » de Piazzino ! Singulièrement, le fait d'avoir rompu le pacte sembla les amertumer davantage que ces grossesses, sévèrement jugées par les grandes personnes, aussi scandaleuses qu'indésirables.

Mary, la plus populaire de toutes, avait ouvert le ban.

Chanceuse en cela comme en moult choses, elle n'était pas, elle, contrairement à nombre de ses infortunées camarades, tombée enceinte des œuvres du « satyre ».

Le « satyre », tu l'auras compris, n'était autre que le beau Nico et le lieu du crime, sa lépreuse et pittoresque maison, de longtemps hantée par l'odeur importune et entêtante du thym. Si crime il y eut, celui-ci était bien innocent.

Le pauvre avait l'habitude de se baigner nu dans le couchant, chose qui si fort divertit et émoustilla nos jeunes personnes qu'elles décidèrent – après que Mary l'eut vu se satisfaire en solitaire, tandis que, mal caché derrière un de nos maigres bosquets corses, il les contemplait, nymphes nonchalamment étendues sur la grève –, conjointement, de perdre leur virginité avec ce quasi-dieu, ce superbe Priape les lorgnant en majesté sur une des plus belles plages du monde afin de savoir ce qu'il en était du grand mystère et d'éviter de se faire dépuceler – il faudrait bien un jour ou l'autre passer à la casserole ! – par quelque indiscret camarade qui, peut-être, ne manquerait pas de publier son exploit et de les ridiculiser.

Puisqu'il était écrit qu'il fallait y passer, autant, comme l'avait fait Mary, aiguisant la jalousie de ses compagnes, céder à l'appel du curieux personnage, une sorte d'idiot du village, qui garderait leur secret jalousement. À cet âge, la dynamique de groupe, air connu, fonctionne à plein régime.

Grossesses constatées, les mères anglaises s'associèrent elles aussi et écrivirent au commissariat de Piazzino. Jurieu n'eut pas besoin de mener loin l'enquête. Il connaissait ses clients. Quoique quarantenaire, Nico restait assez beau gosse pour séduire des demoiselles en mal de mâle. Il fit chanter l'animal et répondit aux dames que leurs plaintes, en l'absence de violence avérée, n'étaient guère recevables. « Il vaudrait mieux – c'était le père de famille qui parlait ! – éviter de rendre public l'étrange pacte et s'en consoler par l'avortement et l'adoption, comme pouvait. » L'officier poussa le vice jusqu'à offrir un peu d'argent aux familles, à condition bien entendu que l'une d'elles se constitue en association et qu'un bon Cerfa garantisse la destination du don.

Jurieu n'avait pas d'enfant et le bon Cerfa servirait de preuve du rachat du crime en cas de contestation.

À Portishead, la police fut du même avis. L'une des « victimes », Margaret, se trouvant être fille de gendarme. Les filles à cet âge – air connu – sont folles…

Nico m'a raconté avoir trouvé, à la nuit tombée, Mary, maquillée comme une châsse et empestant un ignoble parfum bon marché, qui avait manqué de le faire débander, devant sa porte. Mais bon, elle était appétissante et le pauvre homme assez marginal pour se la sauter, il s'excuse, il voulait dire devoir se contenter d'ordinaire de la veuve Poignet. Je voyais, inutile d'en rajouter !… Pas très MeToo, je le confesse. J'étais mort de rire.

Bref, Mary s'était imposée, était repartie sans mot dire. Le surlendemain, quatre ados en goguette, passablement éméchées, faisaient le pied de grue devant sa maison écartée. Le moyen de paraître dédaigneux quand la pénurie établit la valeur ? Pas du genre à chagriner les jeunes filles. Quand je lui ai demandé pour quelle raison il ne s'était pas retiré, il m'a avoué n'y avoir même pas songé, persuadé que chacune de ses prédatrices – le mot qu'il avait employé – savait ce qu'elle faisait. Sur le moment, le nombre de ses « conquêtes » l'avait si fort impressionné qu'il n'avait songé qu'à se montrer à la hauteur de l'enjeu.

Bref, Jurieu l'avait fait chanter.

Pas de meilleure proie, dans toute la région, que ce misérable alcoolique, affublé d'un tempérament claustrophobe, conséquemment paniqué à l'idée d'être coffré. Pas de meilleure prise qu'un déclassé, certain, si la chose était découverte, de devenir la risée du village. Nico s'était exécuté, sa voix intérieure, tour à tour, le disculpant – ce n'était pas lui qui avait fabriqué la bombe ni choisi les victimes – et le tyrannisant.

Tu connais l'étrange complexion des pauvres gens que nous arrêtons, leur absence de mobile avéré, la platitude de leurs motifs, l'inconséquence de leurs arguments !

Seules m'intéressent la preuve de la culpabilité de Jurieu et l'occasion offerte de mettre ce salaud à l'ombre et de rendre madame Karen Jurieu, son affreuse catin qui humilie ses domestiques, à son caniveau. Soi-disant bipolaire, la matrone passe ses journées entières sur ses appareils de sport, chasse, selon son bon plaisir, telle ou telle de ses domestiques qui, mangeant trop, ne lui semble soudain pas assez raffinée pour servir à table ou trop laide pour être montrée.

Curieux que ce prénom de Karen soit précisément celui de la sœur de cet Andersen si cher au cœur de Davia, cet Andersen qui, pour se venger de la mégère, a composé ce conte des *Souliers rouges*, si cruel aux coquettes…

Justice est sur le point d'être faite.

J'ai écrit au juge que tu m'avais mis sur la piste, histoire de te permettre de retrouver ton honneur, ta plaque et ton flingue, chère, très chère Demona-Angela !

Demona à Robaglia

Cher Robaglia,

Si tu avais vu le visage de Davia quand je lui ai lu ta lettre et ses larmes de triomphe, de fureur et de stupeur, découvrant le mobile de l'assassin et que ce destructeur ne payerait que les intérêts de son crime principal !

Nous allons revenir, elle et moi, à Piazzino mais je t'avoue prendre un goût surprenant à ces vacances forcées et me sentir, ici, en ce bout du monde, aux côtés de Davia, la plus heureuse des femmes !

Il faut conclure, faire une fin, fermer le ban !

Du fond du cœur, vieux camarade, merci…

Demona, inspectrice

ÉPILOGUE

Tout ça pour ça ! La découverte du mobile de Jurieu m'a plongée, je l'avoue, dans le plus étrange des états. Il fallait que je sorte. Couru vers la grève comme une dératée bonne à enfermer. Bonde des larmes à ras bord, pas une n'est sortie. En lieu et place du violon des sanglots, un rire a surgi, inextinguible et si violent que le plexus, trois jours durant – nuit et jour –, m'en a cuit.

L'écart entre le motif et l'acte m'est apparu de l'étoffe dont étaient tramés ces fichus Jeux, qui, hier, naguère, m'avaient apporté la joie sans pareille de la rencontre avec Mireille et Paul : surréel. J'avais désormais presque 50 ans, un brin de jugeote. Pourtant, tout ce que j'avais pensé et accompli sous les étoiles fondait, neige au soleil, se dissipait, filant au ciel de mes maigres idées. Et de toutes ces pensées, de toutes ces douleurs, ne m'est demeuré qu'un gigantesque éclat de rire.

Ce taré avait tué mon père et ses camarades pour buter l'amant d'une femme qu'il ne parvenait pas à combler et pour cela s'était servi d'un idiot atteint de priapisme !

Dix morts.

Six familles dévastées pour une quéquette qui ne s'était pas levée ! Mieux que les rodomontades de Tartarin… N'importe quoi. J'aurais dû devenir flic, juge ou assassin, au lieu de vouloir sauver le monde avec mon pitoyable théâtre de situations. Minable fétu de paille dans le vent de l'absurde, j'avais vécu et vivrais.

Comme Mireille et ses pareils devaient mourir pour permettre à une génération de végéter, bons contribuables enchaînés à leurs crédits et à leurs biens, séparés du nom d'hommes, les miens étaient morts pour une éjaculation refusée.

La vie redevenait un songe mais cessait d'être *un beau conte à conter aux rives de l'Oronte*.

J'ai joint les descendants des victimes de Jurieu. Vieux enfants aux cheveux blancs, nous *sommes venus pauvres orphelins*, corps couverts de tuniques, robes et pantalons couleur d'innocence, sans cierges ni encens, prendre place devant la maison de l'Assassin, la maison du vieux de la Mer.

Qu'espérions-nous ?

J'ai espéré, en vain, qu'il se suicide sous mes yeux, mon amie Rose et tous les orphelins de Piazzino souhaitaient la même chose : le voir noyé dans sa piscine, pendu à l'olivier du jardin ou encore asphyxié au gaz ou brûlé vif dans l'incendie de sa villa.

En réalité, quand nous sommes arrivés, il était déjà loin, à la prison d'Ajaccio, quartier des VIP. Karen, au diable, et le panneau

À VENDRE, déjà en place. Il n'était rien arrivé et nous avions rêvé.

Police partout justice nulle part, sangloté-je sottement entre rire et larmes entre les bras d'Angelini et de Robaglia quand, du tréfonds du temps, la voix de Mireille m'est revenue :

« Il faut vivre, Davia, vivre. Souviens-toi. L'éminente dignité de la victime, celle du pauvre, consiste à demeurer Jeanne au banc des siens à l'Église, à reprendre sa blouse d'institutrice, d'ouvrière à façon, sa place dans le rang, après *la c*atastrophe, toutes les catastrophes. L'humanité est à ce prix. »

Comme à l'accoutumée, j'ai obéi, obtempéré :

« Oui, madame ! »

Alors, si vous voulez savoir à quoi a ressemblé ma vie, notre vie, après l'arrestation de Jurieu pour « fraude fiscale, corruption, trafic d'influence et recel de preuves », il vous suffit de vous rendre en Camargue où le Rhône est bleu et la Durance jaune, où les *toros*, pour un instant encore, sont braves et les flamants roses comme aubes et crépuscules et légers comme la terre vue du ciel.

Là, Robaglia et ses deux fils, Charles et Jules, ingénieurs du BTP et de l'efficacité énergétique, inlassables, font, rudes gaillards, passer la frontière aux fugitifs des Jeux, chaque jour plus nombreux, quand ils ne sont pas occupés à rénover discrètement pigeonniers, maisons du thym, granges et autres édifices encore oubliés du tourisme et des corbeaux.

Angèle, devenue mon amie, mon binôme, mon âme-sœur, ma moitié de Boston, a retrouvé son honneur, sa plaque et son flingue. L'inspectrice est devenue commissaire à Piazzino. Aussi nous retrouvons-nous, chaque fin de semaine où elle n'est pas d'astreinte, à Aigues-Mortes, dans la modeste maison du docteur Jourde, devenue nôtre, mienne, à moi qui ne veux plus résider où sont enterrés mes parents mais au lieu où Mireille et Paul ont recouvré leur liberté, à quelques encablures de nos saintes patronnes et mères, Marie-Sept-Épées et Sara – un nom de *torera*, ça me va.

Angèle travaille à nos côtés, établissant de faux papiers aux refusants jusqu'à 77 ans, l'âge terrible où la vieillesse, longtemps tenue secrète, explose enfin à la face du monde, annonçant l'heure venue.

Gilles et Zoé, jeunes mariés, se sont, eux aussi, exilés à Aimargues où Zoé, généraliste en passe de remplacer l'irremplaçable docteur Jourde, œuvre aux côtés de Gilles, devenu un brillant pénaliste, éternellement occupé à tirer d'embarras les surnuméraires réfractaires et leurs alliés de la société civile.

La résistance est une mafia comme les autres… Comme fées et sorciers sont d'une semblable étoffe, œuvrant à la sauvegarde ou à la perte de ceux qu'ils éclairent ou plongent, selon leur caprice, dans les ténèbres ou la lumière.

Quant à moi, Davia Colonna, ci-devant directrice de lycée et animatrice de clubs scolaires, je passe d'une fonction à l'autre. Estafette, je fais le lien entre malades et médecins, à moins que je ne tienne la permanence chez Félicité. En toutes occasions, je trafique ce qui se peut : légumes, identités, médicaments et même du sang, quand la situation l'impose.

Surtout, à la suite de Paul, des rues de Nîmes à celles de Villetelle, d'Aimargues à Aigues-Vives, en passant par Bernis et toutes les lettres de l'alphabet gardois, je dérive à la recherche d'un fugitif à protéger, à sauver, à cacher, en quête d'un réfractaire à enrôler et d'un surnuméraire nécessaire à la bonne marche du monde.

Je n'ai jamais cessé mes activités pédagogiques.

À présent vieillards, enfants et parfois parents me rejoignent, deux soirs par semaine, dans le salon de la petite maison aux volets bleus.

Lire, jouer, relire, sans jamais se lasser, les classiques de la subversion : tous les textes qui autorisent *le consentement du lecteur à suspendre son refus de croire* et, conséquemment, dénient au réel réellement existant le consentement systématique des vivants, leur intimant l'ordre exprès, sous peine de mort, de se faire romanciers, personnages, figures, emblèmes et symboles et de composer, à usage de la cité absente, le juste roman qu'elle requiert. *What else ?*

Si d'aventure vous passez par Aigues-Mortes ou Les Saintes, faites-nous signe. Nous serons bien heureux de vous rencontrer et si l'envie vous venait de nous prêter main-forte, n'hésitez pas. Toute aide, financière ou pratique, sera la bienvenue…

Les jeux n'attendent pas, qui déjà, pour chacun de vous, d'ores et déjà, sont faits.

Et Valentine ?

En dépit de l'insistance d'Angèle, je me suis refusée à la laisser enquêter sur la disparition volontaire de Valentine. Qu'elle brûle en enfer ! Trop tard pour Mireille. Que m'importe cette personne, ses souffrances, ses addictions, ses raisons et déraisons ?

Née coiffée, une péronnelle avait préféré s'en aller tête nue aux vents mauvais et à la cuillère d'argent, la seringue. De la vie, elle s'était détournée pour entrer en volontaire dans la maison des morts, entonnant à pleins poumons l'hymne du temps : *à propos of myself*, sans égard pour le chant du monde. Qu'avait-elle désormais à voir avec nous les enfants de Mireille, de Félicité, de Paul et de Jourde ?

Mireille avait eu une fille qui, même à l'instant où le programme d'euthanasie pour tous les natifs d'avant 1968 avait été lancé, ne s'était pas manifestée et l'avait laissée – seule absolument –, dédaignant le quatrième commandement, face à la mort.

Imprescriptible était le crime.

Seule Mireille, à présent six pieds sous terre, pouvait accorder son pardon qui, à présent, corbelle dessus ma tête, à chaque aube, crie *Nevermore* et me chante *Suerte, Te quiero mia nina, Ti amo la mia bambina !*

La broche de ma mère ne me quitte plus, devenue talisman depuis le jour où j'ai su l'histoire de l'oiseau d'or aux yeux de saphir qui, pour quelques heures, chantait quelque horizon perdu au revers de ses vestes de tailleur avant de retrouver sa cage. Un présent ! Quoi d'autre ? Jamais ma mère ni aucun membre de notre très austère lignée n'aurait acquis une semblable merveille. Qui d'autre que la petite-fille d'un ancien enfant caché sauvé aurait pu apporter pareil trésor dans notre humble demeure ?

Ronde de nuit, terre des hommes, *la terre est bleue comme une orange* quand, sur les murs de nos villes, en lettres de plomb, paraît le mot *liberté.* Nous n'aurons pas, Mireille, Paul, mes parents, Ghjuvanni, Angèle, Robaglia, Félicité et tous les héros anonymes de cette histoire, vécu en vain, si au jour dit, demain demain, quand à nouveau la terre s'assombrira, une fille ou un garçon, calmement, posément, se lèvera en souriant.

Il suffira de presque rien, une simple monosyllabe, NON, *pour que renaisse un monde habité par le chant*, sans que personne ne se souvienne *qui avait été la première Mireille, la première meravido, merveille, une histoire perdue dont il ne restait que le nom de l'héroïne, avec un rayon de beauté dans une brume, un brame d'amour.*

Mireille, ma mère, mon enfant, mon amour pour toujours.

REMERCIEMENTS

À vous, K. Jérôme, l'inconnu qui avez tendu la main à une clandestine et lui avez permis de remonter sur l'Éditorial.

À Jean Le Gall, merveilleux autant qu'austère Capitaine, à son formidable second, Jean-Pierre Montal, et à l'Équipage, qui ont traité la délaissée avec les égards d'ordinaire réservés aux passagers de première classe.

À Boojum, à ses deux animateurs et bons ouvriers, Loïc Di Stefano et Sylvain Bonnet, qui m'ont ouvert leur porte au temps des vaches maigres, particulièrement à toi, Loïc, qui m'a autorisée, en dépit de tes liens avec son attaché de presse, à descendre *le* livre qui a permis la rencontre qui a présidé à ce jour.

À toi, Maud Perl, à qui j'ai emprunté une bonne part de sa sapience, surtout le patron d'un certain manteau vert irlandais, la féérie de ses soieries et de ses robes couleurs de lune, de soleil et du temps.

À Anthony Trollope, pour avoir écrit *The Fixed Period*, qui, de ce roman, fut le coup d'archet du tzigane.

À Mistral et au marquis Falcone de Baroncelli… L'un pour avoir réinventé l'Arlésienne et l'autre la Camargue.

Aux temps mauvais, qui toujours s'avèrent source d'inspiration.

Du même auteur

Biographies

Maurice Barrès, « Grandes Biographies », Flammarion, 2000, prix Oulmont de l'essai Fondation de France.
Jean-Edern Hallier. L'impossible biographie, « Grandes Biographies », Flammarion, 2003.
Gary & Co, Infolio, 2008.
O. C. Wingate. Un parfait capitaine britannique, Le Polémarque, 2021.

Romans

Amnésie, Éditions du Rocher, 2006.
Contamination, Éditions du Rocher, 2007.
Le Terminal des anges, Le Mort-Qui-Trompe, 2008.
Myriam Sâr (pseudonyme), *L'An dernier à Jérusalem*, Les Provinciales, 2011.
Jaroslav et Djamila, Nouvelle Marge, 2016.

Achevé d'imprimer par
Normandie Roto Impression s.a.s.
61250 Lonrai
N° d'impression : 2400587

Imprimé en France